The
STORIES
of
CAFE
in
KYOTO

咖啡馆
比其他河流
更慢

库
索

著

湖南文艺出版社
HUNAN LITERATURE AND ART PUBLISHING HOUSE

博集天卷
CS-BOOKY

The
Stories
of Cafe
in Kyoto

咖啡馆比其他河流更慢

The
Stories
of Cafe
in Kyoto

CONTENTS

目录

京都咖啡馆历史谱系　/ 001

冈田在那里，去喝杯咖啡吧
◆ Okaffe Kyoto　　　　　　　　　　　　/ 015

与这颗星球上的农园紧紧相连
◆ The Unir coffee senses　　　　　　　/ 041

你爱上咖啡的第一杯
◆ here　　　　　　　　　　　　　　　/ 059

三代人造就的喫茶文化
◆ 六曜社咖啡店　　　　　　　　　　　/ 077

不做咖啡馆，做喫茶店
◆ 喫茶マドラグ　　　　　　　　　　　/ 101

金子桑≈京都咖啡烘焙的水准
◆ WEEKENDERS COFFEE　　　　　　/ 119

牧野是京都第一"咖啡案内人"
📍 TRAVELING COFFEE / 137

在家也能喝到像咖啡馆一样好喝的咖啡
📍 KURASU / 159

在京都和萨尔瓦多之间
📍 COYOTE / 175

关于咖啡馆的若干可能性
📍 咖啡焙煎所 旅之音 / 195

让我们来制造象
📍 ELEPHANT FACTORY COFFEE / 211

如果咖啡馆卖起了印度咖喱
📍 Caffe Verdi / 227

一个逃避现实之所
📍 逃现乡 / 245

年轻的夫妇咖啡馆做法
IOLITE COFFEE ROASTERS / 259

让肚子和心都得到满足的店
ha ra / 277

咖啡装在紫砂壶里
Goodman Roaster / 293

The
Stories
of Cafe
in Kyoto

The Unir coffee senses

京都咖啡馆 历史谱系

　　京都是传统的街道，其实也有令人意外的性格。例如它保守的血统里爱好新鲜事物，面包和咖啡的人均消费量长期位居日本第一。

　　京都人热爱咖啡，日本总务省 2019 年进行的家庭收支调查数据显示：日本全国的家庭年均咖啡消费量为 2241 克，消费金额为 5315 日元，而京都的家庭年均咖啡消费量则达到 3330 克，消费金额为 7588 日元——这意味着当其他城市的人们还在喝第二杯咖啡的时候，京都人已经在喝第三杯了。也曾有电视台做过关于"京都人早餐吃什么？"的街头调查，一位盛装的艺妓用标准的京都方言说道："我啊，每天都是吃了面包、喝了咖啡才去上班的。"一百多年前舶来的西洋文化在京都没有遭遇水土不服，反而演变为一种新的日常，成为无法复制的京都文化。

　　咖啡最早开始传入日本，要追溯到 18 世纪初居留在长崎出岛的荷兰人，在江户时代的锁国政策下，外国人不能随意移动，而物品却可以流动。荷兰人爱喝的咖啡流动至一些日本上流阶级的人士手里，不知为何，却被当作一种舶来药品，迷信将它混以牛奶，有治愈孩童伤风感冒及食欲不振之功效。一直等到明治维新之后，作为嗜好品的咖啡才逐渐被人们接受，在京都的街道上，它的身姿出现在茶屋里，而更多的则是在酒店和西式餐厅中。日本开国之初，政局不稳，国内尚处在半封闭状态中，外国人的活动范围仅限于开港城市的半径 10 里[1] 以内。京都不靠海，但在 1872 年召开了日本最早的博览会——京都博览会，政府允许外国人经过申请后进入京都，入住指定的住宿地点。于是，在这些外国人居住的酒店和酒店的西餐厅里，咖啡和红茶作为惯例在餐后被端上桌，日本的咖啡普及由此开始。

1888 年 4 月 13 日，在东京下谷西黑门町开店的可否茶馆被视为日本咖啡馆的始祖。在日语里，"咖啡"谐音"可否"，至今仍被用作一种有趣的文字游戏。可否茶馆的店主是郑永庆，相传其是郑成功的后代，小时候随外交官父亲在北京生活过，青年时期一度前往美国留学，受到了西洋文化的熏陶。30 岁时，他将自家二楼洋馆改造为可否茶馆，其中设有免费的图书室、台球场、宴会场和棋牌室，其实这里更像是供上流阶级消遣的社交沙龙。每杯咖啡售价 1 钱 5 厘，在一碗荞麦面只卖 8 厘的时代，算不上令庶民喜闻乐见的存在。

真正的大众咖啡馆的出现还要再过二十九年。1911 年，一家名叫 CAFE PAULISTA（"老圣保罗"咖啡馆）的咖啡馆在东京银座

---

[1] 此处的"里"指日本长度单位，10 里约 39 公里。

开业，店主水野龙和在巴西咖啡农园工作的日本人合作，每年得以获取稳定数量的咖啡豆。他又致力咖啡文化的普及，积极向大众推广咖啡的冲泡及饮用法。CAFE PAULISTA 的连锁店很快扩张至日本全国，最多时开到 22 家分店，每杯咖啡售价 5 钱，两个甜甜圈同样售价 5 钱，是普通大学生也消费得起的价格。CAFE PAULISTA 的京都店在 1912 年开业后，成为彼时三高[1]生和帝大[2]生经常光顾的场所，据说当时住在关西的谷崎润一郎也常常光顾此处，实现了水野在开店之初追求的理念：咖啡馆是人们休息的场所，是志同道合的人们谈话的场所。CAFE PAULISTA 对日本咖啡文化的普及发挥了很大作用，此后，各类咖啡馆纷纷涌现，根据《京都大事典》（1984 年，淡交社）的统计，截至 1926 年，缴纳国税的西洋料理咖啡馆的数量为 127 家，到了 1933 年，已经超过 350 家。

昭和时代诞生的咖啡馆更加具备日本的本土特征，以日式命名取而代之，称为"喫茶店"[3]。如今，留存在京都的老铺喫茶店都是在那个时代开业的。1930 年，在京都大学北门前开业的进进堂被认为是京都现存最古老的喫茶店。创始者续木齐从东京的大学毕业后，于 1924 年作为日本第一批留学生前往法国，在那里学习了制作面包的技术。在法国生活的两年，他感受到异国咖啡馆的魅力：学生们一边喝咖啡，一边学习，热火朝天地进行着讨论和对话，他便萌生了想要在日本也实践这种文化的念头，遂于归国后开了进进堂，开始自制法式面包兼营咖啡馆的生涯。进进堂后来成为京大学生聚集在一起畅谈

---

[1] 旧制第三高等学校，"二战"后并入京都大学。

[2] 旧制京都帝国大学。

[3] 此处的"喫茶店"的"喫"为日式汉字，非汉语中"吃"的异体字。

理想的场所，教授和城中文化人也常常光顾，有人在这里写着写着便成了小说家，有人在这里偶遇过诺贝尔奖获得者。历经九十余年的进进堂延续着创始之初柔软、朴素、微酸口感的面包，自制混合咖啡弥漫着怀旧的味道，依然保持着它亲民的氛围，从未发生变化。

　　进进堂开业的第三年，在京都市中心热闹的寺町通商业街，来自德岛的元木猛夫妇开了一家叫 Smart Lunch（"斯马特"午餐）的店，招牌菜是搭配一杯咖啡的"本日午餐"，售价为 30 日元。这家店在二战结束后成为城中名店，而后改名为 Smart 咖啡（"斯马特"咖啡），开始尝试自家咖啡豆烘焙，搭配招牌的法式吐司，十分受欢迎。彼时，由于关东遭遇空袭，许多电影摄制所都转至京都，于是熟客中便有许多来自松竹的导演和演员，又传闻少女时代的美空云雀也常常光顾，带来了一众大明星。Smart 咖啡一直在京都开了下来，如今传承到第三代店主，摆放在门口的一台 Probat 小型烘焙机却已经更新到第四代了。

　　1934 年在四条木屋町开业的 François 喫茶室（"弗朗索瓦"喫茶室），到了 2003 年，成为日本第一家登录"国家有形文化财产"的喫茶店。纯白色屋顶、彩色玻璃花窗、大红天鹅绒椅子、挂在墙壁上的《蒙娜丽莎》复制画……今天依然能从它的内装氛围中读出这是一家美术造诣深厚的店。它由当时还在市立绘画专门学校读书的学生立野正一开创，店名是向法国画家让-弗朗索瓦·米勒致敬，设计和装修得到不少国内外艺术家的协助。对当时的人们来说，在传统的京町屋中打造流行的巴洛克样式充满了新鲜感。同一时期，"名曲喫茶"的形态开始在京都流行，店内也赶时髦地出现了一台电唱留声机，终日流淌着古典乐和爵士乐。菜单上的绘画出自后来在法国成为"最著名的日本艺术家"的藤田嗣治。在一杯咖啡均价 10 日元的时代，这里售价 15 日元一杯，被视为京都最高级的喫茶店之一。François 喫茶室反映了店主立野正一的自由主义思想：对抗不能自由发表观点的战时环境，要让 François 喫茶室为人们提供反战和前卫艺术的言论场。如今，半个世纪过去了，François 喫茶室成为京都昭和史上重要的一页，而在那个时代最受欢迎的招牌咖啡——在黑咖啡上加一层新鲜生奶油，仍然保留在菜单上，据说来自某位不擅长喝咖啡的剧作家的点子。

1938 年，京都喫茶店的短暂热闹随着战争的爆发而中止。1938 年，日本颁布了《国家总动员法》，所有商品在战时体制中施行配给制，日本开始限制进口咖啡豆，不少有名的喫茶店因为缺乏稳定的供给源而先后闭店。不幸中的万幸是，战火没有蔓延到京都，仍有一些珍贵的老铺生存了下来，后来被人们描述为"京都的早晨从イノダ（猪田）的咖啡香开始"的イノダコーヒ（猪田咖啡）就是其中一家。

战争结束后的许多年，咖啡豆仍是黑市上才可以获取的走私品，对喫茶店来说，其价格难以负担。最早让京都的街道上重新飘浮起咖啡香气的就是猪田咖啡。早在 1940 年，猪田咖啡就创立了，店主猪田七郎是京都小有名气的画家，出于兴趣而做起了烘焙咖啡豆的批发和进口食品贩卖的生意，但他于 1943 年应征入伍，被迫关了店，直至战争结束次年才回到京都。看到仓库里还储藏着大量从前剩下的咖啡豆，1947 年，他利用 30 多平方米的空间开了一家有 15 个座位的喫茶室。在那个物资不足的年代，咖啡是奢侈品，猪田咖啡的一杯咖啡却只要 5 日元，普通老百姓也能随时喝一杯的价格让这里成为街区人们的聚集所。不仅价格亲民，猪田咖啡在服务上也是十分讲究的：西洋风情的店内，店员全都穿着白衬衫，系着黑领结，站姿端正，彬彬有礼。猪田咖啡还奠定了京都喫茶店的一个重要职能：这里是人们吃早餐的地方。它通常在早上 7 点开门，而 6 点半就会有客人来排队，因此虽然咖啡准点才开始提供，但店员会提前打开门，让客人进来等，熟客们在自己习惯的座位上坐下，经常会发现桌上已经摆好了自己要读的那份报纸。猪田咖啡有一个特点，那就是点单之时便向客人询问是否需要糖和奶，按照需求混合成一杯才会端上来。这是店主在长期的观察中，发现客人常常沉浸在谈话中，不觉咖啡已变凉，于是研究出来的"凉下来也好喝"的做法，保证客人喝到最后也能享受到咖啡的美味。诸如此类超越了一般服务标准的做法延续至今，成为京都的一种老铺风范。

1950 年之后，咖啡豆重新自由输入日本，昭和 30 年代（1955—1964 年），日本全国的喫茶店总数超过 5 万家，作为经济繁荣的一个侧面，喫茶店真正成为日本人休息和娱乐的场所。京都的街道也在此时迎来了喫茶店的全盛期，类型多种多样：有播放着老式唱片的名曲喫茶店，有作为文化人和艺术家沙龙的艺术喫茶店，有价格低廉、光线昏暗但深受学生欢迎的地下喫茶店，有提供午餐和晚餐的饮食喫茶店，还有一些咖啡和酒同时存在的咖啡＆酒喫茶店……相传在当时的木屋町一带，每走 100 米就能路过五六家喫茶店，每天至少去三次喫茶店成为不少人的生活日常。

如今代表京都的两家咖啡名店——小川咖啡和六曜社就是在那个

时期出现的。

小川咖啡的创始者小川秀次在战争中应征前往巴布亚新几内亚的拉包尔，在那里，他邂逅了咖啡豆。1952 年回到京都后，他开始经营咖啡豆的烘焙和批发事业。尽管创业初期只有 3 个员工，但在京都街头总能看见他们骑着自行车、拖着大袋的咖啡豆穿梭在各个喫茶店、酒店和饮食店之间，生意越做越大。1970 年，小川咖啡在伏见地区开办了第一家直营喫茶店，主旨是打造"人们身边的咖啡店"。随后，这一模式以各大超市为中心而展开，顶峰时达到 40 家店铺。与此同时，使用小川咖啡豆的喫茶店在全国范围内已经超过 1000 家，成为支撑日本咖啡业的不可或缺的存在。小川咖啡对京都咖啡业的先驱性作用还不仅在于独自将生意做得很大，进入 21 世纪后，由于意式浓缩咖啡开始在日本普及，"咖啡师"这一职业名称传入了日本人的耳中，在大多数人对此还摸不着头脑的时候，小川咖啡开启了在企业内部培养咖啡师的人才计划，培训出的人才积极参加各类咖啡师大赛，并屡屡在世界上获奖。如今，在日本活跃着的咖啡师，例如京都冈田咖啡馆的明星咖啡师冈田章宏，就是从小川咖啡出来的。没有人怀疑，是小川咖啡造就了"京都咖啡职人"这一概念。

不同于小川咖啡的企业化发展道路，六曜社则是京都典型的亲子三代传承的家族喫茶店。初代店主奥野实年轻时在中国生活了十年，最初是为了糊口而在奉天（现在的沈阳）开了一家屋台咖啡馆，战争结束后，他回到故乡京都，在繁华的三条河原町继续经营着六曜社。20 世纪 60 年代日本社会轰轰烈烈的学生运动中，这家喫茶店是文化人和学生运动活动家聚集的空间，他们在此接头，发表各种意见讨论，在当时的日本人口中有"东之风月堂，西之六曜社"的说法。六曜社传承至第二代时，开始了向自家烘焙咖啡豆的转变，如今，年轻的第三代则开始进行经营改革，积极参加各种咖啡推广活动——三代人发挥各自特点，让老铺注入新鲜的血液，得以在不断变化的世界中生存下去，这也是一种京都特质。

20世纪50年代，日本的喫茶店激增。进入20世纪60年代，咖啡豆输入量超过战前最高点，喫茶店和电影院、歌舞厅一起成为经济高速发展时期具有代表性的娱乐场所。京都从来就是学生和职人的街道，喫茶店也是由这两类人群所支撑起来的，尤其是传统的和服店商人，将喫茶店作为商谈的场所，每天都要光顾三四次。如此到了20世纪80年代，随着日本泡沫经济达到高潮，喫茶店也迎来了黄金时代——在顶峰的1981年，日本全国喫茶店总数近16万家，其中京都约有5000家。这一时期也被视为日本的"第一次咖啡浪潮"。

有数据显示：从1965年到1990年期间，日本的咖啡豆输入量增长了17倍。但好景不长，1991年，泡沫经济席卷日本，如同京都街道上不断倒闭的和服店一样，喫茶店也日益减少。日式喫茶店走向衰落，同时又意外地进入了现代咖啡馆的时代：1996年，星巴克在东京银座开业了日本一号店，一直以来喝惯了粗磨过滤咖啡的日本人第一次受到了细磨、高压萃取的意式浓缩咖啡的文化冲击，随着星巴克连锁店席卷日本各地，个人经营的咖啡馆也纷纷转向意式浓缩咖啡，"第二次咖啡浪潮"开始席卷日本。

直至1999年，星巴克才在京都开了第一家店。同年，在远离闹市的五条大桥旁，一家名叫 efish（五条的鱼）的夫妇咖啡馆开业了，大大的落地窗面朝鸭川。店主西堀晋原本是苹果公司的设计师，因为对未来生活感到不安，开始寻找新的生活方式，他亲手改造了店内的两层空间，使其充满了现代极简主义风，完全是现代咖啡馆的设计。虽然这家店在 20 周年的时候已经关闭，但京都的咖啡爱好者仍视它为京都咖啡馆草创时期的先行者：在泡沫经济不景气的社会背景下，个人经营咖啡馆开始成为一些人的生活向往，他们开始选择"脱サラ"（脱离上班族），成为个人事业经营者。

与此同时，"只有京都才有的"咖啡馆也开始出现。2000 年，京都市制订了"町家再生计划"，为了活用超过 100 年历史却越来越多闲置的京都传统商住建筑，政府大力扶助和支持，给予不少优惠政策，其中许多被再改造为餐饮空间。"町家咖啡"的代表是 2000 年开业的 SARASA 西阵（"萨拉萨"西阵）和 2002 年开业的 Cafe Bibliotic Hello！（"图书馆你好！"咖啡），前者由一栋老式澡堂的木造建筑改装而成，新奇有趣，后者则打造出集自家烘焙、餐饮、面包坊为一体的时尚空间，成为观光客打卡的网红地。追求个性的店主也越来越多，例如 2008 年开业的直咖啡，在逼仄的空间里打造茶室空间氛围的咖啡馆，2010 年开业的喫茶苇岛则用茶道中点茶的流程来制作咖啡，力图实现苛求细节的一杯。

2000 年之后，随着意式浓缩咖啡的到来，日本人又认识了"精品咖啡"这一概念。从前，京都人坐在喫茶店里喝的多是口感偏苦的混合咖啡，因为采用深煎烘焙，所以人们也把京都的咖啡文化视作"深煎文化"。随着精品咖啡进入日本，严选产地和农园、追求咖啡豆本身个性的味道、带着酸味的"浅煎咖啡"改变了咖啡在京都人心中原有的印象。最初,保守的京都人当然是拒绝的:"味道实在太淡了""酸的不是咖啡,而是果汁"。京都最早开始烘焙贩卖精品咖啡豆的咖啡馆是 2003 年在下鸭神社附近开业的 Caffe Verdi("威尔第"咖啡馆),它和 2005 年在元田中开业的 WEEKENDERS COFFEE("周末"咖啡)、2006 年在长冈京开业的 Unir("联结"咖啡)一起成为京都精品咖啡文化的推手。Unir 的店主山本尚不仅担任日本各种咖啡大赛的评委,专业知识丰富,而且为了追求咖啡豆的品质,他还每年前往世界各大咖啡产地深入交流,不是通过代理商,而是直接从农园进口咖啡豆,虽然这种做法成本高昂,却使得店内终年摆放着在日本独一无二的咖啡豆。其太太山本知子作为女性咖啡师活跃在业界,2018 年,她获得日本咖啡师大赛冠军,得以参加世界大赛,此后,常常能在 Unir 喝到许多世界农园只提供给咖啡大赛的珍稀咖啡豆。

"精品咖啡""咖啡师""世界大赛""咖啡原产地"……这些概念构成了 21 世纪京都咖啡业界的关键词。外界的新鲜事物源源不断地刺激着这个城市:2013 年,京都人东海林克范先是在中国香港开了 %Arabica("百分百阿拉比卡"咖啡)的一号店,2014 年回到京都,在东山和岚山的观光地以及大丸百货内接连开了 3 家店,店员中多是在世界大赛上活跃的日本咖啡师,以它为中心,岚山的渡月桥一带渐渐成为咖啡的激战区。2010 年就在纽约开店的 Blue Bottle Coffee(蓝瓶咖啡)直到 2015 年才选择在日本的东京开设第一家海外店,尽管这家店开在远离市中心的偏僻地区,但由于它的知名度早早被日本人所知晓,开业之初,每天排着没有尽头的长队,要等好几个小时才能喝到一杯咖啡。2018 年起,Blue Bottle Coffee 先后在京都开了3家分店。同时，咖啡也变得更加亲民化：2013年，日本各大便利店一齐推出售价100日元的现制咖啡，便宜又美味，咖啡自此进入便利店时代，真正成为大众的饮品。据传，某连锁便利店品牌每年能卖出超过3亿杯咖啡。受到 Blue Bottle Coffee 带来的冲击，又要与廉价的便利店咖啡抗衡，京都进入了"第三次咖啡浪潮"：个人经营的咖啡馆更加追求品质与专业，咖啡师与烘焙师分化为两个专业领域，在强调每一杯咖啡的手工感的同时，更加注重个性化。个人经营的咖啡馆进入"严选素材、用心对待、味道非同寻常"的时代，咖啡制作越来越接近职人技，与京都这条传统街道的职人气质奇妙地统一起来，造就了一种"咖啡职人"。

新世代的京都咖啡职人身上带着全球化的色彩。有人巡礼过世界的咖啡生产现场，有人在各地的咖啡农园里工作过许多年，有人在德国或澳大利亚的名店里学成咖啡师或烘焙师，归来后的他们更加国际化，更了解世界的现场，同时更渴望交流。2015年，从法国归来多年的 TRAVELING COFFEE（旅行咖啡）店主牧野广志开始在京都举办一个名为 Enjoy Coffee Time（享受咖啡时光）的咖啡市集活动，定期将京都的咖啡人们聚集在一起，积极推广本土咖啡文化，规模一年比一年大。

《京都的正常体温》的作者鹫田清一先生曾谈论过从喫茶店时代向咖啡馆时代转变的京都，认为全盛时期的喫茶店是一个人也能独自前往的地方：读书、听音乐，或仅仅是休息。在那个时代的日本家庭里，许多都是开放空间，没有属于自己的个人房间，人们想要独自待着的时候，总是选择喫茶店或者电影院。现代日本人的生活方式发生了很大变化，住在公寓里的人们各自都拥有了自己的房间，然而，他们却失去了传统日式建筑里的缘侧[1]，一个可以全家人聚集在一起共享时光的地方。独居者日益增多，家又成为孤独的场所。此时的咖啡馆恰到好处地发挥了缘侧和广场的功能，又变成了人们聚集和谈话的场所。

还有一本研究京都文化的书籍中提到：2015 年后，新开业的京都小型咖啡馆的顾客以 20 岁至 30 岁的咖啡爱好者为主，其中一个重要契机是：2011 年的 3·11 大地震改变了日本年轻人的观念，令他们意识到系统的功能只维护系统，而不能保证个人的幸福。灾难促使他们的人生转向，选择和上一辈人不同的生活方式，不成为系统的一环，转而追寻自己人生的意义和生活方式。这些年轻的咖啡馆追求自家烘焙，讲究萃取方法，将咖啡的味道放在第一位，更加极简主义。他们中的许多人放弃了传统咖啡馆的轻食文化，甚至连店内也不设置座位，于是出现了许多外带咖啡馆——买一杯咖啡，坐在鸭川沿岸，溜达在京都的古街之间，也是咖啡的一种呈现方式。

京都正在成为全新的咖啡街道。从前由学生、职人和文化人支撑起来的咖啡文化，如今有越来越多观光客加入其中。咖啡和旅途是一体化的，已经去世的演员高仓健说过："旅行中有各种各样的风，风中有各种各样的香气。无论是怎样的风，对我来说，必要的是咖啡的香气。"关于他对咖啡的钟情有许许多多传闻，有说他每天要喝 50 杯咖啡，有说他在大雪中拍摄，为了温暖身体，一口气喝了 20 杯咖啡。半个世纪前，高仓健常常光顾的京都喫茶店位于从前

---

[1] 日式建筑物外围的檐廊。

东映京都摄影所附近的"花之木"，至今依然由夫妇二人经营着，他们在他去世多年后还会谈起，每次他要来之前总是先打个电话，说几分钟后到。

　　在京都这个小城，多数咖啡馆可以步行即到，既是很好的观光客巡礼方案，又与居住在街区中的人们紧密相连。喫茶店与咖啡馆，旧与新，继承老铺又不断开发新形态，构成了京都独特的咖啡文化。京都的咖啡馆是继承制，一些传承至三四代，仍将继续传承下去，一些倒闭的老铺被更年轻的人接手下来，虽不能完全复制，但一张吧台的温度、一份三明治的味道就这么保留了下来。京都的咖啡馆是修业，从小川咖啡或猪田咖啡独立出来的人，以及受到六曜社影响和帮助的年轻人又开了自己的咖啡馆，又在孕育着更新的一代人。咖啡馆的血统就是京都这个城市的血统，交替生长、互相融合、互相滋养是古都街道上才有的"温故知新"。

The
Stories
of Cafe
in Kyoto

冈田在那里，
去喝杯咖啡吧

Okaffe Kyoto

"我要成为日本第一。"31 岁的冈田章宏想。不久前，他失业了，后来在京都老牌喫茶店小川咖啡找到了一份新工作，没有经验，不能立刻应聘正式职员，混在一群业余挣外快的女大学生中间，成为时薪只有 800 日元的小时工。他长得帅，性格中有着日本人不多见的活泼，夸张的肢体动作经常惹得客人很快乐，成天嘻嘻哈哈，不免让人以为这就是他的生活哲学。谁知他有了野心——偶然在店里读到一本杂志，插页里出现了一个"ジャパン バリスタ チャンピオンシップ"（日本咖啡师竞技比赛）的广告，这是他头一回听说バリスタ（咖啡师）这种职业，目光在那一页停留数秒后，对比赛内容一无所知的他心里有了目标："这种程度，我也可以成为日本第一。"

没人知道他的底气从何而来。周围的人无论在谁看来，他都只是一个失意的中年男人。这个男人的人生本应该有另一番风光境遇：京都一个和服商家里有 3 个儿子，他是次子，但就在他 20 岁那年，父亲宣布将由他来继承家业——父亲是看中了他善于人际交往的性格，认为他是做销售的人才。为此要先了解外面的世界，父亲对相识的店主请求："请收留他 5 年！"便将他送到室町通上一家陈列了许多高级品的大型和服店，从此，他开始了修业生涯。可是命运时常会急转直下：20 世纪 90 年代，日本泡沫经济崩坏，余波影响到京都的和服业，个人经营的小店铺接连倒闭，5 年过去后，父亲告知他"不必再回来了"。但父亲没看错，他确实是做销售的人才，和服店的社长拜托他继续留下，他心想：规模那么大的店，应该没有问题。又过了五年，这家大型和服店也不能幸免——它倒闭了。

那是发生在 2002 年的事情，一个中年男人被堵死了前方的路。可命运就是如此不按常理出牌：6 年后的秋天，代表小川咖啡的咖啡师冈田章宏真的在"日本咖啡师竞技比赛"上成为"日本第一"。他晋升为年轻咖啡师憧憬的偶像，被小川咖啡视为广告招牌。又过了些年，他说厌倦了这种生活，辞职开了一家属于自己的咖啡馆，取名为"オカフェ キョウト"（Okaffe Kyoto，冈田咖啡馆）。来到这家店的人们，与其说是为了喝一杯咖啡，不如说"去见冈田"的心愿更加强烈，遇上樱花季或者红叶季，来自全国各地的粉丝会在门前排起长队。如今的冈田章宏是人们口中"日本咖啡师的代表人物"，也是"全京都最有名的明星咖啡师"。

冈田咖啡馆位于四条繁华街后某条隐秘的小巷尽头，尽管这让它的店面显得不那么醒目，但冈田本人对此却很满意——因为在灯光的照耀下，红色顶棚将整条小巷染成了粉红色，粉色的时空通道尽头有一个巨大的人形立牌，是冈田的全身剪影。这不是一家咖啡馆的常规设计，令人联想起在新宿街头见过的那些牛郎店招牌。等我和他更熟一些的时候，开玩笑地谈起最初那一幕带给我的视觉冲击，他得意扬扬地说："很性感吧？"

现在冈田几乎终日待在店里，因为店名的意思就是"冈田的咖啡馆"，刚开店时还有句宣传语：有冈田在的咖啡馆。如今大家都知道他在那里，就不再提了。一天中的大多数时候，他站在一张长条吧台内侧，亲自给坐在眼前的客人制作咖啡，无论多忙，他嘴上从不闲着，总是在和哪个客人聊着天。空下来的时候，他也坐在吧台前用电脑处理工作事务。一天中午，我到了他的店里，他就坐在我旁边吃午饭，吃的是和客人一样的肉堡盖饭——这种全然不避嫌的作风令这家小小的咖啡馆洋溢着生活气息。

冈田咖啡馆里那张长条吧台更像是在居酒屋才能看到的设计，如今在京都的新派咖啡馆里，很少有人会使用这种吧台。长条吧台是从一位名叫顺子的老太太那里继承下来的，准备开店之初，冈田先是委托专业中介寻找店铺，条件是"在四条绫小路通一带"，虽然此地在街巷之中，却是京都最中心地带，向来是饮食店和酒店的激战区，连续找了几家不动产公司，对方都表示很为难。从最后一家出来，冈田决定放弃这个策略，自己走路去找。"老旧的喫茶店缺乏继承者，肯定会有那些开不下去要转让的店。"他心想。10分钟后，他走进了TeaRoom Jun（顺子喫茶店），面积50平方米，座位数23个，一切都刚刚好，而店主就是在这里经营了40年喫茶店的顺子。

"这家店准备开到什么时候？"对初次见面的顺子，冈田单刀直入。顺子表示，如果顺利，希望来年能关店。这和自己的开店日程表完美契合，冈田窃喜，立刻提议："不如转让给我吧？"他这才知道顺子已经和许多人谈过转让的事情，有兴趣的人很多，但她都一一拒绝了，原因各种各样，最主要的是酒吧和居酒屋之类绝对不行，会打扰周围的邻居。而冒失的冈田之所以不费力气就说服了顺子，还要多亏小川咖啡的红线——顺子喫茶店一直使用小川的咖啡豆，送货上门的营业人员态度亲切，值得信赖，给她留下了好印象。冈田名片上的"小川咖啡 咖啡师"的字样令他很快得到了顺子的信任。

冈田咖啡馆从顺子喫茶店那里继承下来时仅有这张长条吧台而已。他向我展示过一张顺子喫茶店的老照片，那是一家老旧的、昏暗的、看上去年轻人绝不会踏入的店，全然是昭和古朴氛围，入口处堆着大沓报纸，卡座上零星坐着几个老头儿，在他们头顶上腾起阵阵烟雾。冈田指着吧台里一个人弯着腰的背影给我看，说这是顺子。

"顺子喫茶店可以抽烟，客人百分之百都是大叔，吃着饭，读着报纸，沉浸在尼古丁的快乐之中。店里还放着漫画书，这是因为顾客中的许多人是来读漫画的。"顺子喫茶店改造成冈田咖啡馆之后，店内全域禁烟，过去的大叔们就不再来了——对他们来说，一家不能抽烟也不能读漫画的喫茶店失去了灵魂。但也有那么几只想悠闲喝一杯咖啡的人，成了冈田咖啡馆的常客。冈田咖啡馆装修完刚开业的时候，顺子来祝贺过一次，但她原本就是因为身体不好才决定关店的，很快就住进了养老场所，冈田去医院看过她一次，两人说了许久的话。

"顺子来的时候说什么了？"我问。

"说变得漂亮了。"冈田像一个得到表扬的孩子，脸上露出了笑容，"这个房子还是顺子的，她是房东，这才怎么改装都由着我来。"

如今，从顺子喫茶店继承下来的那张长条吧台前总是有人热火朝天地进行着谈话，主导者当然是吧台内侧的冈田，他是一条线索，将吧台位的人们串联在一起。那里成为一个人与人之间的交集，许多来到冈田咖啡馆的客人就是在吧台前认识的，这一次见过，然后约着下一次再见，等到成为熟人之后，再来店里遇见，就径直坐在对方身旁，互相问候："最近如何？"店员对这些熟客说话也像打暗号："还是那个吗？"要等咖啡和食物端上来，才知道他们点的是什么。对初来乍到者来说，要立刻进入那个领地稍稍有些困难，然而一旦融入其中，很快就会拥有新的社会关系。

长条吧台就像冈田咖啡馆的灵魂，尽管内装已经改造得现代时尚，名字也取作"咖啡馆"，但骨子里仍是昭和时代的喫茶店精神。

"喫茶店和咖啡馆有什么不一样？"我曾对此感到疑惑。

"在喫茶店，人们的距离更近。在咖啡馆，人与人之间要么没有交流，要么交流的时间很短暂，而喫茶店就不一样了，这是能够进行悠闲谈话的地方。"冈田尤其不喜欢连锁型咖啡馆，客人全都面朝墙壁或窗户而坐，谁也不会跟送上咖啡来的店员聊天，店员和客人之间是一种"背对背"的状态，而在冈田咖啡馆，冈田和客人之间永远是"面对面"

的。座椅全部面朝墙壁的咖啡馆和设置了长条吧台的喫茶店是两个不同的星球。"在咖啡馆里，人们摆弄着电脑，是要享受独处的时间。而这里不一样，即便是不认识的人之间也会一起聊天，坐在邻座的人，我会向他们介绍彼此。熟客经常来，最近工作如何？在思考什么样的事情？听一听他们的话，我也能学到很多东西。"这种交际越发像是在居酒屋，只是在冈田的店里，人们不需要酒精作为催化剂。

在咖啡馆最重要的是相遇，冈田觉得，这里是人与人连接的场所。有这样的观念是自然的，从前他的外婆就是经营喫茶店的，还是高中生的母亲在外婆的店里帮忙，被经常来店里的熟客搭讪，后来那人成为他的父亲。他相信如果没有父母在喫茶店的相遇，就不会有他。冈田出生时，外婆已经去世，但他还是常常被母亲带去喫茶店，他从小就喜欢喫茶店的空间，认为有没有咖啡倒不重要了。时间过去半个世纪，两个人在一家店里相遇然后结婚，这样老土的故事还会发生吗？会的。去年9月，冈田咖啡馆可爱的店员女孩就和经常坐在吧台前的一位客人结婚了。这个女孩的生日和婚期都在同一个月，她从其他熟客那里得到了一大堆贺礼。"恭喜啊，在吧台前遇到了超帅的老公！"一些熟客调侃说。"不错呢，在冈田咖啡馆找到了老公！"冈田也笑着说。

"所谓相遇的空间，是这么一回事啊。"我对冈田感叹。

"对啊，吧台就是这么一个场所。像这样几乎没有距离的座位是可以把人和人联系在一起的。"

"在这里成为朋友的人有很多吗？"我又向他求证。

"很多很多，熟客们甚至组成了一个小团体。大家经常坐在一起吃午饭，有时也会出去吃晚饭，在居酒屋喝两杯，自然而然就这么做了，我参不参与反倒不重要了。"这是冈田咖啡馆作为空间的意义，它确实成了京都城中的一个社交场。

我也问他："店里总是那么热闹，你考虑过不想说话的客人的心情吗？"

"想一个人待着的，或是和朋友来聊天的，不会坐在吧台位。"冈田咖啡馆里设有两种位置空间，除了吧台之外，还有几个零星的桌椅位，店员们对推门进来的客人说的第一句话是："欢迎光临，请随便坐自己喜欢的位置。"对于想独自待着的人，冈田就会礼貌地不打扰，也不轻易与其搭话。偶尔有人误入吧台中间某一个空位，一本书读到中途，抱怨道："太吵了，我能换个位置吗？"冈田也欣然接受。但他从来不阻拦侃侃而谈的客人。熟客们也都自觉，平日里虽然会坐上很长时间，但遇上生意好的时候，看到新来的客人在等位，便会主动让位——只要门外有人在等待，便很少见到在店里还悠然耗下去的人。

咖啡馆不仅是相遇的场所，也是放松的空间。人们来到这里，聊着天，倾诉生活的闲话，并不是日常生活中什么大不了的存在，但许多人在感到疲倦之时，会因为喝了一杯咖啡而得到治愈。"只要500日元就能得到的治愈，不是很神奇吗？虽然也有很多其他类似的场所，但都很贵，比如牛郎店。"如此看待性价比是冈田奇怪的脑回路。

我的确真实地感受过来自冈田咖啡馆的治愈时刻。那是周三早晨

10 点刚过，店里开门不久，冈田在我眼前泡咖啡，我一边跟他闲聊，一边等待早餐。有那么一段沉默的时间，我感受到了听觉上的极度舒适：先是熟客推门进来，店员女孩招呼着说"早上好"，进来的人也连声说着"前阵子多谢了！"；接着，推婴儿车的年轻父母走进来，也是熟人之间的招呼。来来往往的脚步声；小孩子在店里乱跑，含混不清地喊着"爸爸、妈妈"的声音；吧台内的咖啡机不停磨着豆子的声音；盘子和刀叉发出清脆碰撞的声音。在这之中，断断续续响起清脆的铃铛声。这些充满了人间气息的声音能够治疗好一万个夜晚的失眠。

我不止一次向冈田表示过我对那个挂在门楣上的铃铛的喜爱，但被告知他的初衷只是出于一种实用需求：站在吧台里看不到玄关的位置，需要靠声音来判断有客人走进来了。"现在，挂着那种老土铃铛的店渐渐没有了呢。"他偶尔会自嘲。但我还是很喜欢，我总有种感觉：每当铃铛响起的时候，冈田咖啡馆的故事就开始了。

我在冈田咖啡馆等候最多的早餐是鸡蛋三明治。内馅是京都常见的厚玉子烧，外皮却不是吐司，而是铜锣烧。搭配以两种蘸酱，一种是加入了盐和芥末的蛋黄酱，另一种是加入了甜蜂蜜的马斯卡邦尼奶酪酱。玉子烧使用四个鸡蛋制成，约有 5 厘米厚，吃起来有点费劲。但对于异想天开的创意，无论谁初次看到都会惊呼一声："这也太厉害了！"这成为冈田咖啡馆人气最高的食物。这是冈田从一位法式料理师朋友那里得来的灵感。后来冈田咖啡馆在岚山开新店，他又想出来一个更乱来的菜式：肉堡铜锣烧。在铜锣烧的外皮中夹上热乎乎的肉堡，用白味噌作为酱汁。"味道真的很好。"他强烈推荐我去吃。

冈田有一种铜锣烧执念，以前他就坚信不疑：和咖啡最搭的食物是铜锣烧。冈田咖啡馆也提供传统的铜锣烧，可以选择红豆馅或是白豆馅，年轻人喜欢前者，还要在红豆馅上再夹一个香草冰激凌。除了铜锣烧，冈田咖啡馆的早餐还有烤吐司和松饼之类，午餐则是咖喱饭和拿波里意大利面，等等。说起来，咖喱饭也是按照顺子老太太教的方法做的，一半米饭，一半咖喱，再在上面铺上一个煎蛋，也是昭和的味道。

冈田是那种主张咖啡馆里应该有食物的一派，但不愿意做麻烦的食物，若是为了准备食材而在开店前就崩溃了，这就是喧宾夺主。近来，城中只卖咖啡的咖啡馆越来越多，他也不想那样，"因为希望熟客和附近的人们常来，如果只卖咖啡的话，大家很快就厌倦了，所以还是要在不同的时间段可以吃到不同的东西，有早餐，有午餐，有甜点，考虑着什么时候来，该吃点什么，这样比较有意思"。最近几年，京都的最新风潮是立饮咖啡店和不设桌椅的外带咖啡屋，他不能感受其中的魅力，说："感觉那种地方很冷。"

冈田从小川咖啡辞职也是出于类似的原因。他在那里工作了10年，从打工者变成咖啡师，登顶"日本第一"后，开始担任管理职务，主要工作是培养后辈，很少出现在店里。继续做下去也是前途无量的工作，但不能在客人面前工作，不是心之所向。进入40岁，他开始思考人生下一阶段该怎么办，最终决定辞职。他在内心深处，甚至小小地抵抗着"咖啡师"这个头衔，认为这太不平易近人了："好像是高级的研究者一样的感觉，充满了距离感。"他愿意定位自己为"提供服务的男人"，他常常对人说："在这个世界上，没有比服务业更

有趣的职业了。"我对有人竟然喜欢从事服务业而感到吃惊，冈田深知这个道理："在日本也一样，服务业是最辛苦的，工作的时间很长，赚钱又慢又难。"但他还是喜欢这个职业，一半是对自己交际能力的自信，一半是觉得和客人交往很有趣。"如果在乎钱，不从小川咖啡辞职会比较好。但那样继续下去对自己的人生好吗？我觉得不太好。这不是钱的问题。"从事服务业带给冈田的快乐是客人喝到美味的咖啡之后露出的笑脸，向人展示笑脸，收获他人的笑脸，冈田说："世界比赛也好，小小的咖啡馆也好，让眼前的人感到快乐是我的工作。"

当年他刚失业时，第二次咖啡浪潮正在席卷日本，他心中第一次有了一个想法：不如做喫茶店老板吧？这个愿望没来得及实现，他就看到了小川咖啡本店招聘店员的广告，便立刻打电话去面试。经济压力和人生迷茫之类的问题从未困扰过他，主要原因之一是妻子很支持他做这件事，且当时两人还没有孩子。虽然咖啡店店员的时薪只有800日元，但他每天工作12小时，一周只休息一天，每个月也能有25万日元的收入。长时间连轴转，有人会抱怨辛苦，但是冈田却发自内心喜欢这份工作："我本来就是喜欢忙的那类人，而且每天只是不负责任地聊天而已。那个时代，周围打工的全是女大学生，和大家说说笑笑地度过每一天，这样的工作是很快乐的。"

"但当时你说了想成为日本第一吧？"我想起他的野心。

他坦白地说道："只是因为那个时候我觉得：成为日本第一应该不错。对自己未来的人生是如此，对小川咖啡来说也是如此。"

1952 年创立的小川咖啡是京都知名的老牌咖啡店，创始者小川秀次在第二次世界大战期间被征兵到巴布亚新几内亚的拉包尔，在那里，他第一次邂逅了尚未在日本流行开来的咖啡豆。战争结束后，他在京都开始了咖啡豆的烘焙和批发事业。20 世纪 60 年代后期，日本迎来了第一次咖啡浪潮，个人经营的喫茶店在街市中涌现，由于多数只提供咖啡、轻食和烟灰缸，因此也被称为"纯喫茶风潮"。1981 年，日本全国喫茶店总数近 16 万家，店内常常可见人们约会和商谈的身影。在这之中，小川咖啡作为代表京都的名店，也是最早开始自家烘焙咖啡豆的店铺之一，如今还能在店里喝到当时流行的重口味深煎咖啡。

31 岁决定成为咖啡师的冈田章宏，无论职业起步，还是人生规划，都处于一个难免让人觉得"太晚了"的年龄。但命运似乎执意要让他走这条路：这个行业在日本也才开始起步，他遇上了小川咖啡刚启动的咖啡师培养制度——2000 年前后日本的第二次咖啡浪潮，流行了很久的美式咖啡被意大利浓缩咖啡所取代，小川咖啡急需拥有专业技术的咖啡师，于是在社内开始了咖啡师培养制度。日后，这一制度为其培养出不少明星咖啡师，如今这家店仍以"我们是京都的咖啡职人"作为品牌宣传口号。

"日本咖啡师竞技比赛"始于 2002 年，优胜者可以作为日本代表参加早两年创办的"世界咖啡师大赛"。比赛以意式浓缩咖啡为基础，要在 15 分钟之内制作三种咖啡饮品：纯粹的浓缩咖啡、加入牛奶的咖啡饮品和咖啡无酒精鸡尾酒。从今天比赛官网上的章程来看，考察内容不仅是味道，还重视整个过程中的"恰当性、正确性和连贯性"。

冈田章宏第一次参加"日本咖啡师竞技比赛"是在 2005 年，成为"日本第一"则是在 2008 年。尽管读过杂志的他觉得"我也可以"，但直到第一次参加了比赛，他才知道这一点也不简单。至今，他仍记得初次站在赛场上那种什么都不懂的心情，幸好在比赛中见识了真正专业的咖啡师，得到启发，回去之后他立马组建了团队，带领着团队不断做研究和试验，碰撞创意。因为当时在比赛中获胜的优秀咖啡师都在东京，所以他经常搭乘夜间巴士，花 8 小时时间前往东京。虽然坐新干线 2 小时就能到，但费用是巴士的 5 倍。到了东京，他立即前往各家咖啡馆巡礼。按照他本人回忆，当时的状况是："像个笨蛋一样对他们说，我对当咖啡师有兴趣，能不能教教我？"他因此学习到许多，2006 年再次参加比赛，他已经拿到了日本第六的成绩。2008 年 2 月拿到日本第二，与冠军失之交臂，但获得了参加"世界咖啡拉花艺术大赛"的机会，目睹了世界上最优秀的咖啡师都是怎么做的，又偷学了几招。2008 年 9 月的那次比赛，他终于成为"日本第一"。在他自己看来，优胜的原因在于："和其他队伍相比，我的练习量之大和练习时间之多是压倒性的，每天都要练习到很晚，其间一天也没休息过，时刻思考着比赛的事情。"

对于那个令冈田成为"日本第一"的比赛作品，如今他愿意谈及的只有：因为是 9 月，所以使用了秋季的旬物（时令食材），无论是咖啡豆本身，还是咖啡主题鸡尾酒，他都发挥了京都人对四季的敏锐嗅觉，尤其后者，甚至使用了栗子。在之前的"世界咖啡拉花艺术大赛"中，他别出心裁设计了一幅浮世绘图案，是从过去的和服业中学习到的经验——世界会对日本的传统元素产生兴趣。我找到了 2008 年冈田屈居亚军的那场比赛的新闻报道，文中有一张他年轻而青涩的照片，

冈田章宏
OKaffe Kyoto 店主

咖啡馆不仅是相遇的场所，也是放松的空间。人们来到
这里，聊着天，倾诉生活的闲话，并不是日常生活中什
么大不了的存在，但许多人在感到疲倦之时，会因为喝
了一杯咖啡而得到治愈。

说他长得神似演员押尾学。评委们的高度评价更多来自他活泼的现场表演，其中有一个细节，比赛结束后，主持人问："你长得这么一表人才，在店里很受欢迎吧？""对，很受欢迎！"他斩钉截铁地回答。大家没见过这样的日本人，会场陷入了爆笑。因此，尽管他只获得了第二名，但那篇新闻的作者写道："从前没有过的日本新类型的咖啡师诞生了，真让人兴奋。"

无论是第一名，还是第六名，如今那些奖杯都陈列在冈田咖啡馆内，和冈田聊天的时候，抬眼就能瞥见它们。"成为'日本第一'是什么样的心情？"我问他。他轻描淡写地说："在我心里，真正的'日本第一'并不是比赛中的东西。"在日本咖啡师的比赛中，有很多严格的条目规定，咖啡应该这样而不应该那样，准确而琐碎，为了获得优胜，不得不去遵守这些规定。但真的成为日本人口中的"日本第一"之后，他才第一次明白过来：所谓咖啡，不是人们坐在一起、露出严肃复杂的神情，点评该或不该的东西。它应该是为了让人们放松而存在的东西。2016 年开业的冈田咖啡馆也是一个他想借此向人们传达咖啡理念的地方：咖啡馆是一个什么样的地方？咖啡文化是一种怎样的生活文化？

严格讲究咖啡豆产地，使用价格高昂的咖啡机来制作咖啡当然很好，但比起这个，他更希望营造一种"冈田这个人泡的咖啡的味道"。制作出好喝的咖啡是理所当然的工作，擅长咖啡拉花也是理所当然的工作，但一味地追求技术和知识不是他工作的本质。

只要是去过一次冈田咖啡馆的人，就能理解他的工作本质是什么。

长条吧台的内侧是冈田的舞台，他每冲泡一杯咖啡都是在表演，和客人聊天的时候，他绝不刻意压低声音，而是尽可能让所有人都听见，其中时而有夸张的肢体语言。他本人对此很有自觉，称为一种"吧台服务"。为了让客人放松心情，他故意加入了娱乐表演元素，那里确实是一种舞台——他从还在小川咖啡打工的时候就确定了这种路线，当时那里是他"打工的舞台"。如此就能理解为什么他会讨厌那些座椅面朝墙壁的咖啡馆了，他笑着指向自己，说："我希望大家面朝这边！难得冈田站在这里。"他也不喜欢那些一味强调沙发多么舒服、风景多么好的店，比起被说"那里的沙发很舒服，我们去那家店吧！"，他更希望被说"冈田在那里，去喝杯咖啡吧！"。"因为我一直在等着啊。"这时，他露出了害怕寂寞的神情。

如果要看谁到了 50 岁还像个少年，那就去看冈田。后来我明白了他的天真全然来自生活在熟悉安全的环境中。从冈田咖啡馆的落地窗望出去，有一次，他指着不远处一幢建筑对我说："那里是我的小学。"据他说，他从小学时代就"立志要惹人注目"，他在棒球队担任的是打者的最强明星位，中学加入排球队，也是王牌打者兼任队长。当然他也做过学生会长。他从未离开过自己的地盘，在街坊关怀的目光中长大，这样的性格从未发生变化。坐在冈田咖啡馆的客人中，有许多是看着他长大的。某天，他介绍邻座的一位阿姨给我认识，说从他的小学时代，这位阿姨就对他关怀有加。"冈田哪里好啊？"我问那位阿姨。她顾左右而言他："这个人啊，最喜欢自己了。"

在日本，人们通常以"为他人考虑"来要求自己，在群体中要服从大流，从事服务业更是要湮灭个性。冈田是稀有动物，如果明白了他的天真，就能明白为什么他会受欢迎。他把咖啡馆 logo（标志）设计成了自己的剪影，无论是咖啡杯、咖啡垫、咖啡包装，还是各种周边产品上，冈田的形象多到了泛滥的地步。我怀疑全京都应该找不到第二个如此自恋的店主，对此，他泰然自若："这样反而好懂，大家一看就知道是冈田。很多人还说比起我本人，这个剪影才是冈田的本体。"有一次，我还从他那里得到了两张大头贴。"是贴纸哟，"他拿出他的手机给我看，"像这样贴在手机上，很可爱啊。"我不是他狂热的粉丝，拿着那两张贴纸为难许久，不知该把一个中年男人的头像如何处置才好。京都咖啡馆店主之间的关系都很好，大家纷纷对着冈田的大头贴摆手："换我绝对做不到！"他模仿那些人的语气，用关西腔重复了两次给我听，又笑着说："有人说做不到冈田那样，更多人心里想的是，绝对不想做冈田那样的人啊。"内敛的日本人确实很少会像冈田这样，在社交媒体上高调宣称"全国有 5.5 万个冈田粉丝"。这个数字是胡乱编的，对他来说，要表现人数非常多，就是 5.5 万人，因为这是甲子园球场的最多容纳人数。过去，他常在收音机里听到："今天，阪神老虎队的比赛也来了 5.5 万人满员的球迷！"于是他灵光一闪，用起了这个哏。冈田是这么一个有野心的男人，目标是拥有装满甲子园的粉丝数。

因此，冈田不太像一个从未离开过京都的京都人，这个城市丝毫没有将保守和清高遗传给他。他从不拒绝任何采访，出席一切邀约活动，比谁都喜欢出现在电视节目上，一点也不像个外行。他对待镜头尤其敏感，要是咖啡馆里的客人举起了相机，他绝不会假装不知道，而是立刻进入被摄体模式。他还发明了自己的招牌动作，很多人把他的照片发到 Instagram（照片墙）上，问："这手势到底是什么意思？"

一次，几个客人聚在吧台前讨论，他这才回忆起来："最开始似乎是为了指挥摄影机吧？这边，准备好了吗？那边，准备好了吗？手势就这么沿用下来了。"

我一次也没见过冈田情绪低落的样子，终于，我忍不住问他："你有不想说话的时候吗？"

"没有！"他不假思索地回答说，"活到50岁，'今天不想说话'的情况一天也没发生过。因为我是个怕寂寞的人啊。我希望被他人承认，希望被他人表扬，希望有人是因为想和我说话才来到这里的，这些东西是我活在这个世界上的燃油。如果这些都没有了，恐怕我就无法前进了。相比之下，钱根本不是什么重要的东西。"他天性如此，也从来不刻意思考和客人聊天的话题，当客人走进来，心情好还是不好，身体是不是感到疲倦，和周围的人是不是合得来，就好像面对飞过来的球下意识要避开一样，身体和语言无意识地就会做出表达。

我真心羡慕："是一种才能呢。"
他毫不谦虚地说："我也觉得这是非常了不起的才能。"

冈田经常受邀去给咖啡专门学校的学生上课，老师希望他能够给学生讲一讲"在那样自由交流的氛围下，要怎么才能做到像冈田那样和客人之间保持距离感和亲切感"。他被难住了。他可以教给学生的，有咖啡机的使用方法、冲泡出好喝的咖啡的技巧、给咖啡拉花的诀窍等，但是如何和客人交流却是无法教授的。"例如教给他们拿铁艺术，只要能够漂亮地拉出花来就是成长了，这是一目了然

的成果，用眼睛能够确认。但是服务与交际是用眼睛难以确认的成果，而且，就算我把冈田的做法教给他们，我认为也是很难模仿的。"这是他与生俱来的特质，换一个人来做，没准就会引起客人反感，于是他从不要求冈田咖啡馆的店员都变成他，他甚至担心"搞不好会引来一大堆投诉"。

"咖啡师"正在成为日本年轻人之中越来越受欢迎的职业之一，听上去时尚自由，又有冈田这样的明星咖啡师成功在前，对抗拒去大公司就职、不愿意在条条框框中生活的新世代来说，似乎是一个很好的选择。他们去专门学校学习咖啡专业知识，以成为咖啡师为目标，愿望是在未来开一家属于自己的咖啡店。冈田对此深有体会："在我年轻的时候，咖啡是大叔们的饮品，几乎没有年轻人热衷。最近，这种情况完全不同了，前不久，我去参加一个咖啡展示会，几乎看不到穿着西装的大叔，全是穿着 T 恤的年轻人。"

如今，冈田已经在京都开了三家店。2019 年开业的冈田咖啡岚山店和 2020 年开业的甜品店 Amagamikyoto（"阿玛卡米"京都店）都是和年轻人合作的产物。在岚山担任店长的是过去在小川咖啡跟随冈田学习了四年的后辈山本顺平，后来他只身去了德国修行，成为德国第一个以"咖啡师"身份拿到工作签证的日本人。回到日本后，他成为冈田咖啡馆的焙煎师，同时在岚山店开设了焙煎所，之前一直使用小川咖啡豆的冈田咖啡终于有了自己的原创咖啡豆。在新冠疫情中开业的甜品店 Amagamikyoto，店长是仅有 23 岁的甜品师驹井惇希，这位从加拿大学习甜品回来的年轻男孩，因为偶然坐在冈田咖啡馆的吧台前而和冈田结缘，在冈田的策划下，他开了一家主要面向年轻女性的可爱造型的泡芙店。

"冈田咖啡馆只有 23 个座位，范围有限，我想在更广阔的范围制造笑容。如今，有了顺平，有了驹井，他们都很年轻，如果他们也都能够笑着做自己的事情就好了。"50 岁的冈田从一个人变成了一个团队，如果哪天又在吧台前遇见了什么有趣的人，兴许团队还会继续扩大下去，尽管偶尔会抱怨累，但他终究是更热爱挑战的那类人。

要成为冈田团队的一员，只有一个要求：会笑的人。能在客人面前笑着工作的人也能给客人带来笑容，这比任何技术都更重要，技术是日后可以慢慢学习的东西。2021 年新年之前，冈田咖啡馆进入了第五年，冈田的经营理念还是一如既往：创造笑容。为了给客人创造更多笑容，新年前后几天，他穿着和服站在吧台后面制作咖啡，也向客人提供限定的红小豆年糕汤，是日本传统的正月演出。情人节、万圣节和圣诞节也会有类似的活动，冈田咖啡馆偶尔像是"cosplay 咖啡"（变装咖啡）一样，充满了即兴演出。

也许这个男人的内心远比在人前展示的要细腻温柔：例如每天早上他前往咖啡馆之前，要先给正在读中学的女儿制作便当；偶尔他会在工作结束后独自去附近的居酒屋喝一杯啤酒，那时候他是安静的；他会在心里始终惦记着客人的事情，记得住交往时间最长的客人已经超过 15 年，如果哪个老爷爷连续几天不来，他便忍不住要偷偷担心。

但那样的冈田未必会比一个热闹的冈田更有趣，于是人们还是更愿意这么跟他聊天——

"冈田下一个野心是什么啊？"

"想成为日本第一有趣的咖啡师！"

"已经是了吧？"

"对，搞不好已经是了！那就快乐地享受这个有趣的第一吧！"

The
Stories
of Cafe
in Kyoto

春天的下午 4 点，我在 The Unir 喝了一杯鸡尾酒。

这件事带着一种京都式的仪式感：一张高级木制的长条吧台前，只坐着我一人，由于这个空间需要提前两天预约，因此成为我的包场。永田站在吧台内，6 个玻璃瓶在他眼前一字排开，他预备为我调一杯酒，却并不着急开始，先端上来一个盛满花草的圆盘，翠绿的枝叶和青苔上还挂着水珠，两朵鹅黄的雏菊正开着，一个大理石制圆台被围绕其中，顶端立着一个可爱的圆形金箔容器。

"先喝喝这杯咖啡。"永田示意我揭开那个金箔容器的盖子，我照做，抿了一口，随即而来的是难以忍受的酸，不是平时喝过的咖啡味。

"这就是咖啡本身的味道，"见我皱眉，永田脸上露出满意的笑容，指了指旁边的糖罐，"加上砂糖喝吧，味道会变得像果汁。"

这一杯绝对不算好喝的浓缩咖啡果汁不只是一个开场白，还是这天的主角。永田以它为基底，依次加入了京都本地金酒、法国白兰地、澳大利亚接骨木花糖浆，又调进了京都一家蜂蜜专卖店的樱花蜂蜜酒和自制的柠檬蜂蜜，然后注入气体，兑上碳酸水，最后撒上撕碎的煎茶末，盛在一个圆形的高脚杯里，在干冰腾起的雾气中放到我面前——一杯带着春日风情的咖啡鸡尾酒。

"在成为饮品之前，咖啡首先是一种植物，因为想让人们感受咖啡果实本身的味道，所以推出了这杯鸡尾酒。"永田说道。The Unir 是一家咖啡馆，只是特别开辟了这个名为 Coffee Senses Bar（咖啡五感体验吧）的酒吧空间。永田是这家店的店长，他指向那一整套圆形的容器，又说："Unir 不同于其他咖啡馆的地方，是我们亲自去产地，直接输入咖啡豆，和产地的人们发生着各种各样的'缘'。将'缘'作为这个咖啡体验的主题，是和农园的人们的'缘'，和咖啡的'缘'，也是和身处这个空间的客人的'缘'。"

Unir 是 2006 年在京都府长冈京市创立的家庭咖啡馆，在新冠疫情期间，它又在京都接连开了两家新店，位于清水寺附近的一念坂的这一家开在京都观光地的正中心，也是所有店铺中唯一开辟了酒吧空间的。开酒吧的主意来自社长山本尚，在他多年的观察中，咖啡远比红酒口感更复杂，在不同地域呈现出水果、巧克力、香辛料等截然不同的风味，于是他想将店内的高级咖啡豆制作成鸡尾酒，提供给聚集

在京都的各国观光客，在一个充满古都氛围的空间里，让他们打开五感体会到"真正的咖啡"是什么。

"我想把诞生在京都本地的 Unir 和京都的文化一起向全世界范围推广开去。"山本尚说，以这样的初衷，他才开了这家专门面向观光客的新店，还特意在 Unir 前面加上一个 The，以此强调："因为如此，所以才称为 Unir。"这是讲究咖啡品质的 Unir 提供的咖啡豆质量和等级最高的一家店，精选了许多全日本只有在这里才能喝到的咖啡豆品种，其中最高级的一种是山本尚的妻子山本知子在 2018 年获得"日本咖啡师竞技比赛"冠军时使用的哥斯达黎加咖啡豆，在全世界范围内都很罕见。

山本尚想要和咖啡一起传达给外国人京都文化，例如 The Unir 所处的这栋建筑是一栋"京都市指定传统建筑物"的百年木造町屋，内装几乎没有进行改修，还维持着它往昔的日式生活形态，中央有个小小的庭园空间，其中栽种着四季植物，一杯咖啡的时间，人们可以坐在二楼窗前看一株梅花在冬日静静绽放，亦可坐在一楼庭园中的木凳上聆听风声和雨声，等到秋季还会有红叶飘落。客人点完单后，店员总是吩咐："随便选个喜欢的位置坐吧。"随即递过来一个标记着数字的花瓶。每个客人拿到的花瓶样式和花材都不一样，这是山本知子的主意：为了记住客人，一般的咖啡馆都会给一个号码牌，但那样实在是有点寂寞，而花就很好，可以带给人们美好的心情，也可以体现京都这个城市流转的季节感。店内的咖啡杯也不同于其他，是圆乎乎的陶瓷杯，材质厚实，没有杯柄，是年轻的职人手工烧制的清水烧，作为京都代表的陶器，与这一带的风景完美地融合在了一起。它是山本尚偶然邂逅的惊喜：对卡布其诺和拿铁来说，容器内侧边缘的厚度很重要，在日本的现代食器中几乎不存在这样的设计，某天，他在附近遇到的清水烧工坊无意中制作出了完全符合理想的容器形状。

每次我坐在 The Unir 喝咖啡，都会得到一张小小的纸片，上面标明了这杯咖啡的品种、产地、农园、生产者、海拔高度、特点，以及口感特征。与咖啡搭配的食物是应季的水果三明治、蛋糕和布丁之类，此时也会附上一张纸，上面详细记载着所使用食材的特征，以及来自京都的某一个农园。这家店的店员们都很擅长谈话，咖啡被端上来的时候，他们总会滔滔不绝讲述许久关于它的产地故事。

食材，尤其咖啡豆，是 Unir 最为注重的元素，也是它的生命线。从 2018 年起，Unir 就不再像其他咖啡馆那样从本国进口商手中批发生豆，而是亲自前往世界各国的小规模种植农园，从生产者手中直接购买咖啡豆，独立输入日本。如今，它长期合作的农园已有十几个，主要来自哥斯达黎加、洪都拉斯、巴西、哥伦比亚和埃塞俄比亚……这种高风险高成本的做法是日本其他个人经营的咖啡馆不愿意尝试也很难实现的，但山本尚坚持要这么做，他认定这才是精品咖啡的正道。"所谓精品咖啡的正道，是从生产地的一粒种子开始到消费国递到顾客手中的一杯咖啡为止，全都由自己亲自管理的过程。如果在不知道生产者的情况下购买了咖啡豆，无论多么用心地烘焙，将其多么漂亮地陈列出来，对我来说，那都不是真正的精品咖啡。"虽然进口咖啡豆的过程比其他人更辛苦，但这样的理念却也形成了 Unir 的优势：它得到农园生产者的信赖，可以向日本人提供独一无二的咖啡豆，同时有第一手的素材向客人分享咖啡产地的故事。

　　山本尚第一次前往咖啡农园是在 2006 年，也是 Unir 本店开业的那一年。那是一场由日本精品咖啡协会组织的活动，由于当时日本人对精品咖啡所知甚少，第一站选择了秘鲁，其实这并不是最佳选择。"后来 Unir 没有再使用秘鲁的咖啡豆，"山本尚说，"秘鲁的咖啡豆品质并不好，说是咖啡生产国中最难喝的也不为过。"他回忆自己在秘鲁看到的景象：当地有一些以便宜的均价收集农园咖啡豆的中介机构，然后统一以翻倍的价格卖给当地农协，良莠不齐的咖啡豆混杂在一起，通过农协流向世界各地。在精品咖啡产业成熟的国家，通常是由购买者和生产者直接进行买卖，如果品质非常好，有时能以高于市场价三四倍的价格成交，从而保证咖啡豆的质量。秘鲁的咖啡种植者脑海中并没有形成"种植高品质的咖啡豆，从而提高收入"的想法，即便知道了这一点，咖啡农园的人们也不会接受这种交易方式，海外的购买者由于受运输和外汇的制约，现金要在咖啡豆卖出半年后才能到达生产者手中，贫穷的生活条件不允许他们这么做，他们需要立刻拿到钱，即便数量要少得多。但也正是在秘鲁农园看到的精品咖啡严峻的生产环境，山本尚才坚定了要在日本开一家精品咖啡专卖店的念头："无论是咖啡生产国，还是咖啡消费国，都应该更了解精品咖啡。只有当精品咖啡广泛地被人们所知，成为世界范围内的一种日常存在，它的处境才能改变——当政府意识到精品咖啡可以成为一种经济来源时，自然就会对咖啡生产者进行援助。"多年后，精品咖啡风潮越演越烈，他真的在一些国家看到了这种做法：政府通过签订契约书的方式代替海外购买者提前将现金支付给生产者，生产国与消费国的人们不仅形成了长期健康的合作关系，精品咖啡的生产环境也得到了极大改善。

从那之后，山本尚又陆续去了全世界二三十个农园，每年要去四五次，其中去得多的是巴西和哥伦比亚，如今，南美农园生产的咖啡豆也成为 Unir 的主打产品：哥伦比亚 Cerro Azul 农园（"塞罗阿苏尔"农园）的咖啡豆出现在全世界各大咖啡师竞赛中，是顶级咖啡豆中的最高品种，这种咖啡豆带着红酒、巨峰葡萄和杧果的丰富口感，农园的人们对咖啡豆的发酵时间长达 168 小时，是通常做法的 5 倍，每年产量仅有 10 公斤，Unir 是全日本唯一能够喝到它的地方。另一种来自哥伦比亚 La Palma & El Tucán 农园（"棕榈树与大嘴鸟"农园）的豆子同样深受世界大赛中的咖啡师所爱，这里发明了独树一帜的 80 小时厌氧发酵法，造就了独特的风味——日本有少数几家咖啡馆能看到它的身影，但只有 Unir 是山本尚每年亲自前往农园直接购买的。

与 Unir 渊源最深的农园在哥斯达黎加。山本知子成为"日本第一"的那场比赛中使用的是当地 Don Dario 农园（"唐·达里奥"农园）的咖啡豆，后来她又带它参加了 2019 年的"世界咖啡师大赛"。这里种植的是高级的瑰夏品种咖啡树，但即便是同一家农园，咖啡豆的质量也存在着差异。每年，山本尚专程前来，在农园里一棵树接一棵树地品尝果实，然后在现场做出判断："这棵树可以，这棵树不行，这棵树……"最终，被选定的咖啡树由农园的人贴上一个"Japan"（日本）的标志，成为 Unir 的专供。在 Unir 的店里也不是总能喝到这款咖啡豆，因为它的产量实在太少，售罄了就要等到明年，到了第二年，由于温度和雨水等因素的变化，品质和风味就又不同于上一年了。

山本知子也和丈夫一起拜访过这家农园，当时她已经是"日本第一"的咖啡师，不过农园的景象还是带给她最朴素的感动："在

日本接触到的咖啡已经变成生豆形态，而在农园里能看到它们开花结果的样子，想到植物在将来会变成一杯咖啡，觉得这是很不可思议的事情，就会很感动。"在开咖啡馆之前，山本知子在花店工作了许多年，对植物有着天然的热爱与怀念，这令她很快和咖啡农园的人们产生了共感。"我始终很想和他们一起住一段时间，亲自收获咖啡的果实，处理咖啡豆，我不仅很喜欢冲泡咖啡，对这样的工作也充满了兴趣。"农园的人们很质朴，在拜访农园的日子里，山本知子每天和他们一起吃饭，培养出了日常的感情。当她使用他们的咖啡豆在"日本咖啡师竞技比赛"上获得冠军之后，当地电视台闻讯前去采访，哪怕国籍不同、种族不同，遥远的日本的咖啡师用自己种植的咖啡豆获胜了，农园的人们也表现出莫大的开心与骄傲，农园的主人把电视上播出的视频发给山本夫妇，两人惊喜地发现：他们身上穿着 Unir 的 T 恤！最近一次两人再去，农园一家甚至带着他们一起去哥斯达黎加的自然公园来了一场小旅行。咖啡师和咖啡农园之间演变成这样的关系，对山本夫妇来说，就是通过咖啡这个小小的介质催化而生的一种人生的"缘"。

山本尚爱着哥斯达黎加的农园，把那里当成自己的第二故乡，每次去都要待两周以上。他也渐渐不只是去寻找那些已经很有名气的农园，而是开始扶植一些新生的小规模生产农园，有一个名叫 Las Margaritas（玛格丽特）的农园，生产者是新加入的年轻人，当见过他们完全手工劳作，以极为认真的态度对待咖啡豆的场景之后，山本尚也将他们的咖啡豆放进了 Unir，他常常与他们商讨：想要这样的咖啡豆，想要那样的咖啡豆。最终，双方一起打造出了理想的口味。这是咖啡馆与咖啡农园的另外一种理想关系，无关地域和国籍，二者共同成长着。

"在产地像是在考试，品尝新豆的时候，生产者们不说话，只是盯着你的表情，等待你发言，当他们认为你的发言很专业，真正懂得这款咖啡豆的时候，才会露出笑容。"年轻的永田英语很好，被山本尚许多次带去过咖啡豆产地，在那里，他总是很紧张，但也能学习到很多东西。起初，山本尚觉得：对于咖啡师这份职业，不去产地也没有关系，那是另外的工作。但自从见到山本知子在哥斯达黎加的农园获得了感动，感叹着"原来我手里的咖啡是这样生产出来的啊！"的样子之后，他决定将 Unir 的咖啡师全部带到农园区去看一看，让他们从生产地开始了解咖啡，这样才能更加接近咖啡的本质。

33 岁的山本尚打算辞职开咖啡馆是在 2004 年，此前他一直在京都某家建筑公司从事设计工作。他是个美食痴迷者，从前就计划着有朝一日要进军餐饮业，辞掉工作之前的一段时间，他总是在京都的咖啡馆转悠，默默做着考察。下鸭神社附近的 Caffe Verdi 是他最常去的一家，和店主续木聊过许多之后，对咖啡知识一无所知的他提出了想在店里工作的念头，续木制止了他："咖啡的体系有很多，如果真的想开一家咖啡馆，那么趁现在去看更多，去学习更多，或许才是更好的选择。"在续木的建议下，山本尚跑到东京进行了各种咖啡馆巡礼，第一次喝到新奇的"精品咖啡"，就被那种果汁一样的柔和口感冲击到了。"原来咖啡也不全都是苦的啊，"他久久沉浸于崭新的味觉感动中，"就是它了，开一家精品咖啡专卖店才是我真正想做的。"辞职之后，他终日流连在东京仅有的几家精品咖啡店，不错过任何一个培训讲座，潜心学习咖啡的杯测和烘焙技术，就这样准备了两年，直到 2006 年 4 月，他才改装了自家一楼的车库，世界上诞生了名叫 Unir 的咖啡馆。

Unir 这个名字是山本知子取的。她很喜欢丈夫带回家的精品咖啡的味道，当山本尚决定开一家咖啡馆时，她也辞掉了在花店的工作，两人一起投入了咖啡的世界。她从西班牙语词典里找到"Unir"这个词，它意味着"联结"，充满了两人"将咖啡馆的客人与精品咖啡的生产者联结在一起"的意愿，Unir 从一开始就在思考着产地的人们的事情：精品咖啡农园大多在中南美洲，当地人大量使用西班牙语，为了让他们便于理解，特意选用了一个西班牙语单词。

山本尚、山本知子夫妇
The Unir 店主

咖啡能包容一切，山本尚是这么想的，他希望 The Unir
成为一家从少年到老人，人人都能乐在其中的咖啡馆。

从一些老照片中可以看出，最初的 Unir 是一幢可爱的红色小木屋，在其中放上一台 5 公斤容量的 Probat 烘焙机后，只能容下 10 个座位。起初，店里只有夫妇二人，山本尚负责烘焙咖啡豆，山本知子负责制作蛋糕和面包，像当时大多数京都的喫茶店那样，有着浓浓的家庭氛围。"也有完全没有客人的时期，"山本知子回忆当时的"盛况"，笑着指了指丈夫，"他的父母就住在附近，好多次，店里唯一的客人是他的妈妈。"冷清的时光持续了大半年，一直到那年年末，从左邻右舍之间的口碑相传开始，客人才渐渐多了起来。三年后，到了 2009 年，这里的生意已经很热闹，客人对咖啡豆的需求量越来越大，红色小木屋改装为专门的咖啡烘焙所，只进行咖啡豆贩卖，Unir 又在附近另开了一家宽敞的二号店，提供店内饮食。

Unir 走了一着先手，在日本人还不知道何为精品咖啡的时候，它耐住了寂寞，当时代的风潮终于刮到了这种讲究品质的咖啡文化之时，人们第一个发现的便是早早准备好的它。在那时，不少日本的生活杂志频频采访山本尚，只请他解释一个概念：什么是精品咖啡？山本尚作为京都精品咖啡的先驱者，又成了专家，无论是依据越来越多的世界资讯，还是仅仅靠一个美食爱好者的直觉，他都坚定地认为：总有一天，精品咖啡会成为日本的潮流。"当时的日本人脑海里有某家店的料理很好吃的印象，却丝毫没有某家店的咖啡很好喝的概念，拘泥食材，从蔬菜、肉类到红酒都是那么讲究产地和生产者的日本人却完全不在乎咖啡的细节，这是一件不符合逻辑的事情。"总有一天，把咖啡作为日常饮品的日本人谈及咖啡的时候，不会只有"巴西咖啡""哥伦比亚咖啡"之类的匮乏词语，总有一天，他们会改变，会关注到精品咖啡，山本尚在等待着。

15年后，山本尚要迟疑一下，才数清楚 Unir 已经开到了第七家店，以京都为据点，在大阪和名古屋都有了分店。几家店围绕着精品咖啡这个中心，又发展出各自不同的主题：最初的红色小木屋在 2015 年因为烘焙规模赶不上订单量而永久关闭了，Unir 在长冈京市内建了新的本店，既有咖啡，又有饮食，聘请了主厨和甜品师，还开设了杂货贩卖区域，光是店内面积就有 500 平方米，又附带了 500 平方米的停车场，成为 Unir 的心脏所在。夫妇二人最常出现的也是这家店，客人大多是熟悉的本地居民，这里支撑了他们的日常咖啡生活。二号店距离本店仅有 30 分钟的步行距离，开在车站旁边，气质与本店稍有不同，是一家以外带咖啡和贩卖商品为主的店铺，旁边还有一家姐妹店，则以贩卖甜品为主，很多来到长冈京的外地人会在这里购买伴手礼。2021 年开在关西地区最大百货商店——阪急百货 10 楼的大阪店是大阪唯一能喝到 Unir 咖啡的地方，一开始本来设有座位，但它太受欢迎了，人们总是排着长队等位，索性撤下了座席区，专门提供外带咖啡，来关西旅游的全国咖啡爱好者也经常来此购买新鲜烘焙的咖啡豆。名古屋的店铺开在一家酒店的一楼，因此也提供早餐。2021年最新开业的京都店也开在酒店的一楼，它在京都站附近，庶民的居酒屋林立，直至深夜依旧熙熙攘攘，因此这家店不仅提供早餐，还供应便宜的午餐和晚餐，希望各种人从早到晚都能在这里享用咖啡与美食，菜单也比其他店铺更丰富，甚至提供啤酒……京都个人经营的咖啡馆多以小规模为特征，基本是一人一店的形式，至多扩张到两家店，Unir 的规模是令同业者望尘莫及的，毋庸置疑的是，在未来，它还会扩张到日本各地，已经有许多来自东京的开店邀请，山本尚还在考察，他的准则只有一个：哪里有好的方案，就在哪里开一家。

随着 Unir 的店铺规模一起飞升的是山本知子的咖啡师之路。她原本像传统日式喫茶店的女主人一样，只是制作甜点和面包而已，却在 12 年后成为日本女性咖啡师的领军人物。Unir 购入专业的意式浓缩咖啡机是在开店的第二年，从那年起，山本尚开始担任国际咖啡杯测大赛"卓越杯"（COE）的评委，后来，这个在全世界范围内评选最优质精品咖啡豆的比赛带他走遍了各大产地，而最初接触到的工作伙伴也令他意识到未来的日本需要更专业的咖啡师和咖啡制作技术。山本知子利用 Unir 新购入的咖啡机努力学习精品咖啡技术，起初只是希望制作出味道能让每天光顾的客人感动的咖啡，她没有计划过要成为一名咖啡师，她参加"日本咖啡师竞技比赛"完全来自丈夫的建议，她说："我不是那种擅长在人前表现自己的人，也很不愿意被人关注。我原本对参加比赛一点兴趣也没有，但是丈夫说，那个比赛有一套专业的评分标准，如果能将它的每个项目都做到极致，应该就能泡出很好喝的咖啡了。"抱着这样的目的，2008 年，山本知子第一次参加了"日本咖啡师竞技比赛"，在 160 名参赛选手中，资历尚浅的她只拿到了第 30 多名，仅仅两年后，她就进入了决赛圈的 16 名选手当中，她的进步非常快，但此后一直在第二和第三名之间徘徊，连续参加比赛 10 年，才终于被认证为"日本第一"的咖啡师。

回想起 2018 年她的职业生涯中高光时刻的那场比赛，山本知子最感激的还是咖啡豆。2008 年，她第一次参加比赛，使用的还是日本市场上贩卖的咖啡豆，虽然已是产品线上最好的一款，但远远不能代表精品咖啡豆的本质；2018 年比赛时使用的哥斯达黎加咖啡豆是山本尚专门为她量身打造的，判断它最好的状态，还要和负责烘焙工作的丈夫不断讨论如何使它呈现最佳风味——经营上的工作越来越多之后，山本尚早已不参与 Unir 的日常烘焙，但妻子参加比赛的咖啡豆一定是他亲手烘焙的。如今两人都有种感触：山本知子成为顶级咖啡师的十年也是 Unir 的咖啡豆产品线成型的十年，知子的技术在不断进步，放在 Unir 店里的咖啡豆品质也在提升，最终，两条并行的线同时达到顶点：知子成为"日本第一"，Unir 也找到了属于它的独一无二的咖啡豆。

如果要问成为"日本第一"给山本知子带来了什么好处，她一定会说：人们知道了她是"日本第一"之后，会更有意识地去喝手里那杯咖啡，更愿意去了解精品咖啡的文化。于是她坚持出现在和客人面对面的咖啡现场，在 Unir 的任何一家店里，你都有可能见到她在制作咖啡的样子，如果不那么忙碌，她也会热情地讲述那杯咖啡的故事。不在店里的时候，山本知子多半在某所专门学校做咖啡讲师，她很乐于教给那些对咖啡有兴趣的年轻人一切关于精品咖啡的事情，这是 Unir 对咖啡的一种使命感。山本尚也是如此，不断有新开的咖啡馆和烘焙所找到他，他都会毫无保留地为他们提供顾问和指导支援。

年轻的咖啡爱好者们也来到 Unir，如今，几家店的员工已经超过 40 人。山本尚非常愿意录用那些想要学习咖啡本质的年轻人，他始终相信：对于咖啡，"从根本上喜欢"这个出发点最为重要。Unir 会阶段性地对年轻人进行培训，对于立志成为咖啡师的年轻人，他用的是比赛中的那一套标准，只有理解和掌握了上面所有的项目，才能成为 Unir 合格的咖啡师。最近几年，Unir 的年轻人的身影越来越多地出现在比赛现场，其中好几个都进入了决赛圈，排名也越来越高。其实这并不太难，在 Unir 的培训体系下，学习三四个月就具备参加比赛的能力。相比之下，烘焙才是更难的，从基础的杯测开始学习，起初只能烘焙普通的混合咖啡豆，要反复练习一两年后，才能拥有在 Unir 烘焙精品咖啡豆的资格。

要尊重时间。京都是一座有着深厚历史底蕴的城市，尤其在 The Unir 所处的地域，拥有几百年历史的老铺料亭不在少数。这里的人们也拥有着京都人最纯正的血统：矜持、警惕，站在高高的门槛背后。在这一带，哪怕一家店开了 20 年，仍会被周遭投来严苛审视的目光，称为"那家新来的店"。对于 Unir 会在未来的什么时候以什么样的方式被这里的京都人所接受，山本夫妇还不是很清楚，但就如他们当初相信精品咖啡会在日本成为一种流行文化一样，他们也有信心：京都自古就是热爱新事物的街道，没有什么不能包容的事物，更何况是咖啡。

咖啡能包容一切，山本尚是这么想的，他希望 The Unir 成为一家从少年到老人，人人都能乐在其中的咖啡馆。山本知子已经身处这样的未来：15 年前光顾红色小屋的不少客人至今仍然一直前来，那个喝着她最初制作的很难说好喝还是难喝的卡布其诺的客人也和她一起变得越来越专业，能喝出不同咖啡豆的微妙差异，会对她说："和去年相比，今年的味道更好了呢。"还有一些客人与山本知子变成了亲密朋友，山本知子在东京参加比赛时，有人专程跑去应援，她获奖之后，人们由衷地为她感到高兴，店内摆满了他们送来的花。第一次在 Unir 约会的中学生，如今已经结婚了，第一次坐在手推车里来到店里的婴儿，如今长成了独自来买咖啡豆的中学生。Unir 这个名字取得真好，山本知子偶尔会想，咖啡真的"联结"了一切。

你爱上咖啡的
第一杯

here

人生的轨迹具有相当的不可预测性。

在 Instagram 上拥有近 10 万粉丝的山口淳一是京都咖啡业界的超级代表。他确实有着与人气相当的实力：2014 年第一次在东京举办的"世界咖啡拉花艺术大赛"上，他打败来自世界各地的咖啡师，站上了金字塔的顶端，夺得了冠军。那是他送给自己的 34 岁生日礼物。今天若有哪位前来京都的旅行者在社交网络上提及喝到"世界第一的咖啡"，总能引来各种语言的询问："是山口吧？"

被世界知道的第五年，山口淳一拥有了自己的咖啡馆。2019 年 7 月，这家取名"here"（这里）的现代风咖啡馆在京都西洞院开业，占了一家现代酒店临街的一整层，比大多数京都个人经营的咖啡馆面积都更大：约 130 平方米的空间内容纳了 40 个座位，起初，一半用作咖啡店"here"的区域,一半用于酒店早餐区域"there"(那里)。不久后,新冠疫情来了,店内暂时全部成为咖啡店空间。山口淳一觉得这样的面积刚刚好:此地偏离观光地,客人不是来去匆匆的观光客,多数尚未确定下一站前往何处,宽敞的空间可供他们悠闲地打发时间。here很快就成为京都最受欢迎的咖啡馆之一,到了年末,每天能有500人光顾,在年轻女性中尤为受欢迎。

但其实"世界第一"的咖啡师的人生是一个讨厌咖啡的人与咖啡发生亲密关系的奇妙故事。山口淳一的年轻时代怎么看都不可能会与咖啡发生联系:他没上过大学,高中毕业后进入京都市内一家印刷厂工作,从事的是操作机械的体力劳动,半年后辞职,那时他19岁。因为喜欢看电影,随后他去了一家录像带租赁店,从晚上11点工作到第二天早上9点,下了夜班就借两盘录像带回家看,这种生活持续多年。之后他又跳槽到市内一家印度进口杂货店,没有目标,没有梦想,工作只是为了养活自己,转眼他就27岁了。直至那时,他都是一个不主动喝咖啡的人,对他来说,咖啡的苦味绝对称不上美味,顶多偶尔喝一罐便利店里加满砂糖的罐装咖啡而已,因此他也绝无可能是因为爱上咖啡才进入咖啡的世界的。人生的转折点来临的那一天,和以往无所事事的每一个日子没有任何不同:他照例在网上冲浪打发时间,偶然看见一张拿铁咖啡的图片,白色的泡沫描绘出吉卜力动画《魔女宅急便》的女主角琪琪的模样。那是他第一次看到拿铁拉花,随之而来的是一种对崭新事物的好奇:"咖啡竟然还能这样玩? 那我也想试一试。"

与咖啡的缘分就此开始。山口淳一购入了一台小型浓缩咖啡机,

山口淳一
here 店主

咖啡在日本尚是小众文化，人们在同好的圈子里追求着更高品质、更美味的咖啡，但他作为一个不热爱咖啡的人，却希望借由 here 推开一扇门，让更多原本对咖啡没有兴趣的人能够喜欢上咖啡，让爱咖啡人群更加壮大——只有将其变成大众文化，才能让一杯售价仅 500 日元的咖啡变得更有价值，令咖啡师这个职业变得更有价值。

搜集网络上各种拿铁拉花视频，开始练习起来。他从来就是那种容易专注某个事物的性格，对自己感兴趣的事物会投入最大的热情，对美食便是如此，他会一直吃某个东西直到厌烦，因此也很快点燃了对拿铁拉花的热情：每天，杂货店的工作在晚上7点结束，回家路上顺便去业务超市[1]买10瓶1升的牛奶和大量便宜的咖啡豆，照着视频练习至深夜，遇上休息日，整天都沉溺于其中。过了一段时间，他又安装了小型摄像机，专门拍摄自己的手部动作，反复对比分析，每一个细小的弧度都要达到精准。走火入魔的时候，就连泡在浴缸里也条件反射地用洗澡水练习着拉花。

其实他的梦想不算实现了，直到今天，他也没能拉出来《魔女宅急便》女主角琪琪的模样。一开始他就意识到了这个尴尬的事实：像自己这样从小就不擅长画画的人是做不了那样的艺术作品的。幸好在拿铁拉花的领域里，除了用牙签在白色泡沫纤细作画的"雕花"，还有一种将蒸汽奶泡缓缓注入咖啡中形成树叶状的"自由倾倒"，山口淳一迅速转变了方向："如果只是树叶，我应该还是可以的。"然而，比起冲泡一杯美味的咖啡只需要掌握温度和时间的技巧，拿铁拉花要难得多，不仅需要娴熟的手腕技术，脑海里还必须存在一定的感性。牛奶在他手中迟迟不能流动成同样的图案，一年过去了，他还是什么都做不好，又过了一年，他才终于拉出一片成形的树叶来。

光是学会一件事就花了两年时间，山口淳一30岁了，他听说了"世界咖啡拉花艺术大赛"的事情，动了参加的心思。但要参加比赛，

---

[1] 指一种性价比很高的小型超市。

就要先成为咖啡师，毫无饮食店经验的他想要在京都的咖啡店找一份工作并不简单，最终，东京一家咖啡饮食店给了他这个机会——那并不是一家咖啡专卖店，但好在有咖啡机。每天早晨开店前，他会先在店里练习2小时，晚上关店后，再继续回家借助视频和书本进行学习。这样的生活持续了两年，正当他想要辞职的时候，精品咖啡在日本流行起来，公司在年轻人聚集的涩谷开了一家咖啡专卖店，他顺理成章成为咖啡师，又在那里工作了两年。

他在"世界咖啡拉花艺术大赛"上出场也是在那时。2012年，他参加了在芝加哥举行的比赛，最后拿到了第二名；2013年，在西雅图和纽约举行的两场比赛中，他又拿到了两个第三名；到了2014年4月，一直在美国举行的"世界咖啡拉花艺术大赛"终于第一次在东京举办，主场作战的他意识到这是个不可错过的良机：来自全世界的64名选手要在3分钟内完成作品，3位评审员各自从美感、明确度、色彩表达力、创造性及难易度、速度5个方面进行打分，只要能够拿下3分，就能获得冠军。他认真分析了对手和审查员的状况，确定了自己的优势项目，也确实抓住了机会，在3天的比赛中，他连赢6场，成为世界瞩目的东京赛场"初代冠军"。如今回想起那场比赛，制订战术固然重要，但他仍然坚持更大的原因是运气：过去，"世界咖啡拉花艺术大赛"一直在海外举办，无论技术多么娴熟，最终决定权还是在评审员，由于美国人和日本人在感性上存在一定差异，因此这成为一场总是美国人获胜的比赛，"世界咖啡拉花艺术大赛"头一回在日本举办，这是他最大的运气。他是用一片树叶拿到冠军的——在美国，从未有人用这样简单的图案获胜过，但在东京，山口淳一在树叶中表现出的纤细和敏感被视为一种日式特质，得到了最高评价。

山口淳一在 30 岁时急转身，打了一个短平快，34 岁就站在了行业顶端，到了 40 岁已经拥有过去完全不曾预料的人生。有时连他自己也会感慨：原来人生还可以这样？他因此不希望自己成为一个榜样，因为取决于运气的偶然因素过多：那年他在东京成为世界冠军，因为"世界咖啡拉花艺术大赛"是第一次在日本举办，媒体纷纷报道，引起了社会的关注，让咖啡业界之外的人们也从新闻中得知了他的存在——其实他是"世界咖啡拉花艺术大赛"上第四个获得冠军的日本人，却在大众之间拥有了比其他人更高的知名度。若是非要说他身上有什么可供后人学习的地方，他说只有一点："当时机到来的时候，要用尽全部的力量去抓住它，我确实做好了这个准备。"

成为"世界第一"的山口淳一答应了香港的 %Arabica 的社长不断发出的邀约，从东京回到故乡京都。山口淳一与 %Arabica 的社长相识已久，在获得冠军前，他常常在脸书上更新自己的拿铁拉花视频，已经是社交网络上小有名气的咖啡师，被邀请前往马来西亚、菲律宾和俄罗斯等地进行教学，%Arabica 的社长通过私信联络他，他因此前往香港的店铺举办讲座和培训，之后便一直收到在京都店担任咖啡师的邀请，但他一直犹豫着：究竟是继续做咖啡师，还是开一家自己的咖啡馆？在多般权衡之后，他认为独立开店为时过早，这才加盟了 %Arabica，后来成为京都岚山店的明星咖啡师。

山口淳一回到京都还有另一个原因。他未来想在京都开咖啡馆，这个城市的面包和咖啡消费量都是日本第一，不仅古都人热爱新鲜事物，而且这里拥有全日本最多元的顾客群：从东京、大阪到北海道、冲绳，一直到亚洲、欧美，世界各地的观光客都热衷来京都，作为土生土长的京都人的他很清楚,吸引外国人前来是京都这个城市一直在做的事。而对咖啡的喜爱,相比日本人来说,外国人明显更深。虽然东京的外国人也很多,但咖啡业长期被大型连锁店垄断,房租也高,个人经营的小店铺难以生存,远不如京都拥有的包容力。京都是最好的选择,既拥有全世界范围的品牌影响力,又拥有个人经营店良好的生存土壤。

在香港开店时寂寂无名的%Arabica,在京都获得了爆发性的人气,某种意义上是山口淳一"世界第一"的标签成就了它。岚山是海外观光客来到京都的必然打卡地,位于大堰川畔的%Arabica开业后,以亚洲观光客为主的客人几乎每天排着长队,许多都是冲着山口淳一而来,每天制作超过1500杯咖啡成为他平凡的日常。而山口淳一从%Arabica得到最多的不是被更多人知道,而是前往世界的通道:在5年时间里,他前往25个国家,参与了30家店铺的开发,平均每3个月就要去两次海外,在开店前一周进行技术培训,开店后一周站在店内进行指导,被安排前往各种有名的咖啡馆巡礼,到日本人尚未涉足的咖啡农园参观……热爱旅行的他在工作结束后便拥有了自己的时间,他要做的事情只有一件:尝遍全世界的美食。

"在那几年里,我才真正知道了对全世界人类来说,'美味的食物'应该具有怎样的特质。同时我还知道了外国人如何看待日本人,他们来到日本的时候,被什么样的东西所打动。不仅是味道,被味道打动是理所当然的,在这之上,有许多与风土文化相连的东西。只有见识了截然不同的文化,才知道日本人拥有的东西是什么,只要将其做到极致,就会成为优势。这对我后来开店给予了极大帮助。"人生的轨迹具有相当的不可预测性,山口淳一误打误撞被推向了世界,但从前躲在深夜的录像带租赁店里的青春似乎也变得不是毫无意义：在那段每天依靠观看免费录像带打发时光的日子里，他观看了大量好莱坞电影，意外地学好了英语，25 岁的他托业考了 730 分，跑到墨尔本度过了 4 个月打工假期。如今，当时打下的英语基础又一次发挥了作用，将他与全世界的咖啡事业、全世界的人无缝连接在了一起。

%Arabica 成为京都的超人气咖啡馆，全世界的分店也越开越多，逼近百家。"系统的流程已经形成，我不站在店里也没关系了。"在面朝河流的吧台里站了 5 年后，山口淳一开始思考自己下一步想做的事情，独立开店的念头再次浮现，他感到时机终于成熟，是时候开一家属于自己风格的咖啡馆了，那应该是一家"讨厌咖啡的人也觉得好喝的咖啡馆"。

成为咖啡师之后，山口淳一发现了一个事实：日本的文化是茶文化，而不是咖啡文化，称得上非常喜欢咖啡、想要去咖啡专卖店里喝咖啡的人群比例甚至不到 10%。在 %Arabica 的时候，反倒是中国和韩国的年轻人表现出对咖啡的狂热，他们在旅行时专程前来，其中许多人都会购买咖啡豆和周边产品。日本的年轻人几乎不购买咖啡豆，他们尚未养成在家里喝咖啡的习惯，还有一些日本人虽然每天喝咖啡，却几乎不光顾咖啡店，便利店里只要 100 日元的现磨咖啡就能满足他们。

山口淳一不想绕开这群人，因为他就是他们。成为"世界第一"的咖啡师的第七年，他依然是那个不会主动光顾咖啡店、自己在家里也不喝咖啡的人。但这恰恰成了他的一个优势："我的味觉更接近讨厌咖啡的那一群人，如果我觉得这杯咖啡好喝的话，可能很多对咖啡感到棘手的人也能喝。"他精心研究出来的是 here 的原创混合咖啡豆。"如果只有果味，而没有咖啡味，就丧失了咖啡原本的意义，还不如去喝果汁呢！在烘焙上也要注意这一点，因此相比很多店，其实我们更偏向深煎口味。但如果仅仅是这样，虽然有了咖啡的味道，却会变得很苦，这也是不行的。"这时候就要讲究咖啡豆的精选，山口淳一选择的两款咖啡豆分别来自巴西和埃塞俄比亚，前者是经典的咖啡口味，后者则带着果实浓郁的甘甜味，两者混合在一起，形成了他理想的味道：初入口时是咖啡风味，但随之而来的不是苦味，而是微微的甜味。即便这样，还是会有人觉得苦，于是就要加入牛奶。并不是越贵的牛奶就合适，他四处对比，终于找到"喝过之后，后味可以在口腔里残存很久"的一款，埃塞俄比亚咖啡豆的果实甘甜与牛奶的甜味融为一体，不用加砂糖，也能成为一杯好喝的咖啡，这是一个不爱喝咖啡的咖啡师在长久的摸索中得出的秘方。但如果有人不愿意直接挑战咖啡呢？他在 %Arabica 见过太多此类的情景：一些日本人走进店里，摆着手坚持"不能喝咖啡"，最后悻悻而归。于是在 here，他又增加了一款特别饮品，以咖啡为基础，在其中加入大量的烘焙茶，最后成为一杯烘焙茶咖啡拿铁。"能喝这个的人，没准下一次就愿意挑战拿铁咖啡了。"他对此充满信心。

山口淳一始终觉得，需要为更多人打造爱上咖啡的契机，就像当初拿铁拉花成为他的契机一样。如今，日本许多新生的咖啡馆极致地讲究咖啡豆品种，做出来非常美味的黑咖啡，他当然知道那样的品质是毋庸置疑的，但同时他也很悲观：对日本人来说，如果外观不好，销量也不会好，永远只有喝过那杯咖啡的人才知道它的美味，而拒绝的人却会永远拒绝。但拿铁拉花不一样，它是外显的视觉呈现，人们

会出于一种"想看"的心情而试着去喝那杯咖啡，如果喝过之后觉得味道还不错，就会因此而喜欢上咖啡。如果再把这杯咖啡的照片发上社交网络，就能够吸引更多人的兴趣。对山口淳一来说，拿铁拉花已经从一种兴趣变成一种武器，他要通过它来让更多人爱上咖啡。

在 here，山口淳一还有另外一个武器——卡纳蕾（也称可丽露）。他的味蕾虽不钟情咖啡，对甜点却是疯狂热爱，here 的宣传语便是：咖啡和卡纳蕾的店。热爱咖啡的日本人只有 10%，那么怎么让剩下的 90% 的人也来到店里呢？要靠搭配咖啡的甜点。卖甜点虽然不能成为一家咖啡店的最终目的，却是一条"曲线救国"之路，他想用"咖啡 +"的形式引起对咖啡漠不关心的人们的兴趣。

卡纳蕾是山口淳一在巴黎遇见的惊喜。他在日本也吃过这种小巧可爱的下午茶点心，但和在法国吃到的仿佛不是同一种东西，那种惊艳的口感他在回国之后久久未能忘却，也令他确信这是最适合出现在咖啡馆里的甜点：虽然在日本的面包店和蛋糕里存在卡纳蕾，却是角落里最不引人注目的配角，如果它可以在咖啡馆里成为主角，情况可能会不一样。于是山口淳一决定推出"全京都最好吃的卡纳蕾"，他用了半年时间研发，让一位甜品职人重现自己在巴黎的味觉记忆，并且坚持只制作原味——卡纳蕾在日本演绎出诸多流派，搭配以巧克力、抹茶或是鲜草莓之类，这样可以令外观增色不少，而这却是山口淳一讨厌的做法，有喧宾夺主之嫌，味道也绝对称不上好。他的做法成功了，仅靠着记忆里的味觉冲击复制出来的卡纳蕾卖得很好，成为here 的人气商品，在新冠疫情期间，他尝试网络贩卖，在1 分钟之内，400 个卡纳蕾全部售罄。

起初，为了让卡纳蕾能够引起人们的注意，每天，山口淳一上传照片放在here 的社交网络主页上，焦黄色的甜点蘸上拿铁的奶泡，十分能勾起人的食欲，算是他的一种游戏心态："不是倡导人们都用这种方法吃卡纳蕾，而是想传达给诸位：也能这样试一试哟！"here 在社交网络上的许多照片都由他亲自拍摄，平常他背着一台徕卡相机，拍照和旅行一样是令他痴迷的事情，也是他在%Arabica 时找到的一种表达方式：起初的三四个月，店里完全没有客人光顾，对凡事首先持观望态度的京都人来说，店铺的风格有些时尚过头了，与古都气质格格不入。当时他在社交网络上已经拥有数万粉丝，于是便从那里切入，每天亲自拍照、修图、上传，这才让店里的生意渐渐变得顺利起来。这个经验对here 也很有效，虽然它所处的街区勉强算得上京都的心

脏地带，但鲜有观光客涉足，与岚山的情况全然不同。"在岚山那样的地方，不管是什么样的店，生意都还不错，%Arabica 是因为在那样的地方制作了好喝的咖啡，所以才引发了爆发式的效应。因为 here所处的地理位置，我从一开始就没有以观光地效应为目标，但观光客的罕至程度还是超乎了我的想象。在这样的地方，如果不提供超高品质的商品，客人就完全不会来，而且在宣传手段上也要更加花心思。"

致力制作"能让大众喜欢上的咖啡"是 40 岁的山口淳一的选择，也是作为"世界第一"的他对日本咖啡未来的一点点使命感。咖啡在日本尚是小众文化，人们在同好的圈子里追求着更高品质、更美味的咖啡，但他作为一个不热爱咖啡的人，却希望借由 here 推开一扇门，让更多原本对咖啡没有兴趣的人能够喜欢上咖啡，让爱咖啡人群更加壮大——只有将其变成大众文化，才能让一杯售价仅 500 日元的咖啡变得更有价值，令咖啡师这个职业变得更有价值。

成为咖啡师这件事完全来自人生轨迹的不可预测性。山口淳一回顾 27 岁的自己，不过是想学会一杯拿铁拉花而已，那之后渐渐沉迷于提升技术，又开始追求味道，结果走上了"世界第一"的道路。27岁的他一次都没想过自己会在咖啡店里工作，他甚至没想过会找到一份让自己感到快乐的工作，过去的他拥有一种日本人典型的务实的事业观：世界上不存在令人快乐的工作，工作就是为了活下去，先保证自己有饭吃，再去寻找工作之外的其他乐趣。他的运气比大多数人都好，引导着他不仅找到了喜欢的事，还将那件事变成了工作，成为他脑海里无时无刻不在思考的一件事情。之后，here 又招了三个店员，山口淳一并不总是在店里，他在全日本做着各种各样和咖啡有关的工

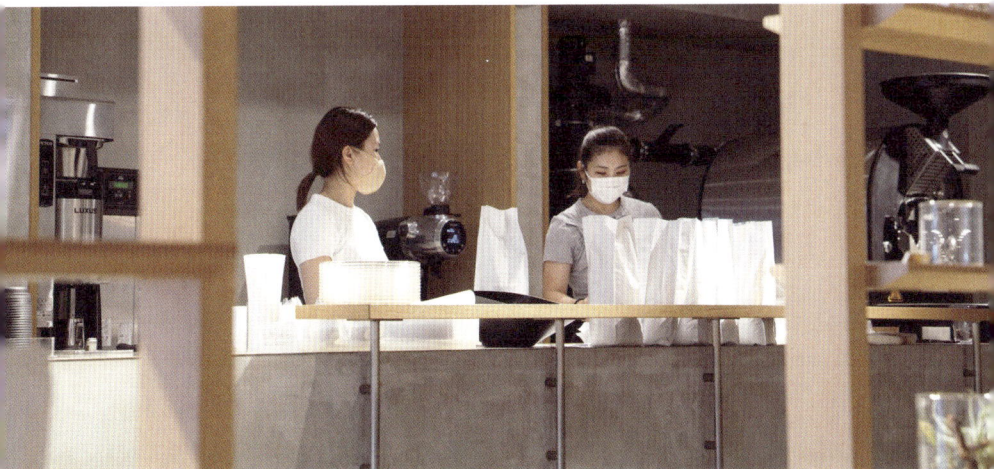

作，他太有名了，人们都想找他：前 SMAP 成员稻垣吾郎在东京银座开咖啡馆，就专门邀请他作为顾问，为此，他还要每个月前往东京两次，以保证那家咖啡馆稳定质量。

山口淳一没有太留恋那场让他成为"世界第一"的比赛，他将其视作人生中的一个通过点，不可能一直停留在那里。后来他再也不参加任何比赛，因为已经不存在更高的目标。如今，他的目标是：等到新冠疫情过去，要在京都的观光地开一家 here 的二号店，以外带咖啡为主，比一号店能接待更多客人，也许不是卡纳蕾，但依然会是"咖啡再加上点什么"的"咖啡 +"路线。最近几年来，外资店和连锁店接连进军京都咖啡业界，从规模和扩张速度上看，它们是个人经营店难以取胜的劲敌，但大型连锁店对咖啡豆的数量要求巨大，无法使用少量生产的精品咖啡豆，这是个人咖啡馆的天然优势，如果再与连锁店那种生产线上的快餐食品不同，提供一道充满职人温度的甜品，就会让个人咖啡馆完全具有自我特色的优势，这是山口淳一的路线。

在京都这条随处能见到几百年老铺的街道上，咖啡师是一个年轻的职业。人类的科技飞速发展，山口淳一开玩笑说："一百年后，说不定这个职业已经消失了，人类会发明出自动制作出超级美味咖啡的机器来。"未来不可预知，但至少在今天，咖啡师仍然拥有生动的人情魅力，他们站在客人面前一边制作咖啡，一边和人们谈话的时候，能够带给人们期待与感动。"因此对于咖啡师这个职业，一味地埋头于其中也是不行的，每个咖啡师都有自身的经历，在和客人的交流中，这些有趣的东西流露出来，这样才能让咖啡馆变成充满魅力的地方。"山口淳一能够一一数出来京都好几家咖啡馆的店主，平日里是工作对象，但更是朋友，他了解他们的故事，说起正是因为他们这样或那样的过往，京都的咖啡店才变得有趣起来。

在山口淳一心里也存在一种最有趣的咖啡馆形态，那是他心里长久以来的朴素愿望。

"很早以前我就在想，要做一辆移动贩卖的咖啡车，在日本的各个地方转悠，其实 here 这个名字最早就是这么来的：每到一个地方，就有一种'我现在在这里哟'的感觉。开一家咖啡馆，需要人们主动来，但移动贩卖车则是我主动去，那是无关营业额的一件事，总有一天，我一定会去做。"这样的憧憬来自日本从前到处可见的风景，一辆移动贩卖车停留在深夜的车站前，人们埋头在热气腾腾的拉面之中的画面根深蒂固地留在了他的脑海里。但比起在城市里转悠，他更想去日本的乡下，在全部的都道府县巡回，和平时遇不到的人们相遇，同时满足自己的旅行欲：既有因为自己去到那里而感到开心的人们，也有自己不亲自去就无法看到的风景，当地的人们会高兴，自己也会高兴，这就是最好的相遇。

一辆移动贩卖的咖啡车也拥有山口淳一理想的店主和客人的关系。无论是站在 %Arabica 里，还是 here 里，他都实在太忙碌了，只能在间隙里和客人说上几句话，很少能记住人们的脸。对利润微薄的咖啡店来说，追求客流量是生存之术。但在一家不为赚钱的移动咖啡馆里，他想象着，自己能够与客人悠闲聊天，看到他们喝下第一口咖啡之后，脸上流露出开心的神情，而那个前来喝咖啡的人可以在这里享受一天之中最放松惬意的时光。

The
Stories
of Cafe
in Kyoto

三代人造就的
喫茶文化

25岁之前，奥野薰平从没想过有一天自己要继承六曜社。从记事起，他就每天坐在这家喫茶店地下一层的吧台最深处，面前摆着一杯咖啡牛奶，在客人们此起彼伏的聊天声中，他比同龄的小孩更早享受到喫茶店的乐趣。尽管如此，他一次都没想过自己会像父亲一样站在吧台内侧。他的第一个梦想——成为职业棒球运动员，破灭于高中时代，后来又觉得要做音乐人，总之，咖啡从来不是他的理想。

2020年，奥野薰平37岁。年末，在京都一家媒体的邀约下，他和父亲奥野修做了一次公开对谈，聊及六曜社的历史与传承。这个时候的他甚至已经能从音乐层面理解"喫茶店的美学"了，他说："这个空间拥有最好的背景音乐，不是演奏的曲目，而是随机响起的各种声音组合：机器研磨咖啡豆的声音、热水沸腾的声音、

餐具撞击着铁盘的声音、马克杯放在桌上的声音、打开一张报纸的摩擦声、一些细碎的嘈杂的谈话声、门外的脚步声与车流声，有时还有雨声……这是由客人参与共演的、专属于喫茶店的背景音乐。"谈话结束后，薰平向观众冲泡了自己为这天特别烘焙的咖啡豆，父亲即兴弹起吉他来，让他拥有了另一种背景音乐。父亲沉默寡言，从他记事起，家人之间就不会谈及太过深入的话题，这时他才意识到：原来即便平日疏于交谈，父亲也在考虑着各种各样的事情。那是一个奇妙的片刻，借助咖啡与音乐这两样父子一致认为的世上最美妙的事物，他们之间不通过言语便达到了一种心灵相通。

这一年，六曜社顺利迎来了 70 周年，也是奥野薰平回归的第八年。这家面朝河原町三条大道的家族喫茶店已成为京都人公认的"提供咖啡和甜甜圈的老铺名店"。如今，薰平和父亲分别负责地上店和地下店的营业。两家店虽然在同一栋大楼内，却有各自独立的入口，营业时间和提供的服务也大不相同。地上店是京都典型的"王道喫茶店"，从早上 8 点烤吐司搭配咖啡的早餐开始，一直营业到深夜 10 点半。店内有 35 个座位，皆为桌椅席，客人们常要拼桌，是京都令人怀念的"相席文化"。吧台前整齐地摆放着当天的各种新闻报纸，客人随意取阅，从爱读报纸的老年人到附近的上班族和专程前来的学生，都是这里常见的身影。地下店到了正午 12 点才开店，入口像一个神秘的黑洞，令初来者不免犹疑。地下店比地上店略狭窄，设置有 3 组沙发席，独自前来的人们更喜欢坐在吧台前，那里有 14 个位置，抬头便是奥野修在眼前冲泡咖啡，他身后的架子上摆着一排玻璃罐，其中装着十几种不同种类的烘焙豆。这一年，奥野修 68 岁，除了每周一天的休息日，他依然每天站在吧台内，慢悠悠地为客人冲泡咖啡，晚上 6 点，他回到家中的烘焙小屋，准备第二天的咖啡豆。

地上店和地下店的速度也明显不同。地上店强调快速，冲泡一次咖啡大约可供 10 人份，客人点单后，咖啡迅速就能被端上来，是高效率、高回转的空间，适合那些需要找个地方休息片刻，或是填补时间空隙的人。近年来，由于京都推行禁烟条例，地下店禁了烟，但地上店还是在中午 12 点后为客人开放吸烟时段，因此在这里常常可以看到的景象就是：一杯咖啡、一个特制烟灰缸、一盒六曜社原创火柴，客人的脸藏在报纸之后，烟雾随之腾起。地下店则追求慢，听过客人的需求后，才开始手磨豆子，用滤网一杯一杯冲泡，于是坐在吧台前的客人总是那些想要一个人待着，慢慢享受悠闲时光的人。如果了解六曜社规矩的熟客坐在地上店，30 分钟之内就会离开，给后面等待的客人留出座位；而若是坐在地下店，许多人会在 1 小时之后才缓缓起身，也有人 2 小时乃至 3 小时地待下去，而不会被催促。无论是在地上店还是地下店，都能吃到六曜社的另一个名物——甜甜圈，这是薰平的母亲美穗子的代表作，生意好时，每天能卖出 100 个，有时刚过中午便会售罄。晚上 6 点过后，地下店的营业也并未结束，从此时至夜里 11 点，这里会变身为酒吧，为客人提供威士忌和鸡尾酒，也能继续喝咖啡，很长一段时间，这里由薰平的伯父奥野隆担任酒保。六曜社便是这样一家店，是奥野家族的每个人参与其中，共同打造出的差异空间。

准确来说，其实六曜社是薰平的爷爷奥野实的店。它的故事也不是从京都而是从中国开始的。1939 年，初中毕业的奥野实离开故乡京都独自前往奉天，就职于一家商社。战败后，他失去了工作，

为了糊口，1946 年，22 岁的他利用简陋条件，在奉天街头开了一个小小的咖啡屋台，经常光顾的客人中有一位在奉天长到了 20 岁的日本女孩，名叫小泽八重子，后来成为薰平的奶奶。奥野实和小泽八重子在奉天订下婚约，随后一起回到京都。1950 年，两人在河原町找到一家战前经营的地下咖啡店，于是便将其接手下来，继续采用它从前的名字"六曜社"，再次开始了咖啡馆的经营。彼时，京都人还不习惯称其为咖啡馆，而是把它叫作喫茶店。咖啡作为一种舶来品，在明治维新之后逐渐进入京都人的生活，到了二战爆发前的 20 世纪 30 年代，以进进堂、Smart 咖啡、筑地、云仙、静香、猪田咖啡等延续至今的喫茶店相继开业为标志，京都的喫茶文化已经成为文化人之中的流行趋势。六曜社开业的那一年，正好遇上战时禁止输入的咖啡豆解禁，虽然咖啡豆仍是难以获取的奢侈品，但因战争受到重挫的京都喫茶业重新进入了飞速发展期。当时的六曜社和今天的地下店布局几乎没有差异，在略微昏暗的光线里，墙上装饰着各种现代绘画，长条吧台前总是热热闹闹，此时的河原町三条是京都最繁华的商店街，被称为"西边的银座"，电影院、剧场、弹珠店和餐饮店等流行事物都集中于此，六曜社的生意也不错，其中以城中画家和美术大学学生为主，作家、记者和学者也常常光顾这里。

关于这个时期的六曜社风景，从作家濑户内寂听的文章中可以找到一些线索。当时，还不到 30 岁的濑户内寂听在京都一家出版社工作，她是六曜社的常客，在一篇文章里写道："起初是被同事带去的。店内不是那种男女约会的偷偷摸摸的氛围，而是在这个场所里的全部人共用的自家厨房一样的安心感。无论什么时候，总是有很多客人，点一杯咖啡坐上好几个小时也不会被赶走。在这里进行的虽不是什么高深的谈话，但大体都是感觉相似的人：有点文学青年气息的、未来要成为画家的。店里感觉非常好，咖啡也好喝。老板直率而冷淡，不与客人喋喋不休，我没跟他说过话。"在濑户内寂听的形容里，六曜社初代店主奥野实是一个不怎么亲切的人，总是坐在吧台深处的固定位置，一旦有客人点单，他就会静静地站起来泡咖啡。店里还有一台流行唱片机，里面终日放着爵士和民谣，由于当时的黑胶唱片对个人来说还是奢侈品，因此也有不少客人专程前来点歌。

20 世纪 60 年代，随着安保运动的发展，京都也成为"学生运动的街道"。热血澎湃的京都大学生们把六曜社当成了据点，等候与人碰头、进行民主讨论，从游行中疲倦归来，面前总是摆着一杯六曜社的咖啡。那是没有手机的年代，六曜社发明了一种留言用纸，专供客人互相留口信。当时日本人口中有"东之风月堂，西之六曜社"的说法，两者都是文化人和学生运动活动家聚集的代表空间。遗憾的是，新宿的风月堂在 1963 年就关门了，只留下了六曜社。其实六曜社的经营也并不是那么轻松，在最繁忙的时期，尽管店内同时有十几个打工的店员，但因为座位不多，大多数客人点一杯咖啡便坐上两三个小时，店内翻台率极低，有一段时间，奥野实要偷偷做一些诸如房地产中介之类的兼职来补贴家用，才使六曜社勉强撑了下来。

开店 18 年后，1968 年，奥野家已经有了 3 个孩子，咖啡馆的熟客也越来越多，地下店渐渐不够用了。于是奥野实又租下一楼的店铺，把喫茶店搬到了更加宽敞的地上店，地下店则改为晚上营业

的小酒吧。两个店生意顺遂，到了 20 世纪 70 年代，六曜社已经在
日本全国范围内有了名气，成为能够代表京都的喫茶店了。

但奥野薰平的爸爸奥野修从没想过要继承六曜社。作为一个大
家庭里的第三个儿子，他注定可以自由自在地活着。如今，1952 年
出生的奥野修是在维基百科上也拥有条目的名人，但这和六曜社没
什么关系，他的主要身份写着：日本创作歌手。下面详细列举了他
曾经组过的乐队和发行的十几张专辑。中学时代的奥野修第一次从
收音机里听到了鲍勃·迪伦的歌，从此一发而不可收。1969 年，他
从高中退学，前往东京追逐自己的音乐梦想，一边打工，一边进行
乐队活动。但也和那个时代大多数理想青年一样，他虽然发行了几
张专辑，有一些小名气，但终究不能靠音乐生活。1975 年，奥野修
回到京都，一边打着零工，一边继续音乐演出活动。某天，他一如
既往坐在六曜社喝咖啡，突然，曾经对他的出走表示"既然走了，
就不许回来了"的父亲松口道："与其这样吊儿郎当地过日子，不
如来六曜社帮忙吧！"当时的六曜社由奥野修的父母负责地上店的
经营，二哥也在帮忙，大哥奥野隆则接手了地下酒吧。奥野修思虑
片刻，觉得未来不会轮到自己继承这家店，权当积累生活经验，于
是答应下来，开始了在地上店洗盘子的生活，他洗了两年盘子，才
终于被允许冲泡咖啡。

1981 年，日本的喫茶店风潮迎来了高峰，全国将近 16 万家，
而京都达到了史上最高的 5000 多家，此后逐年减少。六曜社也迎来
了经营下滑的时期。此时的奥野修开始对咖啡豆烘焙产生了兴趣：
一直以来，六曜社使用的都是京都其他咖啡烘焙店的熟豆，将几种

豆子混合在一起，经过口味的调整，成为六曜社独有的味道。但奥野修渐渐意识到：咖啡的味道，在生豆和烘焙环节就决定了80%，无论如何调整后续环节，都无法主导其味道。在当时的京都咖啡业界，个人烘焙还未兴起，很多烘焙店的方法都是企业秘密，奥野修不死心，独自走访了京都、大阪和奈良各地的咖啡烘焙店，终于得到一些指导，完成了"烘焙修业"。1986年夏天，奥野修决定在午后开始地下店的营业，以自家烘焙咖啡一决胜负，同时，他在家里建造了一个烘焙小屋。今天，六曜社地下店提供的咖啡种类就是从那时的摸索中延续下来的：两种混合咖啡豆，分别是深煎豆和三种中深煎豆的混合，以及三种中深煎豆的混合；同时，又有来自埃塞俄比亚、哥伦比亚、巴西、印度尼西亚、古巴、墨西哥等世界各个产地的单一烘焙豆，其中以中深煎豆最多，其次是中煎豆和深煎豆。美穗子的手工甜甜圈也出现在店里，原本是做给薰平吃的小零食，因为朴素的味道和咖啡很搭，所以成为菜单的一部分。从一开始，地下店的主角就是手冲咖啡，为了保持咖啡豆的新鲜度，都是每天进行烘焙。

20世纪90年代，泡沫经济来袭，京都各个领域的个人经营店受到冲击，喫茶店也不例外，每年都有老店倒闭。1999年，星巴克在京都开了第一家店，至2005年，开到第十四家，外资店和廉价连锁店快速入侵京都，但奥野修不为所动，始终坚持自己的步调，在大量生产、大量消费的世道之中，他将咖啡作为一种作品，如同他对待音乐的态度。对于咖啡豆的贩卖，他只接受电话订单。有人劝告说："如果增加网络渠道，销量会激增。"但他拒绝了，说提供缓慢时间的地下店营业才是本分。就连店里的咖啡豆也不会提前包装，客人要购买，就得花几分钟等着装袋，这么做也是为了保证咖

奥野薰平
六曜社第三代店主

在这里，人们并不追求当红的咖啡豆和流行的器具，也并不匆匆买上一杯咖啡就离开，喫茶店等同于一种时间——阅读报纸的时间、读书的时间、学习的时间、和朋友见面的时间。

奥野修
六曜社第二代店主

购买咖啡豆要等，冲泡咖啡也要等，在奥野修的观念里，这样的"非效率性"才是喫茶店的性格，这里是一个"人们生活的逗号和句号一样的存在"。

啡豆的新鲜。购买咖啡豆要等，冲泡咖啡也要等，在奥野修的观念里，这样的"非效率性"才是喫茶店的性格，这里是一个"人们生活的逗号和句号一样的存在"。也是这种京都典型的职人做派令奥野修渐渐吸引了一大批忠实粉丝，店里的客人络绎不绝。后来京都不少年轻的咖啡店主在采访中都会谈及：受到了六曜社的提携，或是从奥野修那里得到了不少影响。六曜社的地下店渐渐取代地上店，成为主要的盈利来源。但即便成为第二代，奥野修的音乐活动仍在继续，每晚烘焙结束后，他还是会弹弹吉他。之后他又出了几张专辑，偶尔还会参加一些音乐演出活动。在他心里，咖啡豆的烘焙和音乐创作有某种通感，都是需要竖起耳朵，用感性去理解事物的事情。

出生于 1983 年的奥野薰平是奥野修的独生子。兴许是自己经历过自由的生活，奥野修并不想控制儿子的人生，从未提过要他继承六曜社。薰平进入咖啡的世界完全是个偶然。高中毕业后，他未能顺利进入职业棒球领域，也没有兴趣考大学，一时失去了人生的方向。也许是受到父亲的影响，他也热爱音乐，但这已经不是理想主义的时代。做了一阵子靠父母养活的无业游民，薰平心中越来越慌，心想人生不能这么继续下去，还是先随便找个工作吧，此时正好看到了前田咖啡招聘店员的广告。先去打个零工，然后寻找和音乐有关的机会，他如此想着，却从打工者变成正式员工，这份工作他干了七年半，最后当上了店长。

"如果没有前田咖啡，我就不会继承六曜社了。"薰平说。在他加入后不久，1971 年创立的前田咖啡经历了一次两代人的交接。第二代店主前田刚接手后立刻进行改革，他颠覆了上一代的家庭作坊式经营理念，不断扩张规模，积极参加推广活动来提高知名度，把视线从街区住民转向观光客，很快就开了十几家分店。前田刚很欣赏薰平，邀请他参与自己的扩张事业，薰平也在这个过程中渐渐理解到了家族咖啡馆的意义，对六曜社有了一些想象："我当然也很尊敬前田咖啡，觉得它做了了不起的事情。但我一边看着前田咖啡代际交换的样子，一边确认了自己心中理想的喫茶店——绝不是要扩大，而是要继续。要站在自己亲眼确认的范围里，带着责任感为客人提供宝贵的时间。"

2006 年，83 岁的奥野实在心脏手术的次日，因脑梗死发作而去世。薰平的奶奶八重子接管了地上店。地下店仍然分别由父亲和伯父负责不同时段。奥野家都是年过半百的人了，薰平终于确信了有朝一日自己要继承六曜社这件事。两年后，薰平辞去了前田咖啡的工作，但他没有立刻回到六曜社，而是开了一家自己的咖啡馆。他心里想：六曜社有半个世纪的历史，这份历史是和客人共同打造出来的，我要尊重它，这里是一个我继承之后不可以改变的场所。但我心中理想的咖啡店形态并不能完全在六曜社得以实现，如果蛋包饭和拿波里意大利面这些食物出现在六曜社的菜单上，一定会有客人觉得：六曜社变了，明明是个喝咖啡就足够的地方。既然早晚要继承六曜社，那么在那之前，为了让自己不后悔，先去开一家自己理想中的咖啡馆吧。于是，26 岁的薰平开了喫茶 fe カフェっさ（喫茶咖啡馆）。其实，如同乱码一样的店名是他的理想：既有"喫茶"，也有"咖啡馆"，有汉字、英文、日文平假名，还有代表外来语的片假名，不同的语言和概念混在一起，寓意着这里是一个"打破喫茶店和咖啡馆之间的区别，男女老少聚集的自由场所"。

喫茶 fe カフェっさ只开了三年半，奥野修突发心脏病而被送进了医院，六曜社地下店关门整整一个月。奶奶八重子年纪越来越大，地上店的传统形式和经营理念已经跟不上时代，熟客高龄化，新客人不来，经营状况十分严峻，连年处于赤字状况。只能由薰平来守护六曜社了，2013 年 6 月，30 岁前夕，薰平关闭了自己的咖啡馆，回到六曜社，接手地上店的经营。

回归的薰平暗自庆幸离开六曜社的这十一年。因为有了在前田咖啡工作和自己开店的经历，他接触到了外面的世界，被教会了他人的思维方式，这才能够以客观的视线打量六曜社，看到这里所欠缺的东西。只有知道六曜社不足的地方，才能够将这家店继承下去。薰平首先对六曜社的经营进行了改革，他知道问题出在哪里：爷爷去世之后，一直以奶奶为中心负责店里的事情，她的管理风格过于严厉，毫不顾忌客人感受就对店员发火的管理方式让年轻的客人难以接受：这里不是我们所期待的场所。薰平的做法是：客人视线。不是由六曜社来决定客人待在什么样的空间里，而是从客人的角度去理解他们希望在这里度过怎样的时间。他终于明白了出生在一个喫茶店的家庭带给他怎样的恩惠：小时候坐在地下店吧台尽头的经历，以及常常被父亲带去其他店里打发时光的经历，令他自小就拥有了客人视线，他知道做什么能够让客人开心，让其感受到一家喫茶店的魅力。

六曜社的待客之道隐藏在每一个细节里，即便人们都坐在沙发椅上正对着桌子，咖啡杯端上来，也微妙地摆放在不同位置。这是经过认真思考的结果：要放在哪里，客人才能更顺手地将杯子拿起来？如果这人只是坐着，那就应该放在中间偏左的位置；如果那人摊开一张报纸在读，就应该放在更靠他左手边的位置。诸如此类，在六曜社，客人会有种奇妙的舒适感，却说不上来原因为何。

八年后，六曜社已经拥有了一批全新的年轻客人，尤其遇上寒暑假，店里几乎全是学生，其中不乏穿过城市专程前来的人，他们或者和朋友聊天，进行一些讨论，或者只是悠闲地休息，几十年前店里的喫茶文化，如今在年轻人身上依然作为一种趣味而得以延续着：他们并不只盯着手机屏幕，也不埋头于电脑之前，而是和一个具体的人一起面对面坐着，时间和空间作为一种价值被提供着。

在咖啡店激战区京都，为了能够存活下去，不进行更好的进化可不行。薰平做出的另一个改变是，2019 年，他将地上店的混合咖啡改为自家烘焙，味道稳定，成本也能节省一些。他被允许进入父亲的烘焙小屋，同样的机器，两人分时段使用，父亲在晚上烘焙，他在早上烘焙，两人在温度、火候和工序上使用完全不同的方法。地下店的咖啡豆是奥野修喜好的口味，易于入口，大众容易接受。地上店的咖啡豆只有一款，味道延续了始于奥野实的六曜社咖啡味道，也是京都喫茶店最初的味道：因为没有条件精选农园，所以都是从批发商那里进货，咖啡豆有些粗糙，经过深煎烘焙之后，酸味和涩味混在一起，加上牛奶和砂糖一起饮用，是从前的京都人熟悉的复杂口感。薰平将这种"复杂口味咖啡"的印象保留下来，只是他更加精选豆子，力求让复杂口感更加顺口，也能赢得年轻人的喜欢。如今的年轻人更喜欢清爽口感的浅煎咖啡，初次喝到地上店的混合咖啡时，他们多少会惊讶一下，但这就是六曜社熟客们心中的味道。

"更深一点来理解，喫茶店就像家庭料理，既不是高级的怀石料理，也不是法式料理，亦不是在特别时间享用的料理，"薰平说，"就像妈妈每天做的饭一样，就算不那么好吃，也是作为'妈妈的味道'而留存于记忆里，令人怀念。人们不会觉得它不好吃，反而会觉得这是让内心感到安心的味道。"

但就像要开一家咖啡馆来证明自己的理想一样，薰平对烘焙也是有自己的理解的。为了表达自己的烘焙理想，他偷偷开发了一个"6448COFFEE+ESSENCE（6448咖啡 + 本质）"系列，是他独创的混合咖啡味道，以体现豆子的个性为追求，不迎合大众口味，让人喜恶分明的存在，是为了对咖啡豆更讲究的年轻客人烘焙的。为了维护六曜社日常的味道，薰平并不将自己的咖啡豆放在店里卖，网络是唯一的销售渠道。有时，他也会参加一些咖啡活动，就在那限定的一天里，可以喝到一杯他亲手烘焙、亲手冲泡的"6448"咖啡。"6448"这个名字里有六曜社血脉：它利用了从前传呼机的玩法，是"六曜社"三个字的数字表现方法。但它又有着和六曜社截然不同的性格：六曜社的地上店里永远是一种味道，而"6448"的味道几乎没有重复过，依据薰平每个时期感兴趣的咖啡豆不同而时常处在变化之中。渐渐也有日本各地的一些咖啡店委托薰平替他们定制烘焙咖啡豆，他乐在其中，向更多人传达咖啡豆的魅力，这是他在六曜社之外实现自我理想的一种途径。

薰平继承六曜社之后，还发生了一件大事：2014 年，他买下了自开店以来一直租用的店铺。这一带地价不菲，面对将近 2 亿日元的售价，他咬了咬牙，去银行贷了 25 年的款，虽然内心有些不安，

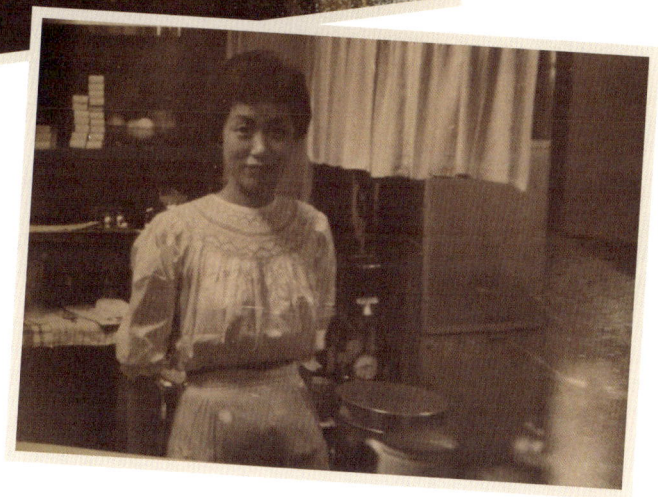

奥野实和妻子八重子
六曜社初代店主

在濑户内寂听的形容里，六曜社初代店主奥野实是一个
不怎么亲切的人，总是坐在吧台深处的固定位置，一旦
有客人点单，他就会静静地站起来泡咖啡。

却还是决定一生站在六曜社里。他心里有一个新的目标：要将六曜社变成"延续一百年的喫茶店"。

薰平想守护的不只是六曜社这一家店，更是京都的喫茶文化。2010 年后，第三次咖啡浪潮席卷日本，精选咖啡豆、讲究烘焙和冲泡手法成为新的时代特征，新世代的咖啡店在京都接连开业，均以"××咖啡馆"命名，"喫茶店"似乎成了代表过去时代的怀旧词。但对薰平来说，喫茶店是不能够被取代的。在这里，人们并不追求当红的咖啡豆和流行的器具，也并不匆匆买上一杯咖啡就离开，喫茶店等同于一种时间——阅读报纸的时间、读书的时间、学习的时间、和朋友见面的时间。从心情上说，它是人们生活中一个随时可以摁下的重启键，当辞掉了工作对接下来该怎么办感到迷惘、感到疲倦、想让自己心情平静下来的时候，喫茶店就是过渡的场所。这个空间像一根栖木，在事情与事情的间歇里，让人们得以喘息。在凡事追求效率、便利和省事的数字化时代，人们渐渐失去了对时间的感觉，"例如拍照，立刻就可以通过液晶屏幕进行确认，如果不喜欢的话，随手就删除，但在从前的胶片时代，等待照片洗出来需要时间"。这样的等待意味着什么呢？薰平说，是时间的价值。"经过时间洗出来的照片，如果不好，便会很失望，如果很好，便会很开心，那种心情是很明显的。像这样的对于事物的价值感，在如今的时代变得很薄弱。"又例如与人见面这一行为，人们通过手机即时联络，连迟到也变得稀松平常。而见面在从前并不是很容易的一件事，要先回一趟家，打一个电话，相约"几点在某地集合"，集合时间很重要，错过了就很难再遇到。集合的场所通常就是喫茶店。薰平希望通过六曜社来表达一段没有被数字化时代所改变的，尚是古老的、机械式的、感情丰沛的时间。有时候，他看着如雨后春笋一样冒出来的外带咖啡专卖店，会不太理解：哗的一下来了，哗的一下买好了，哗的一下离开了，如同车轮转动一样，在这样的时间里究竟留下了什么？他不能理解省略掉接客环节的自助式餐饮店，也不能理解电子支付，认为从客人手中接过现金，相互表达谢意，这种动作的往来是一种重要的交流。因此在六曜社，人们只能使用现金支付。这种不便利性还体现在他没有开设任何社交网络账号，主页上甚至没写电子邮件地址——也不是拒绝联络，只是一种表白：在六曜社，现场的东西往往更为重要。

2020 年的春天，新冠疫情在日本流行，政府发布紧急事态宣言后，许多餐饮店都进入临时休业状态。但六曜社一天也没休息，它有不得不开着门的理由："客人的数量少到令人哭泣，但在这之中，仍会有每天到来的熟客说：'谢谢你还开着门。'上了年纪的人出不了门，待在家里什么都做不了，好不容易来一次，会对我说：'还是在六曜社待着比较舒坦。'也有人不敢来，抱歉地打招呼：'真是对不起，最近都不能去。'"薰平更加强烈地感觉到：不仅是六曜社，喫茶店这种存在是人们生活的一部分，他不想夺走因为来到这里而感到快乐的少数人的时间。

新冠疫情以后，六曜社还有一个小小的变化，为了回应那些问"最近喝不到六曜社的咖啡了怎么办？"的外地游客，最近，薰平开始了咖啡豆的网络贩卖，将父亲和自己烘焙的咖啡豆都放到了主页上。但主要目的不是提升业绩，仍然是家庭式的、小规模的，仅仅一个月后，就已经达到了安定的购买量。他不希望订单继续增加，

那样他们就应付不过来了。无论是爷爷、父亲，还是自己，都没有通过六曜社赚到许多钱，三代人从六曜社感到的价值都不来源于此，而是一种能够长久存在的、和时间有关的价值。

六曜社已经 70 岁了，经常光顾的客人中，时间最长的也是 70 年，其中不止一个年龄在 90 岁以上。客人中也有一代、二代和三代，一些人是看着薰平长大的，一些人小时候被爷爷奶奶带着来六曜社，长大后也成了这里的常客。对六曜社来说，这就意味着"好的时间"。薰平继承下这家店，是在"将他们的时间继续"。如今，地上店里也常常坐着薰平的熟客，有的人来了好几年，但从未与薰平交谈过，薰平在内心默默猜测：他是大学生吧？都在干些什么呢？不知不觉在某一天，那人的身影突然消失了。他又猜测：他是毕业了吧？去别的城市了吗？就这样又过了一年，对方突然再次出现了。从此时开始，才有了第一次搭话："好久不见呢！"那人为自己能够被店主记住而感到惊讶，也说起自己的经历来："由于就职的原因，我去东京了。现在回京都旅游，第一站就是六曜社。"这样真实发生在六曜社里的故事是深深吸引着薰平的心的，这是一种人与人之间的联结。

薰平的每一天都过得很相似：从上午 11 点到下午 2 点在烘焙小屋里烘焙咖啡豆，然后来到六曜社地上店，从下午 3 点到营业结束，他一直站在吧台里手冲咖啡。如今在新生代的咖啡店里，咖啡师和烘焙师通常是两种职业，但他坚持要参与每一道工序，认为这是一种对咖啡的责任感：进行烘焙的人最知道自己的咖啡豆应该怎么冲泡，还能和客人进行更多关于咖啡豆的交流。京都许多喫茶店老铺仍然面临着无人继承的局面，六曜社的运气很好，薰平确信会用一生将这份工作继续下去。但他也面临着新的课题：2017 年，91 岁的奶奶病倒了，从地上店消失了踪影。2020 年 12 月，伯父奥野隆也因为上了年纪，从地下酒吧引退。可以肯定的是，未来某一天，父亲也会引退，而薰平是独生子，奥野系的家族形式终将在六曜社结束。于是，薰平将六曜社进行了法人化，除了留下那些几十年来共事的店员之外，接下来更重要的是寻找志同道合的人一起来做这件事。回到六曜社的第八年，他终于有了世代交换的实感。

尽管继承六曜社这件事并非薰平最初的理想，却成为他人生的一种隐喻：即便不是主动追求的事情，也可以成为最好的风景。那是每一天站在吧台里，客人的视线无法捕捉、只有薰平才能看到的风景：这一桌正在对话的两个身影，那一桌独自阅读报纸的身影，对面还有一个正在打瞌睡的身影……终日在繁忙之中，内心慌慌张张，感知风景的机会不会一直存在，但一定会在某个偶然时刻击中他，那一时刻，他也会突然停顿几秒，凝视着眼前的风景，感到内心得到了治愈，从而真心实意地发出感叹："做这份工作真好啊，我想守护这样的时间。"

那是被人们称为"日常"的风景。奥野薰平高中毕业那一年，在那段无所事事的时光里，周围的朋友顺利进入大学，或是在快乐地工作着，对于只能做啃老族的自己，薰平感到很悲惨，随之陷入了消沉之中。为了逃离这种情绪，他常常独自在鸭川边散步，看着蔚蓝的天空，才又稍微觉得自己能做点什么了。对其他人来说"不过是天空而已"，而在当时的他眼里，却有着无与伦比的美丽与晴朗。原来普通生活着的人很难察觉日常的美好，他在那时意识到了这件事。六曜社的风景便也是这样，明明是极为普通的日常，却是最值得感激的时间。普通与日常是非常重要的东西，是很好的事情，这是薰平站在六曜社里，时时提醒自己的事情。

The
Stories
of Cafe
in Kyoto

不做咖啡馆，做喫茶店

喫茶マドラグ（LA MADRAGUE，喫茶"马德拉格"）拥有全京都人气最高的鸡蛋三明治。它经常出现在有关京都的电视节目和杂志特辑中，名人和演员也总是光顾这里，于是就被人们标上了"京都必吃鸡蛋三明治"的记号。但喫茶マドラグ的门前从不排着长队，不能被这样的表象所迷惑，如果带着"运气真好！"的窃喜推门进去，一定会被店员礼貌的微笑浇灭热情："现在能拿到的号大约是 2 小时后。"将排队改为拿号，只是店主不忍心让客人在店门口站上好几小时而想出的应对之策。这还只是平常，要是遇上黄金周之类的旅游旺季，人们会在早上 11 点半开店前就聚集在门前，不幸来得晚了一些的，要到下午 5 点半才能坐进店里，原本计划的早餐因此变成了晚餐。

在今天京都的人气鸡蛋三明治里藏着这个城市特有

的关于继承与更新的传统，它原本是昭和时代一家洋食店的秘密菜单。过去，就连喫茶マドラグ所在的町屋也曾是另一家喫茶店，如今，那家店白底黑字的"喫茶セブン"（"七"喫茶）的招牌仍高高悬挂在楼前，比摆在门前低矮的"LA MADRAGUE"牌子更加显眼，难以分辨哪个才是真正的主角。过去 10 年，店主山崎三四郎裕崇将喫茶マドラグ这一混血特质发扬光大，也为京都正在老去和不断消失的喫茶店老铺找到了一条延续之道。

　　直到 2011 年，山崎三四郎裕崇才终于拥有了自己的喫茶店。在那之前，他已经在京都人人都知道的町屋咖啡さらさ（"萨拉萨"町屋咖啡）工作了 10 年。他刚入职时，さらさ还只是一家个人经营的独立店铺，随后，他从店长转任店铺开发，在市内各地寻找古旧建筑，然后将其改修成独具个性的咖啡馆，一连新开了 6 家，他也成为管理层。某天，山崎接到一个陌生人的电话，自称是喫茶セブン家的儿子，父亲已经去世半年，喫茶店一直处于荒废状态，知道他正在做将老房子改修成咖啡馆的工作，提议是否也能前来看一看。山崎光顾过喫茶セブン，这家小小的咖啡馆于 1963 年就开在京都的街区之中，支撑着街坊之间长达半个世纪的咖啡生活。他意识到：如果将喫茶セブン完全变成さらさ，就注定要丧失它珍贵的"小"，这是一件很可惜的事情。当时他正计划为妻子奈津美打造一家喫茶店，两人去喫茶セブン看过一次后，奈津美十分满意，于是他们决定将其接手过来，在保留着喫茶セブン血统的基础上，开一家名为喫茶マドラグ的传统形态的喫茶店。人生充满意外，就在喫茶マドラグ开店前，山崎被さらさ解雇了。10 年后的他再说起这件事来会露出些许不好意思的微笑，但他不打算隐藏，笑着坦白："那时毕竟我还年轻，一心想着把さらさ做成更大规模的公司，擅自定下了年收入 3 亿日元的目标，对员工和对社长都太过严厉，结果被炒了鱿鱼。"离开さらさ两周后，山崎站在了喫茶マドラグ的吧台里，原本打造给妻子一个人工作的场所，阴差阳错成了他的收留所。

如今的喫茶マドラグ里还能找到过去喫茶セブン的痕迹，空间的布局几乎没变，长条吧台和圆凳、散落其间的几把长椅都是原封不动保留下来的家具。山崎还执意继承下来喫茶セブン的咖啡做法，沿用完全一样的咖啡豆，使用不变的冲泡手法，还要保证能够迅速端到客人面前：烫的咖啡、苦的咖啡、快的咖啡，这是昭和血统的喫茶店最重视的咖啡准则，也是喫茶マドラグ对喫茶セブン的致敬。过去 10 年，京都的咖啡风潮发生了巨变，意式浓缩咖啡的进入带动了单一精品咖啡豆的流行，人们越来越追求咖啡豆的精选与烘焙，手冲咖啡也更为讲究，做法是使用 70 摄氏度左右的水慢慢进行过滤。喫茶マドラグ一次也没想过要改变，山崎的态度相当坚决：这里就是要提供从前的喫茶店里喝到的咖啡味道，使用相对便宜的、质量并不那么好的混合咖啡豆，很烫很苦，加入牛奶和砂糖，混合成一杯甜咖啡来喝。这是一种复古，是一种回忆，也是历史和文化的味道。这杯咖啡采用深煎烘焙法，含有极高的咖啡因，能够使人变得清醒。从前的喫茶店是这样一个地方：商务人士总是约在这里谈论工作，需要靠一杯咖啡提神，这就要求咖啡因含量必须很高。相比今天咖啡馆里以让人们享受香气、享受味道为目的的精品咖啡，喫茶店的咖啡具有强烈的功能性。

但如果只是原封不动地继续喫茶セブン原有的样子，喫茶マドラグ也会失去它存在的意义，于是山崎只保留了他认为最精华的那一部

分，其余全都做了改装：拿下了门口厚重的窗帘，移走了沙发，把一楼低矮的屋顶取掉，营造出一个明亮而开放的空间。这是过去山崎在喫茶セブン作为一个客人感受到的"难以融入感"带来的改变："我去过好几次，尽是些熟客，连坐的位置都是固定的。熟客之间打造了结界，让陌生人难以进入。"把庇护熟客的元素通通拿走，就是消灭结界，成为性格各异的人们都能随时进入、融入其中的空间。他偶尔会想，40多年前，喫茶セブン刚开店时，应该也是这样一家店：任何人在任何时候都能够轻松地进入。这个念头成为山崎的喫茶店理想。

在喫茶マドラグ里提供鸡蛋三明治是又过了一年的事情。山崎有位朋友在京都制作一份免费报纸，某天推出了新的特辑，主题是"人们怀念的京都关门的老店"，1945年开业，正巧在喫茶マドラグ开店当年宣布停业的洋食店老铺コロナ（科罗那）是其中一家。作为特辑的企划活动之一，山崎向コロナ的店主原昌二学习了鸡蛋三明治的做法，在喫茶マドラグ菜单上加入了限时三个月的复制版コロナ鸡蛋三明治。那个京都特有的厚鸡蛋卷三明治因为外形过于巨大而很快吸引了媒体的关注，电视台来过几次之后，人气爆发了，限时活动再也结束不了，一直做到了现在。

"你说要学习制作那个鸡蛋三明治的时候，原先生立刻就答应教给你了吗？"我对此十分疑惑，对京都的老铺来说，食谱经常是最大的秘方，有时甚至连家人之间都不传授。

"对，他立刻就教我了。"山崎被问过很多次这个问题，每次他都解释说："因为只是放了鸡蛋和牛奶而已，根本没有什么秘密。"

很难说喫茶マドラグ的鸡蛋三明治是不是真的和コロナ的鸡蛋三明治味道一模一样，过去コロナ的不少熟客至今仍然光顾喫茶マドラグ，对他们来说，这里的鸡蛋三明治就是他们记忆中的味道。起初的一年里，山崎也是根据他们的意见，不断对水分、盐分和火候进行改进，这才终于完成了"复制版"。但只有山崎自己清楚，喫茶マドラグ的鸡蛋三明治悄悄做了改进：口感更柔软，味道更温和，尺寸也变得更大。"对过去的味道，人们经常会在记忆中美化，如果我不让这个鸡蛋三明治超越过去的味道，是不会跟他们印象中的味道重合在一起的。对于孩童时代去过的餐厅，人们总认为那里的食物十分美味，但是变成了大人之后再去，味道会让人皱起眉头来……无论是谁都有过这样的经验吧？为了不让コロナ的熟客们皱起眉头，鸡蛋三明治有改进的必要。"山崎说，他对食材也更为讲究，将面包和鸡蛋全都做了更新，为了牢牢夹住厚鸡蛋卷，面包的质感不能单薄，也不能很硬，要选择弹性很强的一种。鸡蛋是从九州南端的鹿儿岛直供京都的，产蛋的鸡用海藻喂养，使得蛋质更加柔软，蛋黄更加浓郁而富有弹性。山崎用了一年时间，每天进行调整，才形成了喫茶マドラグ的鸡蛋三明治的稳定味道。后来不再改进，也是因为有一位客人无意中说起："从前コロナ的鸡蛋三明治没有这么好看，也没有这么好吃。"他心中警报大响：如果继续改进下去，恐怕会远离从前的コロナ客人们记忆里的印象。于是就此住手。

有好事者专门测量过喫茶マドラグ的鸡蛋三明治，光是鸡蛋卷就有7厘米厚，对山崎来说，这是理想的厚度。

"为什么一定要把鸡蛋三明治做那么大？"我问他，对于独自用餐者，使用四个鸡蛋制成的三明治实在是分量过大，每次我只能努力吃完一半，剩下一半打包回家作为第二天的早餐。这是多数人常见的做法。

"其实没有做得那么大的必要，毕竟吃起来很困难。"山崎说，"虽然没有必要，但因为コロナ的鸡蛋三明治原本就很大，所以要继承下来。"创立于1945年的コロナ有足够的将鸡蛋三明治做得巨大的理由，彼时，日本刚刚经历战败，鸡蛋还是一种稀少而昂贵的食材，使用大量鸡蛋制作出来的三明治作为一种奢侈的食物，深受南座的歌舞伎演员、东映的时代剧演员和祇园的女性喜爱，据说当时常见他们前往祇园的高级茶屋赴宴之前，坐在コロナ享用一份鸡蛋三明治的身影。喫茶マドラグ继承了コロナ的鸡蛋精神，将它做得更大。山崎又发明了一个"如何正确享用鸡蛋三明治"的食用建议，然后将其做成一个小牌子放在桌上，提示人们要善用刀叉。

96岁的原昌二也吃了山崎制作的超大鸡蛋三明治。作为老人的第一个也是最后一个弟子，山崎希望能从师父那里得到评价，他反复追问："味道如何？好还是坏？还有什么要改进？"老人惜字如金，只说了一句："这样就行。"尽管只是毫无语气起伏的短短几个字，也足够让他安心了，这是过去经历过许多次"没赶上"的山崎头一件"赶上了"的事情，一年多之后，原昌二便过世了。

喫茶マドラグ的鸡蛋三明治变得比コロナ的还要有名，不只在京都，还在全日本甚至全世界范围内被人们所知。观光客越来越多，但那是附加得到的奖赏，就算成为网红店，山崎还是首先想做一家街区的人们可以悠闲享受时光的喫茶店。吧台前那三张从喫茶セブン继承

下来的红色圆凳，他总是为熟客们空着，就算在观光客人满为患的日子里，附近的人们也能随时走进来，不被打乱日常的节奏。山崎尽量每天从早到晚都待在店里，大多数时候是在厨房，他知道很多人是为了他亲手制作的鸡蛋三明治而来的，不愿意让他们失望而归。后来，喫茶マドラグ开了分店，一些店员也学会了鸡蛋三明治的制作方法。"但是，"他对此充满信心，"我做的是最好吃的。"

除了鸡蛋三明治，喫茶マドラグ菜单上的食物还有很多，都是些山崎心中"日本传统的喫茶店菜单上常见的食物"。咖喱饭、拿波里意大利面和三明治缺一不可，还有汉堡排和各种甜品，无论是哪一种，比起其他喫茶店，分量都要更大。"我有种感觉，喫茶店的食物总是分量很小，而且很多都是随便做做，差不多就行了，用冷冻食品在微波炉里加加热就端出来，这样的例子到处都是。"还身为喫茶店客人的时候，山崎就对此深感不满，既然自己开了店，就要告诉人们："即便在喫茶店，也可以吃到很美味的食物，并且可以吃得很饱，很满足地回去。"所有料理都由山崎亲自制作，这家店没有固定的营业结束时间，而是以食材售罄作为打烊的标志，作为标准的食材有三种：面包、米饭和意大利面，只要卖完其中一种，他就可以下班了。这听起来自由极了，但绝不轻松，他总是准备大量食材，光是鸡蛋三明治，每天就至少要制作50个，当客人络绎不绝的时候，他在厨房里用尽体力。打烊过后，收拾完店铺，他还要去市内其他几家店巡视一圈，才能真正结束这一天的工作，然后在书店逗留片刻，再和家人吃点好吃的去。

喫茶マドラグ得到的人气常使它被视为京都喫茶业一个成功的继承案例。过去那些热爱喫茶店的人，在这里发现的不只是喫茶セブン

和コロナ，还有许许多多城中已经闭店的老铺的痕迹：一把椅子、一张桌子、一套家具……市场上早已消失的昭和风设计，不少还是在喫茶マドラグ开店前就攒下来的，从很早以前开始，山崎就像是一个京都喫茶店的拾荒者，听闻哪家店要关门了，立刻就去找到店主，看看能够买下些什么。如今，这些店的往昔时光静静流动在喫茶マドラグ里，得到了生命的另一种延续。2020年，喫茶マドラグ在市内的藤井大丸百货开了分店，除了招牌的鸡蛋三明治，又复制了另一款食物：2016年停业的洋食店グリルアローン（"孤独"洋食店）的招牌蛋包饭，售价只要580日元，宛如洗面台一般巨大，据说光是米饭就用了600克，烹饪时，翻动平底锅需要相当的臂力，店主甚至曾经因此疲劳骨折，关店也和体力不支有关。过去山崎就热爱这款蛋包饭，这是他拒绝了诸多复制邀请后接受了这一个的原因："我不做我没有吃过的东西。"

山崎并没有涉足过太多其他行业。大学毕业后，他短暂进入了大阪的一家娱乐活动策划公司，那份繁忙的工作并未给他带来太多快乐，两年后他便辞职回到了京都，此后所有的工作都辗转于喫茶店之间。"除了这个，我好像干不了别的。"这是他的结论。他觉得自己是喫茶店店主的最佳人选，他喜欢美食，喜欢读书，喜欢音乐和电影，喜欢复古的室内装饰，这所有的爱好可以通通被塞进喫茶店里。今天的喫茶マドラグ里堆满了各种他喜欢的小说和杂志，墙上贴着他最中意的电影海报，店内终日回荡着他喜爱的音乐曲目。我总是忍不住看向吧台里的那一张海报——周慕云从身后紧紧抱住苏丽珍。作为一个中国人，很难不留意这件事，那是王家卫的《花样年华》，上面的繁体字提醒我：这是一张港版海报。山崎说他非常喜欢王家卫的电影，喫茶マドラグ在京都的姐妹店喫茶ガボール（喫茶加宝）里则贴着一张

《春光乍泄》的海报，每有中国客人光顾，总是会掏出手机拍照，也成为他与他们交谈的契机。一起开店的妻子奈津美比他更喜欢中国和欧洲过去的文化，当初两人达成的"要打造一个混合文化空间"的默契，如今在店内处处都有蛛丝马迹，但奈津美却不在店里了。2014年夏天，她因为脑出血而去世，留下山崎独自一人支撑店铺。3年后的同一天，他带着对妻子的思念，将喫茶マドラグ进行了法人化，决定要将两人共同关心的京都喫茶事业一生继续下去。发生在喫茶店里的生活是日复一日的，日常能够治愈人的伤口，治愈山崎身上缺失感的也许是每天的50个鸡蛋三明治，也许是熟客们固定的一杯咖啡，也许是初次到来的人离开的时候说道："下次来京都，一定会再来！"发生了那么多事情，喫茶店的生活还在继续着，这样又过去了4年，我坐在喫茶マドラグ和山崎交谈的时候，他又有了新的家庭，不到2岁的女儿常常会来到店里，从一把长椅跳向另一把长椅，在地板上滑来滑去，把喫茶店当成她的游乐场。

每当这种时候，山崎总是面带微笑望向她，眼神中充满了爱意。也许他想起来了，从前父亲也是在喫茶店工作，自己还是个孩子的时候，也是这么在喫茶店里度过的，他从那时就开始喜欢喫茶店了，那份喜欢的感觉一直延续到了今天。18岁那年，他第一次在喫茶店打工，是京都市内1934年开业的名店François喫茶室，那栋曾经充满了日本艺术家和文豪身影的建筑物，后来甚至被日本政府认定为"有形文化遗产"。那是他第一次真正了解喫茶店的工作，很长一段时间里想起来的全是店主的严厉，他总是感到委屈，为什么店主总是冲自己发怒？年轻时候的不解，如今已经成为他身上的一部分，他离开さらさ以后变得越来越温和，也和京都年轻世代的店主们一样，拥有一枚"待人友善"的标签，但他在心底常常会用过去喫茶店店主的做法来提醒自己：上一辈人的严厉是一种对客人的礼貌和款待，方式可以变，但目的不能变。

山崎珍惜喫茶店，喫茶マドラグ开店的同年，他开始了一个名为"喫茶文化遗产"的项目。在现代咖啡馆涌现以前，京都是属于喫茶店的街道，这些从 20 世纪三四十年代开始创业的经营者，如今逐渐高龄化，又缺乏继承人，不能将店铺继续下去，在过去的 20 年里，京都闭店的喫茶店老铺数量众多。山崎在做的事情是替这些年龄在 65 岁至 80 岁的喫茶店的店主寻找下一个世代的接棒者，帮助他们进行继承与更新，支援他们的经营活动。

已经从京都消失的喫茶店中，有一家令山崎至今难忘：1946 年开业的クンパルシータ（假面舞会）。那是一家终日回荡着阿根廷探戈的名曲喫茶店，山崎踏进其中的时候，只有一个老太太在独立经营着，当时，她年纪已经很大了，记性不太好，点过的单转瞬便忘，在反复提醒之下，一杯咖啡做好端上来要等 1 小时。对山崎来说，这是喫茶店非常令他怀念、发自内心喜欢的一种风景。2006 年，老太太去世，这家店随之关门，店内所有的家具被当作垃圾处理掉，那时他还年轻，没有钱买下店里的唱片机和桌椅，因为"没赶上"，所以心里难过了好多年。"面对这些喫茶店的消亡，最让人难过的是回忆的消亡，是空气的消亡，浓缩着人们回忆的场所变成了高楼大厦，过去人们在那里发生了什么，都会被遗忘。"从时代进步的角度来看，这是无法阻挡的事情，未来也一定会继续。山崎下定决心要做一个喫茶文化的保护者，"哪怕是一点片段也好，我想要把这样的店保留下来"。

山崎三四郎裕崇
喫茶マドラグ 店主

发生在喫茶店里的生活是日复一日的，日常能够治愈人的伤口，治愈山崎身上缺失感的也许是每天的 50 个鸡蛋三明治，也许是熟客们固定的一杯咖啡，也许是初次到来的人离开的时候说道："下次来京都，一定会再来！"

如今，还有三五个京都喫茶店的同道中人和山崎一起在做着这个项目。最近他们做的一件事是在 2021 年夏天将一家名为咖啡阵的喫茶店转交给一位姓稻田的年轻人，这家店变成了 INADA COFFEE（"稻田"咖啡）。咖啡阵原本是在京都大宫一带经营了 48 年的本地名店，2020 年年底停业，房东找到山崎，委托他帮忙寻找继承者。最终，山崎找到的稻田完美契合他对喫茶店继承人的三个寻人准则：住在附近，过去曾经光顾过这家店，并且自己在从事咖啡烘焙工作。稻田原本只是一个咖啡烘焙爱好者，最后被山崎说服，辞掉了原来的工作，进入了喫茶店的世界。他还年轻，不了解喫茶业界，团队便还要对他进行经营上的指导。他们购买了咖啡阵原有的一些家具，保持了内装的往昔感，又保留了从前的部分菜单，如此就能让从前的店主获得一些收入，也能让过去的熟客们还能和从前一样继续前来，没有丧失熟悉的居所。关于喫茶店继承与更新的平衡，山崎也有一个准则：六成保持原有的状态，四成加入新的元素，将"从前的好东西"和"现在的好东西"混合在一起。"从前的好东西"，或是内装，或是菜单，或是咖啡的味道，需要视具体情况而定，但基本上"保留下来的东西是对从前就在那里的客人来说最重要的"。

类似咖啡阵这样成功交棒的案例，过去山崎做了四五个。束手无策、什么也没能做就结束了的遭遇比这多得多。鸭川边上有一家リバーバンク（"河岸"喫茶），从 1959 年开到了 2016 年，没能进入第 58 个年头，不是因为常见的店主高龄化，而是因为棘手的土地问题：那家店所在的土地有一半属于京都市所有，政府要收回土地，没法继续租借或进行购买，店只能搬出去。有时，喫茶店所营造的氛围与景观紧密相连，リバーバンク拥有能眺望鸭川的河岸景观，风景不能被复制，店主也失去了另辟他地的兴趣。山崎是リバーバンクの常客，他买下了店内所有家具，帮忙完成了剩余的搬家事宜，和店主的关系变得很好，但对他来说，这家店是永远的遗憾。如今说起来，他眼前还是会浮现出坐在店里透过大大的落地窗望着鸭川的景象，还是忍不住会惋惜："真不希望它关门啊。"

"喫茶文化遗产"项目进行的第十年，山崎对京都的喫茶店知道得更多了，守护它们的心情愈加强烈。前不久，他受邀加入了京都府喫茶饮食协会，成为其中的一名理事，和前田咖啡、六曜社之类喫茶店老铺的店主一起为了让京都的喫茶店变得更好而出谋划策，举办各种活动。令他十分期待的是，这份工作还可以让他第一时间得到即将闭店的喫茶店的消息，从而及时帮助它们寻找接棒人。京都的喫茶店年年递减，但仍有许多可以称为"文化遗产"的老铺留存着，光是山崎知道的就有二三十家，他要尽自己最大的努力帮助它们继承下去。

喫茶マドラグ的第十年，已经有了三家店，两家在京都，一家在神户。在神户的那家是社员食堂，不对外开放，在东京也开过三年，很多人以为是水土不服而倒闭了，但其实是山崎一开始就这么决定的，源于他对喫茶店与生存土壤的考虑："在京都这个城市，一家店一年、两年、三年、四年地做下去，情况就会变得越来越好；东京不一样，东京是潮流飞速更替的城市，来自纽约、夏威夷、法国等全世界最流行的东西进来，消失，再进来，再消失，重复着这样的轮回。所以从一开始，我就打算只在东京做三年。"为了适应城市的土壤，开在东京的喫茶マドラグ走的是时尚咖啡馆的路线，山崎始终觉得那样有点不对劲，他的理想还是开喫茶店。

　　喫茶店给山崎留下了太多回忆，这也是他从很早之前就想开一家喫茶店而不是咖啡馆的原因。喫茶店和咖啡馆混杂在今天京都的街巷之中，大多数消费者已经很难分清差别：都是一样坐下来，喝一杯咖啡，吃点什么。只有山崎清楚地知道喫茶店和咖啡馆做着截然不同的事情：咖啡馆是店主的文化，是一个由店主主动将自己的咖啡理念提供给客人的空间；喫茶店是客人的文化，是一个任何人在任何时候可以任意享有的公共空间。咖啡馆是当人们的心情和店内的氛围契合在一起的时候会去的地方，所以渐渐衍生出猫咖啡、狗咖啡、书咖啡等各种主题形态，但喫茶店只有一种，它不需要心情，随时可以进入。山崎用一个很奇妙的比喻来形容这种差别："如果人生是棒球场，那么扔球手是咖啡馆，而接球手是喫茶店。"作为接球手的京都喫茶店店主，考虑的也就不是要让客人喝到什么新鲜的咖啡、了解怎样的咖啡文化，甚至不想变得太有名，和前辈们一样，喫茶マドラグ里的山崎思考的事情永恒只有一件：如何才能让客人在属于自己的空间里，度过更为愉快的时光？

The
Stories
of Cafe
in Kyoto

金子桑 * ≈ 京都咖啡烘焙的水准

WEEKENDERS COFFEE

"你知道村上春树吧？"见我点头，他才继续说下去，"那天，我跑到一半，见他迎面跑来。哇！"我赶紧问他有没有索要签名。"没有，"他说，"他看上去是个有点可怕的大叔，我没敢开口。"说完，他脸上闪过一丝朴实羞涩的笑容，这是他最常见的一种表情。

这是我唯一一次听金子将浩谈及咖啡以外的事情，也是他做的唯一一件似乎和咖啡无关的事情：晨跑。每天早上7点，他会准时来到位于富小路的自家咖啡馆——WEEKENDERS COFFEE，以这里为起点，沿着鸭川开始1小时的慢跑——每天跑10公里，坚持了10年。说话这天，京都樱花盛开，他拿出手机上的照片向我展示，说早晨跑去北山一带看樱花了，又打开地图圈出了

---

* 日语"さん"的音译，对他人的敬称。

那个秘密的地标，让我也跑过去看一看。可这又不是完全和咖啡无关的事——即便在跑步的时候，他也无时无刻不在思考烘焙的事情，用他的话来说，他是"带着哥伦比亚咖啡豆和埃塞俄比亚咖啡豆一起在跑"。

之后的一整天，金子将浩的生活会被咖啡填满。早上8点，回到WEEKENDERS COFFEE，开始泡咖啡，对输入商送来的各种咖啡豆小样进行试味，等到都喝过一遍之后，就顺路回家洗个澡，然后前往另一条街上的WEEKENDERS COFFEE烘焙所工作。烘焙所的工作通常在下午3点结束，此后，他再度返回咖啡馆，在二楼吃过午饭，下楼和年轻店员们站在一起，亲自为客人冲泡咖啡。

在热闹的京都咖啡业界里，金子将浩是一个光环围绕的存在，不止一位咖啡店主对我说过："金子桑改变了京都的咖啡文化。"一些年轻的烘焙师声称是"受金子桑的启发才进入这一行的"。一本介绍京都咖啡馆的杂志书这样描述他："金子桑是咖啡文化的传道者。"只要提起"金子桑"，甚至不用强调全名，大家的语气都会变得尊敬起来。

我多少知道这是为什么。10年前开始尝试自家烘焙的金子将浩是京都最早涉足精品咖啡豆北欧烘焙法的咖啡馆店主，在日本人都在喝深煎咖啡的时候，他早早地开始推广浅煎文化。如今，他已成为一个标杆般的存在，人们达成一致：WEEKENDERS COFFEE拥有京都最优秀的浅煎咖啡豆。多年前，我偶然得到一包招牌的埃塞俄比亚咖啡豆，从中喝出浓郁的花香，转而成为浅煎咖啡的爱好者。后来我才得知，被他改变口味的年轻人不在少数。还有传说，说挪

威的著名咖啡师、世界咖啡烘焙大赛冠军 Tim Wendelboe（蒂姆·文德尔博）来到京都，都要专程到 WEEKENDERS COFFEE 喝一杯。

而金子将浩却说，他不是从一开始就懂得浅煎烘焙的魅力。他不是京都人，从福岛来到这个城市读大学，便一直没有离开，大学时代辗转于各家咖啡馆打工的经历是他接触到这个行业的契机。但他念的是经济学专业，毕业后去了大型超市的配送中心，也在不动产公司工作过。直到 2005 年，绕了一个圈才又转回来，开了 WEEKENDERS COFFEE 的第一家店，那年，他 28 岁，已经结婚了。起初，夫妇二人共同经营的咖啡馆并不在今天的市中心位置，而是位于北边的元田中车站附近，靠近京都大学，那里的房租更便宜。2005 年，日本咖啡业界的流行风潮是以 UCC（悠诗诗）和 illy（意利）为代表的意式浓缩咖啡，同时因为世界咖啡比赛的进入，日本也诞生了一些明星咖啡师，位于岛根县安来市的咖啡馆 CAFE ROSSO（"罗索"咖啡馆）是其中一家，店主门胁洋之在当年的"世界咖啡师大赛"上获得亚军，金子将浩偶然从杂志上得知这一消息，专程跑到岛根县一试究竟，觉得"喝到了从未喝过的浓缩咖啡的味道"。他觉得应该传播意式浓缩咖啡文化，于是在此后的好几年里，WEEKENDERS COFFEE 都只提供 CAFE ROSSO 的深煎咖啡豆。店里有 30 个座位，像当时最流行的咖啡馆做的那样，从早到晚提供主餐。他很喜欢做菜，生意也渐渐步上了正轨，但过了几年，他渐渐察觉到了不对劲："人们为了吃午餐而来，有没有咖啡倒是不重要了。把盘子端到客人面前，放下，说'请用'，就结束了，没办法向他们传达咖啡的事情。"受到困扰之后，他首先取消了主餐菜单，只提供甜点和咖啡，后来索性连甜点也取消了，极简到了只有咖啡，他认为："如果有蛋糕也是不错的，但是不同的蛋糕和咖啡豆之间也有合与不合。双方都契合这件事是难以实现的理想状态。所以就只卖咖啡好了，这样才能体会到它们特性中的微妙之处。"

　　WEEKENDERS COFFEE 更大的转变发生在 2010 年。以咖啡为纽带的缘分常常是奇妙的，住在日本京都的金子将浩决心开始咖啡豆烘焙，也是因为偶然间得到了一袋来自挪威奥斯陆的 Tim Wendelboe 烘焙的浅煎咖啡豆。那一年，已经经营了 5 年咖啡馆的金子将浩从朋友那里得到了这份珍贵的伴手礼，彼时浅煎咖啡豆还未被日本人接受，知道 Tim Wendelboe 的人更加寥寥无几。金子将浩自己磨了豆子，冲泡来喝，受到了一种崭新的文化冲击："在那之前接触的都是泛着油脂的深煎豆，但这一包是全水洗的、没有一点点油分的浅煎豆。当时的日本人对浅煎豆只有一个印象：酸。而那杯咖啡却不是酸味，更多带着甘甜。"喝完那一袋 Tim Wendelboe 的咖啡豆，金子将浩彻底爱上了浅煎咖啡，他打算开始进行自家烘焙。2011 年，WEEKENDERS COFFEE 在闭门停业 3 个月后，改造为一家兼设有烘焙室的咖啡专卖店，金子将浩的工作重心也从冲泡咖啡变成了烘焙咖啡。

　　2010 年，精品咖啡豆刚刚开始在日本兴起，无论是咖啡师，还是烘焙师，都还算不上广为人知的职业。没有专门的培训机构，没有拜师学艺的途径，金子将浩所有关于烘焙的知识和方法全靠杂志书籍、网络检索，以及在当时内容还十分有限的 YouTube（优兔）视频网。他购买了一台 5 公斤容量的德国 Probat 烘焙机，起初总是反复失败，如今回想起来，那甚至算不上真正的浅煎咖啡，只是在工序上完成了简单的烘焙而已。但他并不小心翼翼按照网络上的配方行事，更多是根据自己的想法进行大胆的冒险，在大失败中摸索方法。10 年过去了，直到最近，他才肯承认自己似乎终于学会了烘焙。"例如埃塞俄比亚咖啡豆，是一种很容易就烘过头的豆子，气体压力要调整到 89%，哥伦比亚咖啡豆则是在 90% 的压力下进行烘焙，仅仅 1% 的区别就会变得完全不同。烘焙途中降压的重点也不同。"这些微小的细节都是在一次又一次的失败中渐渐得出的结论，他将这些数据记录在电脑上一个曲线表格中，还要根据每次进货的咖啡豆不同而对每个环节进行微调。

"其实现在也有很多搞不懂的豆子。"他坦言。对他来说，烘焙本身并不特别困难，难的是判断咖啡豆的好坏。通过品尝味道判断优劣，感受蕴含在其中的复杂风味——如果不事先经过这样的判断，就不能进行烘焙。"对于带着缺点的咖啡豆，无论如何擅长烘焙的人，无论用什么样的手段进行烘焙，它都不会成为一杯好咖啡。"这也是他在烘焙生活过去了好几年，陷入瓶颈之中时，从 Tim Wendelboe 那里得到的启发。那年，Tim Wendelboe 来到日本做演讲活动，金子将浩负责在现场提供咖啡，这位他"内心的老师"只喝了一口，便一针见血地指出："用这样的咖啡豆可不行。不是烘焙的原因，而是豆子的问题。"金子将浩内心受到了打击，但他也因此找到了方向，更加努力地深入咖啡豆的世界。"要培养对咖啡豆好坏的敏感，只能每天反复进行尝试。不能只一味尝试同样的豆子，好的豆子要试一试，坏的豆子也要试一试，这样才能在这个过程中形成经验。"因此每天他要喝许多咖啡，烘焙所和咖啡馆里摆放着来自世界各地的烘焙豆，有的是自己当作伴手礼买回来的，有的是朋友或者客人特意送来的，无论喜欢或者不喜欢，他总是要喝喝看味道的，抱着学习的目的。

金子将浩对好的咖啡豆只有一个判断准则：清澈干净。这样的豆子才能体现浅煎咖啡的魅力："深煎是人工的味道，浅煎则是咖啡豆各自个性的味道，你能够非常清晰地辨认出来。它那种清澈干净的味道，可以连续喝上好几杯。"烘焙不是加工，而是催化，让咖啡豆最大限度地发挥个性，WEEKENDERS COFFEE 的咖啡豆全都以此为追求：埃塞俄比亚咖啡豆是浓郁的花香味，哥伦比亚咖啡豆则是强烈的水果味，虽各不相同，但肯定不是简单的苦味或酸味。为了达到这种清澈干净的理想，"金子流"的咖啡烘焙有一个规矩：尽可能在 10 分钟之内完成。最近，他换了 15 公斤容量的美国 Loring 烘焙机，如果烘焙时间超过 10 分钟，咖啡豆就会产生巧克力口感，味道变得很强烈，这不是他想要的。

除了 WEEKENDERS COFFEE 的咖啡馆和烘焙所，如今全日本超过 50 家咖啡馆里放着金子将浩烘焙的咖啡豆，网店生意也很好。工作听起来很轻松，他只需要在周一和周五进行两次烘焙，更多的劳动却来自脑力：他需要时刻思考着烘焙的事情，当他极度困扰的时候，连在梦里也会有烘焙的方法突然蹦出来。精品咖啡豆来自各地的小规模生产农园，因此即便是同一地区的豆子，生产者也会每隔一两个月换一次，烘焙方法也要随之做出调整。但这也是金子将浩热爱烘焙的原因：每次拿到一个新的生豆小样，猜测它该用什么方法烘焙，然后像赌博一样进行尝试，遇到"完全正确！猜对了！"的时候，就是他从这份职业中得到的最大快乐。

他自己最喜欢哥伦比亚咖啡豆，摆放在店里的来自当地的塔尔基地区的农园，一个家族生产者，从栽培到收获全部手工完成，也是金子将浩交往得最久的农园。2018 年，他飞去哥伦比亚考察农园，在众多生产者中，他遇到了这家他最喜欢的，原因是它没那么商业化。他难以忘怀那个"像吉卜力动画一样"的世界，世界在夜晚彻底陷入寂静，只有动物偶尔一两声的鸣叫。农园一家住在山顶，汽车不能在山路上行驶，徒步前往需要 30 分钟，由马匹驮着行李，沿途经过美丽的河流。海拔近 2000 米的地方，天气变幻无常，终日在晴、云、雨中切换，刚行至山顶，大雨便倾泻而下。到了那里，金子将浩才知道，正是这种天气条件造就了当地的咖啡豆风味，需要花长达 20 天的时间进行干燥，形成了它独特的酸味。

"那是去农园之前完全想象不到的世界。我们待在日本的咖啡馆里，只能看到咖啡豆的品质，闻到咖啡豆的味道，却无法得知采摘咖啡豆的工人们的生活。"最让金子将浩更新了认知的是农园的人们对待种植咖啡豆这份工作的认真，从前他认为：哥伦比亚也好，巴西也好，南美人的性格应该是乐天随性。但当真的住在农园里，帮助他们工作，与他们同吃同睡，金子将浩才意识到：他们对待这份工作有着超乎想象的踏实与认真。他又一次拿出手机，滑动了许久，找到三年前的照片，向我展示农园里的孩子们，他笑着道："看过了他们的样子，烘焙的时候就不太敢失败了呢。"从前都是直接从咖啡豆输入商的小样里挑选，一味只选择每个时期最优质的豆子，经过实地探访之后，他又有了新的理想：想要和固定的农园一直保持联结，与他们的生活产生联系，使双方成为互相支援的关系。他依然在计划着，等到新冠疫情结束，要再去哥伦比亚。

2016 年，WEEKENDERS COFFEE 从元田中搬到富小路。虽然搬到了市中心，但从商业角度来看，这并不是一个聪明的选择：它位于一个停车场的深处，不仅不引人注目，而且就算照着谷歌地图去寻找，也常常会迷路。店内更甚，连桌椅也没有，只在门前设有一个小小的休息处，最多只能坐下两人。大多数的客人要么买了咖啡直接带走，要么随意站在四周，闲聊着喝咖啡。如果金子将浩在店里，总是会和大家热闹地聊着天，他总说自己不擅长与人交谈，但如果是关于咖啡的话题，他就可以滔滔不绝地说下去。他没有把咖啡的知识当成秘密，从不吝于分享给每一个人，只要来到店里，在一杯咖啡的闲聊时间，他会回答你的一切问题。对金子将浩来说，这就是他最理想的咖啡馆形态：能够更好地和客人进行交流，一边喝着咖啡，一边讨论着咖啡豆的味道，话题甚至和咖啡无关，如附近新开了居酒屋、最近去了哪里旅游……手里的咖啡成为中介，帮助人们进行资讯交换。

这是他很久之前在墨尔本的咖啡馆里得到的灵感。墨尔本的咖啡业十分繁荣，早上 7 点开始营业，立刻迎来高峰时间——人们在 8 点上班之前，都在咖啡馆里喝着咖啡。他去拜访了当地名店 Patricia（"帕特里夏"咖啡），其面积和如今的 WEEKENDERS COFFEE 差不多，没有设置座位，每天也能卖出 1000 杯咖啡。客人们或是随意站在店内，或是坐在门口街边，在四周耸立的办公楼间隙里，抬头却能看见蓝天。那时他就想开一家同样的店，但因为京都街道狭窄，所以"坐在街边"这一场景难以实现，直至某天晨跑时偶遇停车场深处的传统京町屋，梦想就照进了现实。

"可我第一次来，拿着谷歌地图也迷路了。"我懂得他的意思，但还是忍不住抱怨。

"找不到也是理想中的一环。"他笑着说，看上去对于这个结果很满意，"我不喜欢简简单单就能遇到、随便就能来、对谁都 ok 的情况，有时候，稍微有一点门槛是必要的。"

WEEKENDERS COFFEE 的烘焙所离咖啡馆不太远，也在一栋京町屋里，这里的门槛是只在周末限定开放。其实这边的风景更好：在后院有个日式庭园，其中种植着四季植物，充溢着流动的季节感。庭园一角有长长的座椅，客人们经常坐在那里或读书，或发呆，手握一杯咖啡，面朝自然。开放烘焙所是因为金了将浩想把这样的景致分享给大家：平日里，烘焙机要工作，会发出巨大的声响，周末休息，就把空间共享给大家吧。

细心观察店内就会发现他对待植物的用心，烘焙所里总有插花，有时是一株茶花，有时是几朵雏菊，门前摆着一个陶罐，在这个陶罐里插着雪柳的那日，咖啡馆门前的水池里也插着樱花。咖啡馆门前的空间也都种满了植物，此时，一株还不算高大的枫树正是新绿，到了秋天就会变得火红。我对植物表示赞扬，他就兴致勃勃地说："有了植物，鸟就经常飞来，今天早上，居然连青蛙也来了。在京都市中心这样的地方，青蛙会来，不觉得是一件很妙的事情吗？"开在京町屋里的咖啡馆有小小的自然空间，这是他心中专属于京都的"和风"元素，越来越多的海外观光客来到 WEEKENDERS COFFEE，他们也应该在这里享受到日本的氛围。

日本人天生对自然敏感，同样也有纤细味觉，能够敏感地察觉到藏在咖啡豆中丰富的风味。在金子将浩看来，后者正是近年来日本的咖啡水平在世界上声名鹊起的原因。为了保持敏感的味觉，平时，他不太吃辣的食物，但酒是不能戒的，他热爱喝酒。这种敏感还体现在WEEKENDERS COFFEE 的咖啡杯上，那是店里的熟客——一位小有名气的设计师专门制作的有田烧，比一般的咖啡杯体积更小，更加轻巧，在杯柄上花了心思，便于轻巧拿起，最大的心机在杯口边缘，薄薄一层，是金子将浩自己的经验：能够使人更加纤细地体会到咖啡的味道。

在烘焙所里待了十几年，京都的咖啡风潮也渐渐发生了变化。起初那些皱着眉说"不喜欢""酸的不是咖啡"的中老年人已经不再是咖啡消费的最大群体，二三十岁的年轻人成为购买咖啡豆的主流，在他们的观念里，浅煎才是更优质的咖啡。因此，在热闹的京都咖啡业界里，人们提起金子将浩，语气就变得更加尊敬起来，说"金子桑代表了京都咖啡烘焙的水准"。但令人感到意外的是，他自己并不试图证明这种水准。他不参加任何一种咖啡比赛，因为"比赛追求的是极具特征的咖啡，迄今为止没有过的、创新的咖啡，会得到很高的评价"，对他来说，这样的咖啡"特别过头"了，是一种"非日常"。挑战自己、为了赢得比赛而不断去创新和颠覆，这都不是他要走的路，他更愿意认真去对待"日常"。没错，咖啡应该是一种日常。它不像红酒，不可以昂贵标价，500 日元就可以喝一杯，是日常的饮品。日常的珍贵之处是什么呢？是即便作为生活的一部分，也可以令人放松下来。

咖啡的好坏不该迎合专业人士的口味，而是应该站在饮用咖啡的

金子将浩
WEEKENDERS COFFEE 店主

要培养对咖啡豆好坏的敏感，只能每天反复进行尝试。
不能只一味尝试同样的豆子，好的豆子要试一试，坏的
豆子也要试一试，这样才能在这个过程中形成经验。

人这一边，要符合他们的口味，追求的也是日常。"咖啡不可以成为手段，咖啡也不是商业之道。"他一次也没想过要把生意做得更大，现在，WEEKENDERS COFFEE 雇用了 5 个年轻店员，这样的规模完全足够了，再扩张就超出其能力范围了。

"如果咖啡不是手段，那它是什么？"我问他。

"同样的咖啡，因为烘焙和冲泡的人不同，就会呈现出不同的风味，"他并没有考虑太久，接着说，"从完美性上说，当然是机器制作的咖啡更标准。但为什么我们总是说'这个人泡的咖啡很好喝'？因为咖啡表现了人性，它流露出细节，反映出性格。"他又露出那种朴实羞涩的笑容，莫名让人觉得他的话很真诚，或许这证明了他的这个总结是完全正确的，就像明明只是喝了一杯他泡的咖啡，就会产生令人心安的信赖感。

他甚至拒绝参加任何咖啡活动，不做演讲，也没有写一本书的意愿。拒绝邀约的时候，他的笑容里总是充满抱歉："对不起，实在没有时间。"但其实在他内心深处有着更爱憎分明的价值观，京都的喫茶文化和咖啡文化正处在新旧交替的时代，如何从更长远的眼光来考虑才是真正重要的事情。"现在京都的年轻咖啡馆层出不穷，咖啡活动也越来越多，但这都不是'文化'，只是'热潮'。如何像上一代喫茶店那样成为一种文化，成为几十年后也一直继续下去的店，我是考虑着这个，才不断要提高水平的。"对金子将浩的职业来说，咖啡业者之间互相竞技这件事没有任何意义，他总是想起在哥伦比亚看见的景象："我要做的事情和农园是一样的，不想着逞强，而是努力把眼前一颗一颗咖啡豆做到最好。"

　　樱花季将要结束的时候，我在 WEEKENDERS COFFEE 买了一包卢旺达咖啡豆。金子将浩像以前常做的那样，从工作室里拿出几颗咖啡豆递给我，问道："你闻闻，这是什么味道的？"我对那种浓郁的味道有些难以置信，但还是诚实地回答："土……豆？"他笑起来："没错，是土豆味的！这是失败的咖啡豆。"他说在从卢旺达和布隆迪进口的咖啡豆中，会有这样由椿象的恶作剧造成的变味情况，在生豆中无法分辨，需要在烘焙完成后，一颗一颗挑出来。尽管如此，还是难以避免偶尔会有疏漏，因此他极为罕见地对我说了一句玩笑话："如果不小心有一颗混在其中，你就当是自己好运吧！"

　　那包卢旺达咖啡豆包装上有一个艳丽的粉色方块，这是季节限定的标志。平日里的咖啡豆包装上多是一些黄色或绿色的色块，我想起来，问他那是什么，他说，他在烘焙咖啡豆的时候，能看见每种豆子都有自己的颜色，它们构成了一个五彩斑斓的世界。

牧野是京都第一
"咖啡案内人*"

TRAVELING COFFEE

京都到处都有牧野的身影。去一家新开的店，牧野早就来过了；认识一个新的店主，牧野早就是旧识了。我怀疑他认识全京都人。如果这个说法是夸张的，那么他认识全京都的咖啡店主，就极有可能是真的。虽然牧野自称一周有五天站在自家咖啡馆里，但我经常遇不见他，这种时候，他一定在别人的店里——要想知道这一天牧野在哪里出没，只要打开他的 Instagram 主页，就能看到他上午在这家店喝咖啡，下午去了另外一家店泡咖啡。牧野是这么一个人，随时会出没在全京都的任何一家咖啡馆里。

55 岁的牧野广志是京都 TRAVELING COFFEE 的店主，这家咖啡馆位于高濑川沿岸的一所废校内。1896 年开校的京都市立立诚小学受少子化的影响，在 1993 年闭校，

---

* 向导。

但校舍作为京都市内现存最老的钢筋混凝土建筑保留下来，用于举办各种艺术文化活动。2020 年 7 月，它完成了最新一次改修，变成了一栋集酒店、图书馆、杂货店和饮食店为一体的综合设施。牧野的咖啡馆是其中一家店，店铺内狭窄，没有设置桌椅，天气好的时候，人们总是买一杯咖啡坐在户外的人工草坪上，边晒太阳边聊天。遇上雨天，偶尔也有捧一杯咖啡坐在门口台阶上躲雨发呆的寂寥身影，或是买了咖啡去隔壁休息室里自习的学生们。到了高濑川樱花开放的日子，赏花客们捧着咖啡坐在河边，倒成了传统咖啡馆无法拥有的意外景致。

因此 TRAVELING COFFEE 的热闹与冷清随着四季的交替而变化。冬天最冷的一两个月，成天客人都很少，但只要过了 2 月，春天的气息随着 3 月里第一个阳光明媚的暖和天气降临，草坪上就又成了人们的聚集地。有时心急的春天提前一周到来，咖啡馆就会束手无策，咖啡豆突然变得不够用，紧急向相识的烘焙所下订单，拜托他们次日就送来。再过些日子会更加繁忙，4 月有赏花客，7 月有纳凉者，咖啡豆是准备充足了，但制作咖啡的速度永远跟不上客人点单的速度。

这家咖啡馆是个意外的结果。2015 年，京都市举办了"第一届国际现代艺术祭"，来自全世界的艺术家在市内进行各种展览活动，旧立诚小学作为会场之一，每天要举行艺术家对谈活动，于是主办方便邀请牧野来开一家期间限定的咖啡外卖店。3 个月后，周遭的人们舍不得它关门，就此继续下来。起初，为了接待外国客人，选择了 TRAVELING COFFEE 这个名字，却仿佛宿命一般，开店后它就一直在流浪——为了配合立诚小学的改修计划，先从专享的职员室挪到了图书馆一角，又被放逐到九条的商店街临时经营过几个月，直到

2020 年夏天，才总算是回来了。归来的 TRAVELING COFFEE 没在门前挂招牌，要非常认真地寻找，才会发现墙角摆着一个小小的木牌，这是店内唯一写着店铺全名的地方。墙上只有"COFFEE"一个词，向牧野打听为什么不把店名一起写上去，他答，没有位置了，未来，连这个"COFFEE"也会消失。他在墙顶种植了许多爬山虎，刚过半年，长势比较快的一侧已经垂下来遮住了收银台。在牧野的理想中，总有一天整张吧台会全部被爬山虎覆盖，他要掀开枝蔓，才能将咖啡递给客人。

无论是"旅行"这个词，还是爬山虎的野生感，都是牧野广志本人的气质。他在更年轻的时候，有过漫长的游历世界的岁月。1994 年，28 岁的牧野从京都移住到巴黎，以法国为中心，终年开着车在欧洲环游，一两年才会回一次日本，等处理完一些工作后，再返回欧洲继续他的旅程。他不做正式工作，只偶尔接一些朋友的活，虽然他搬了许多次家，从巴黎到鲁昂，再到里昂，但旅行始终没有停止，这种生活持续了七八年。一直晃悠到 36 岁，某天，牧野广志站在伊斯坦布尔街头，内心突然升起厌倦感，他认为，如果一直这么下去，也许再也回不了日本了。漫长的旅途骤然而止。

牧野广志决定回日本，只想回京都，这里是他从 18 岁考上艺术大学就一直居住的城市。刚回京都，遇上偶然的咖啡风潮席卷日本，"カフェメシ"（咖啡饭）这个词正在流行，人们也开始在咖啡馆里享用正餐。在长年的欧洲生活中，牧野已经习惯了咖啡馆是一种"咖啡好喝，食物也好吃"的存在，京都的咖啡馆让他感到有些意外：咖啡还可以，但食物很难吃。他莫名气结起来，索性自己开了咖啡馆，在开

TRAVELING COFFEE 之前，还开了一家 PARK Café（公园咖啡），为了让京都人也吃到自己在欧洲吃过的美食，他开辟了农园栽培无农药有机蔬菜，制作意大利面的贻贝则是从过去旅行的圣米歇尔山直接进口过来的。这家咖啡馆也是京都人还在喝深煎咖啡的年代最早提供浅煎咖啡的店铺之一，起初，总有人皱眉，后来开了整整 10 年，日本的年轻人便全都在喝浅煎咖啡了。公园咖啡和房东的合约到期后，牧野也不想再做同样的事情了：以有机蔬菜为主题的咖啡馆已经开得到处都是，他的内心又厌倦了。

牧野最出名的身份不只是一位咖啡店店主。TRAVELING COFFEE 开店的第二年，他在京都市内举办了一个名为 Enjoy Coffee Time 的活动。当时正值美国纪录片《一部关于咖啡的电影》（*A Film about Coffee*）在京都上映，为了配合宣传，牧野受邀策划了这个试饮活动，除了 TRAVELING COFFEE 以外，还邀请到名古屋的 Trunk 咖啡（"干线"咖啡）、大阪的 LiLo 咖啡（"利洛"咖啡）、东京的 Fuglen 咖啡（"鸟"咖啡）等 5 家来自全国各地的咖啡馆前来参加。在一个暴雨的天气，狭窄的场地里拥进来超过 700 人。"仅仅是这样，人们就会来啊！"那是牧野第一次意识到人们对咖啡的热情不同于以往了，他将那次活动命名为第零届，不久后，又召集京都本土的咖啡馆和烘焙所共同举办了第一届，此后便作为京都的一个特色活动延续下来，每次为期两天，每年举办两三次，到 2020 年秋天已经举办到第十三届了。

每次参加这个活动的二十几家店都是牧野亲自筛选的，也是平日里他一家一家喝过之后做出决定的。京都的咖啡馆和自家烘焙所越来越多，每次来到这个活动现场，又能多认识几家年轻人新开的店，而只要在这里出现过一次，他们很快就会收到很多其他活动的邀约。让咖啡爱好者感到惊喜的是，不只是新店，20世纪50年代创业的小川咖啡和kyowa's咖啡（"共和"咖啡），以及传承到第三代人的六曜社咖啡店这样的在京都城中屈指可数的咖啡馆老铺也都在这个活动上出现过。这是牧野最坚持的，他认为，只有老铺和新店同时出现，才能让人们看到京都咖啡馆的全貌。来这里享受咖啡时光，不只是简单凭借口味喜好来选择咖啡，而是在看到京都的咖啡文化之上，再进行口味选择——用一张价值1200日元的试饮券能喝到其中5家的咖啡，就算不能把现场咖啡全部喝一遍，但保留好那份免费发放的现场地图，未来也可以一家一家在京都市内进行巡礼。

牧野之所以能邀请到那么多家咖啡馆参加这个活动，和他每天在京都的咖啡馆晃悠有很大关系。起初，我听闻这件事，不明所以地问他："每天去一家店吗？"他脸上露出一副"怎么可能？"的笑容，说道："最少也要去三家。"他整天围绕着咖啡打转的生活大致如下：早上睁开眼，首先喝咖啡；开车到自家咖啡馆的路上，有时候顺路去几家别人的店，有时候绕路去几家别人的店，在那些地方喝咖啡；到了自家咖啡馆，要尝一些刚送来的咖啡豆的味道；下班之后，也许还要专门去某家烘焙所试一试新口味；吃完饭回到家还要喝咖啡。最多的时候，一天内，他要去6家咖啡馆，每天喝10杯以上的咖啡，毫无身体负担。

牧野把这样的做法称为"京都咖啡馆巡礼"，这事从还没去巴黎的时候就开始了。他是个容易厌倦的人，奇怪的是对咖啡却不会，尽管看起来每天都在做同样的事，却依然充满新鲜感。

"咖啡是一种会进化的东西,输入日本的咖啡豆变得越来越优质,新种类的咖啡豆也在不断进来,一点都不会厌倦。"牧野十分肯定地对我说。他耳听八方,一旦听闻哪家店到了新的咖啡豆,第一时间就会奔去。还经常有人得到消息就来通知他:"牧野,某家店刚来了新豆子哟!"很多店主预订了新货就会联系他:"×月×日,大概会有什么豆子来。"还有些关系更好的烘焙所直接就把最新烘焙好的咖啡豆小样送来给他,请他务必喝喝看。而他呢,一定会在自己的店里喝过之后,再专程去那家店里喝一次,确认在不同店主的不同冲泡方法下,味道是否会变得不一样。"因为大家都知道我的喜好,基本都是送我喜欢的豆子来呢。"他感到满意,评语就只剩下一句:"嗯,好喝!"再也说不出批评意见。对于咖啡,牧野不是那么严厉的人,能够感受到他是在全身心享受咖啡,绝不高高在上地评判咖啡。

TRAVELING COFFEE 日常放着六个种类的咖啡豆,来自京都市内不同的烘焙所。其中固定的只有一款牧野原创咖啡豆,是他把自己的想法委托给 KANONDO 咖啡("观音堂"咖啡)的店主来烘焙的,来自哥伦比亚、巴西和洪都拉斯的三款咖啡豆的混合豆是牧野最喜欢的中南美口味,取名为 COPA AMERICA(美洲杯)。其他五个瓶子里的咖啡豆经常更换,但都是牧野亲自走进烘焙所,判断过味道之后,才最终决定放在店里的,因此 TRAVELING COFFEE 是唯一一家可以喝到几乎京都全部烘焙所咖啡豆的地方。牧野也一度考虑过要自己进行咖啡豆烘焙,但最终打消了这个念头,因为如果那样做,就会变成只能贩卖自家咖啡豆的情况,相比之下,他更想做的事情是精选京都各家烘焙所的咖啡豆放在一起,对这些店铺进行推广。和牧野合作的烘焙所也都很清楚他的用意,经常把咖啡豆以更低廉的价格提供给

他，在其他店里售价八九百日元一杯的咖啡，在牧野的店里只要 500 日元，咖啡豆很快卖完了，他就换下一家。如果有人还想喝那个味道，他就推荐大家直接去烘焙所购买——让人们先用便宜的价格接触到一杯好喝的咖啡，然后去深入了解烘焙所和京都咖啡文化，这是牧野心中最重要的事。

有一次，他指着一款豆子告诉我："这个在我们店里比在烘焙所里卖得还便宜。"

"为什么大家那么信任你？"我趁机问他。

"在咖啡这个行业里，我完全是自学，没有修行过，没有出处，不属于任何一个谱系，可能正是因为这些，我和大家的关系才都能变得很好。"他说。

当 TRAVELING COFFEE 结束它的旅程，回到旧立诚小学重新开业那天，前来祝贺的咖啡馆店主终日不断。有人走进来买杯咖啡，无意中抬头，吓了一跳：这不是 Okaffe Kyoto 的明星店主冈田章宏吗？喫茶店 LA MADRAGUE 的店主山崎三四郎裕崇在合照下称牧野是"我们咖啡业界的马龙·白兰度"。更多人对牧野的评价是"这条街道上如同兄长一般的存在""京都咖啡业界无人不知的名人""巨人牧野"。不只是关系好，大家都承认：牧野广志是京都咖啡业界的中心人物，他像一条线索，把散落各处的京都咖啡馆串联在一起，又推广给了外面。

我更愿意称牧野为"京都第一咖啡案内人"。2018 年，他接受了まいまい京都（转转京都）的邀请，又做了另一件推广京都咖啡文化的事情。这是一个由京都当地名人担任向导，以独特视角带领人们探索京都生活、风俗、街道奥秘的京都小旅行的项目。牧野担任旅行向导的旅行团，以京都的咖啡馆和烘焙所为主，每次探索一个街区中的四家特色店，不只在店里讲解与咖啡相关的知识，沿途也向人们介绍这条街道的历史和文化。

通常牧野的咖啡旅行团从早上 9 点开始活动，持续到中午 12 点结束。它的与众不同之处在于能够享受京都很多知名咖啡馆的包场福利，明星店主就在眼前泡咖啡——开化堂也好，小川咖啡也好，冈田咖啡馆也好，都为牧野提供了这项只有他才能拥有的待遇。喫茶店 LA MADRAGUE 的店主山崎三四郎裕崇是牧野的后辈，他也在早晨正式营业前专程接待了牧野的旅行团。平日里排着长队根本进不去的名店，此时居然能够享受包场，店主还亲自讲解了名物鸡蛋三明治的制作方法，这样的传言很快在全国咖啡爱好者中传开，如今参加牧野旅行团的人全都是专程为了他而从全国各地来到京都的。牧野又为大家安排了一个 after（后续）环节，咖啡馆活动结束后的午饭可以自愿参加，这时，他会带大家去那些他熟识的、平日里难以预约的餐厅。

在转转京都的活动中，牧野是唯一进行咖啡店向导的人。其他向导来自各个领域，有京都的庭师 [1]、古董商、寺院住持、考古学研究学者、高低差崖会会长……牧野成为他们之中最受欢迎的一个，每个

---

[1] 建造和维护日式庭院的职人。

团只招募 15 人，经常有上百人申请。活动主办方不断接到申请者充满抱怨的电话，质问为什么自己每次都会落选。无奈之下，原本几个月举办一次的活动，现在一个月要进行两三次。

凡是能够推广咖啡文化的事情，牧野什么都愿意做。无论是"TRAVELING COFFEE""享受咖啡时光"，还是"转转京都"，他继续做下去的过程也是让京都咖啡文化渐渐被承认的过程，因此不好好做可不行。牧野总说，他时常有一份责任感，想把京都建造成咖啡的街道，就像有些人会为了吃乌冬面而专程去香川县，他也希望人们会为了喝咖啡而专程来到京都，在这个城市里进行各种各样的咖啡馆巡礼。京都是传统职人的街道，拥有一百年历史的事物尚算年轻，五六百年历史的文化俯首皆是，相比之下，昭和时代才流行起来的咖啡文化历史浅短，这就要更加努力去推广它，让它在一百年后也能成为京都职人文化的代表。

京都位于盆地之中，三面环山，从地形上说，是相当封闭的环境。自古京都人就深知身处封闭地区，更应该积极与外界新生事物接触，打开思路，创造出更新的文化。牧野深受京都人这种思想的影响，他的咖啡馆巡礼不只在此处，更经常在日本各地的短途旅行中，也在全世界范围的长途旅行中。

他去了乌克兰，契机是有一天突然意识到：现在的日本咖啡业界多数是北欧派，也有不少从德国修行回来的烘焙师，唯独对东欧，日本人缺乏了解。可又有另一个事实：咖啡师世界比赛的前三名都在东欧。东欧一定有什么！牧野上网搜索，得不到任何文字信息，转而用谷歌地图找照片，在一家店里看到了高级的咖啡机和烘焙机，把照片放大又放大，通过模糊的字迹拼凑出线索，应该是某位在世界大赛上获过奖的咖啡师的店。于是他真的就亲自去拜访了那家店。从来没有日本人跑去乌克兰研究咖啡，牧野立刻成了名人，刚从第一家店走出来，当地的咖啡店从业者就全都知道有个从日本过来寻找咖啡的人。那家店已经帮他联络好了下一家要去的店，下一家店又帮他联络好了再下一家，每次他刚刚踏进一家新的咖啡馆，店内的人就高喊起来："来了！来了！"人们都在等待他。如牧野所想，乌克兰的咖啡技术果然十分厉害，各种工具应有尽有，几乎每隔 10 米就有一家咖啡馆，甚至有一家烘焙博物馆。而且因为物价很低，在日本售价六七百日元的咖啡豆，在这里只要 200 日元就能买到，咖啡说明全是用俄语写的，交谈中，英语几乎派不上用场，他完全搞不明白是什么咖啡豆。但在旅途中，人与人之间的交流永远是鲜活的，牧野和乌克兰的咖啡店主找到了完美的解决方案：打开谷歌地图，一个地方一个地方进行确认，也就能明白过来：这是墨西哥的咖啡豆，这是埃塞俄比亚的咖啡豆，那是哥伦比亚的咖啡豆……结果买了一大堆咖啡豆回到日本。本打算隔年再去一次乌克兰，顺便去罗马尼亚看看，结果被新冠疫情困住，后来是战争，只能陷入漫长的等待。东欧的咖啡考察计划依然在牧野的下一个行程表上。

牧野在乌克兰咖啡馆得到的照顾，我在京都的咖啡馆也得到过。我去了一家店，会被店主推荐去另外一家店，能感受到店主之间关系很好，业界人士之间有着强烈的共存意识。牧野也经常这么做，提起某位店主，总是夸奖：这位是全京都烘焙技术最厉害的，那位是在世界萃取大赛上得过奖的。一天，他凝视着我的名片，说出一个店名，就在我居住的那片街区，我表示从未听闻，他脸上露出夸张的诧异表情："你怎么可能不知道？那家店很有名的！"然后又仔细解释，那家店使用的是什么咖啡豆、店主是位怎样的人，还是亲自去一次比较好。很多次在店里遇见牧野，正巧碰见他从咖啡馆巡礼归来，于是就会言语不绝地说起那些店的事情，一家店在新冠疫情之中休业一年后重新开门了，一家店的太太烘焙的蛋糕很好吃，诸如此类。

因为有店主在，所以每次来到店里，都有能够说话的人。这是我在 TRAVELING COFFEE 感受到的魅力，也是京都个人经营的咖啡馆的共同特征。近年来，外资系连锁咖啡馆接连涌进京都市场，在 TRAVELING COFFEE 的隔壁也新开了一家 Blue Bottle Coffee，在没有海外观光客的新冠疫情中，总是人迹寥寥。虽然牧野盛赞 Blue Bottle Coffee，说工作人员素质都很高，充满活力，这是它的特色，但他也承认：店员都是打工者，经常在轮班，也不会陪客人聊天，不能成为人们每天都来的理由。京都个人咖啡馆独一无二的特质是人与人之间的联系。最早来到店里的一批客人先成了熟客，熟客会带着新人再来，新人成为熟客，又带着更新的人来，络绎不绝。相比那些人们冲着招牌而去，失去观光客就失去了一切的外资连锁店，和地域紧密相连的京都个人咖啡馆几乎丝毫未受到新冠疫情的冲击，只要继续营业，街区里的近邻们依然每天都来，用喝一杯咖啡的时间聊聊近况，依然坐在店里吃午餐，购买日常用的咖啡豆，维系着小城的人情关系，也维系着这些咖啡馆的运转。

"你觉得好喝的咖啡的标准是什么？"一天，我照例站在店里跟牧野说话。

"只要是咖啡都好喝。"他回答说，"便利店的咖啡我也喝，自动售货机的罐装咖啡我也喝，只要看到有新味道出现，我就一定会买来尝一尝。"

"但我听说，罐装咖啡不是咖啡。""当然，罐装咖啡不是咖啡，那是罐装咖啡领域的事情。"所以牧野发自内心赞美便利店，是因为便利店里出现了 100 日元的廉价咖啡，从前喝罐装咖啡的人们才转而喝真正的咖啡。无处不在的便利店咖啡拉近了咖啡和人们的距离，让它从嗜好品变为一种生活日常，变得和日本人形影不离。

"我个人非常热爱 7-11 的咖啡。"我对牧野分享我对便利店咖啡的感受。

"7-11 的咖啡很好喝，我也知道是什么秘诀，但是不能说。"他笑，又补充了一句，"7-11 对冰块也十分有研究。"

谈论到有关咖啡的一切的时候，只要不涉及机密，牧野便会将细节也说得非常详细。来到 TRAVELING COFFEE，可以向牧野打听一切咖啡的事情，以我的经验来看，没有他不能回答的。最近，他向我解释"京都的咖啡是深煎文化"这一说法，认为这是人们的误解："其实在咖啡流行的早期，整个日本都是深煎文化。但因为只有京都留下了大量的喫茶店，人们在京都喫茶店喝咖啡的机会更多，所以就自动将深煎默认为京都文化了。其实京都也有酸味咖啡，那就是浅煎文化。"2015年之后，新世代咖啡馆渐渐取代喫茶店而成为京都的主流，优质的浅煎咖啡开始流行起来，如今的年轻人，第一杯喝到的咖啡是浅煎咖啡的情

况越来越多了。

随着发生在京都的最新一波咖啡风潮，自家烘焙所越来越多，也开始出现许多不提供食物的咖啡外卖店，这都是始于 2015 年的事情。原因还是和 2014 年上映的《一部关于咖啡的电影》有关，全世界的咖啡职人在这部咖啡纪录片中登场，令许多年轻人意识到咖啡师也是一份值得憧憬的职业。另一个巧合是，澳大利亚对日本人开放了"咖啡师"这一职业的工作签证，时薪 1600 日元，远高于日本，吸引不少年轻人前去一边工作，一边学习技术，回国后纷纷开起了自己的咖啡馆或烘焙所，所以，在京都咖啡馆遇见墨尔本归来的年轻店主一点也不奇怪。

遗憾的是，《一部关于咖啡的电影》中登场的东京表参道的大坊咖啡馆在 2013 年因为建筑物拆除而关门了。咖啡的世界就是这样，来去如人生，告别是常态。牧野在京都最喜欢的一家咖啡馆也在 2019 年永远地结束了营业。那家名叫 efish 的由一对夫妇经营的咖啡馆在京都咖啡爱好者之中地位甚高，因在鸭川和高濑川之间，远离喧嚣的闹市区，大大的落地窗面朝寂静的河流，一直可以望见远方东山的山线。又因为店主西堀晋原本是苹果公司的设计师，亲手改造了店内的两层空间，时尚悠闲的氛围令人拥有安心感。正值 efish20 周年，和房东的契约到期，西堀夫妇无意再寻找新的店址，便关门回到了夏威夷生活。但偶尔还是会从牧野口中听到一些后来的事情，例如 efish 的最后一位店长在出町柳开了新店，算是将那家店的传统延续下来了，又例如 efish 的咖啡机和部分家具出现在一家名叫 OyOy（哦一哦一）的以"书和蔬菜"为主题的餐厅里，如今还可以去那里追忆往昔。

牧野喜欢 efish 的原因还不止这些。平日里他需要见太多人，当他感到疲倦、不想说话的时候，就总是去 efish。牧野和西堀是同级生，关系十分要好，只要跟店员打个招呼，他们就会专门为牧野打开二楼的空间，任由他一个人静静待着。在那里，他喝着自己最喜欢的咖啡，不必和任何人碰面，在繁忙的生活中得到松了一口气的时刻。

我十分能够理解牧野这种"不想见人"的心情，他在咖啡业界的名气太大，走到哪里都会遇见认识他的人。在京都自然不用多说，即便是去其他都道府县，只要平常地坐在咖啡馆里，店员把咖啡端上来的时候，冷不防就会说一句："最近你来这边了啊！"对方是不是认错人了？牧野正在疑惑，对方又会接着说："是牧野吧？""是牧野吧？"这句招呼随时随地响起，最奇妙的一次，他驶入高速公路休息站，停好车去买咖啡，对方盯着他说："是牧野吧？"

"这不就跟明星一样吗？"我跟他开玩笑。其实牧野也有被指名去给明星泡咖啡的时候。他还有个身份是"选食家"，也会为一些名人做餐厅的向导工作，或是担任一些饮食店的顾问，监修菜单之类。他还在京都 DJ 界小有名气。

在那么多工作中，他还是坚持：本业是咖啡。

"本业是咖啡，就是见不到。"初春，我终于在店里见到他，忍不住抱怨，"我接连来了三次，但店里没有牧野！"牧野不在的时候，在店里制作咖啡的是名叫南场的年轻人，他从 TRAVELING COFFEE 开店之初就在这里了，牧野深深地信赖着他，这才能每天

牧野广志
TRAVELING COFFEE 店主

在牧野的理想中，总有一天整张吧台会全部被爬山虎覆盖，
他要掀开枝蔓，才能将咖啡递给客人。

安心地四处晃荡。

"那也太奇怪了！我每周五天在店里！"牧野争辩起来。

我真的没有见到他，但接受了他的狡辩。在终于见到牧野的初春，他给我泡了一杯冰咖啡，是他喜欢的发酵系豆子，经过浅煎，醇厚中带着奇妙的草莓香味。这就是发酵系豆子的妙处，牧野说："草莓味是偶然出现的结果，还有荔枝味和柚子味。"

在牧野的社交网络上，几乎每天都会出现冰咖啡的身影。他最喜欢冰咖啡，春夏秋冬都在喝，尽管冰咖啡并不是咖啡店的主流。"通常喝到的冰咖啡总是湿答答的样子，你知道这是为什么吗？"他问我。不等我回答，他直接公布了答案："原因是冰块。其实那种利用机器制造的立方体冰块很软，很快就会融化成水，这样冰咖啡就会不好喝。"这是 21 岁的牧野在京都一家饮食店工作时偶然发现的秘诀：绝对是冰块不会很快融化的饮品比较好喝。在 TRAVELING COFFEE，他发明了独创性的冰块制造法，使用板冰，用手凿碎，就像威士忌的冰块那样，但是冰块要更大。他在店里专门安置了两台冰柜，就是为了让客人喝到一杯冰块不会很快融化的、真正美味的冰咖啡。

近来，不断有人来找牧野商谈，问他要不要考虑在别的地方再开一家新店。他打算去看看，如果能找到理解他想法的店员，也许他会再开一家。他的责任感在这件事上又一次出现了：京都各个烘焙所的豆子都放在自己的店里，如果只是泡好咖啡端出来，那么对他们来说太失礼了。不仅要懂得让咖啡更好喝的方法，还要知道如何向客人介绍咖啡豆和烘焙所，将它们推广到更大的范围去。

至于牧野，他不能被囚禁在店里。比起每天站在自家咖啡馆里做个本分的店主，他更喜欢在这家咖啡馆或那家烘焙所晃悠，第一时间喝到人们改进和升级后的咖啡豆，亲自用舌头确认味道。这种做法不太像是按部就班的传统日本职人，我总觉得他把在欧洲的生活方式带回了京都，在日本也实践着一种游荡式的生活方式。也许是因为牧野不喝酒，所以他更加能体会到咖啡的快乐，这份工作让他最快乐的是喝到一款新的咖啡豆泡出来的咖啡的瞬间，而且他有一种感觉："别人泡的咖啡是最好喝的。"

The
Stories
of Cafe
in Kyoto

在家也能喝到像咖啡馆一样好喝的咖啡

KURASU

2020 年，大槻洋三在京都开了第三家店——KURASU（生活）夷川店。和 2016 年开业的京都站店以及 2018 年开业的烘焙所不太一样，这是一家致力让人们触摸咖啡器具、学习咖啡冲泡方法、享受咖啡乐趣的体验店。店内是一个全开放空间，自家烘焙咖啡豆和五颜六色的"日本制造"的咖啡器具摆满了最大的一面墙，中央一个开放式制作台，收银机旁，四五种当日供应的咖啡豆装在小小的玻璃瓶里，下方彩色的纸片上解释了它的产地与特征，瓶身都贴着一张黑白标签纸，注明"抽出器具"——指的是当天店里用来冲泡这款咖啡的器具，这些手冲咖啡器具也都一字排开，陈列在制作台上。点完单之后，可以站在一旁观看咖啡制作的全过程，并从咖啡师口中得到一些冲泡小技巧，如果喜欢这杯咖啡，也能将咖啡豆和冲泡器具一起买回家，自己在家里复制同样的一杯咖啡。

"经常听到很多人发出疑问：在店里喝到一杯咖啡很好喝，为什么同样的咖啡豆买回家就没那么好喝了？"大槻对我说，他是为了帮助人们解决这个烦恼，才开了这家新店。"在咖啡馆里喝到的精品咖啡，通常咖啡师会使用一些业务专用机器，或是价格高昂的最先进的冲泡器具，人们很难在家里重现在咖啡馆里喝到的味道。"因此他做了一个新的尝试：在这家店里，全部使用亲民的家庭用冲泡器具，并且贩卖同款咖啡豆与器具。"家里的咖啡"，这是大槻从 KURASU 创业之初就有的理念，他想为那些自己在家冲泡咖啡的人提供支援。对一家咖啡馆来说，其实这听起来挺矛盾：如果在家也能冲泡出好喝的咖啡，那还去咖啡馆干什么？"这是因为在咖啡馆不只是为了喝咖啡啊，"大槻毫不担忧，他总是被人们问到这个问题，"在咖啡馆也是为了享受氛围，与人们交流。"

2013 年从东京辞职搬去澳大利亚的时候，大槻还不知道几年后他会回到老家京都，还做起了和咖啡相关的工作。那时他已经在一家大型证券公司工作了四年，开始感觉虽然这份工作赚钱多，但没什么意思，是时候停下来喘口气了，于是他就辞掉工作，跑去欧洲背包旅行了半年，回来时，恰好妻子因工作调动要去悉尼，他也就一同去了。到了悉尼，他没急着找工作，而是替朋友的生意帮忙，也做一些翻译的事情，不知不觉，交到了许多从事广告业的澳大利亚朋友，在与他们的交流中，大槻发现：澳大利亚人对"日本制造"的设计和品质总是给予很高的评价。卖一卖"Made in Japan"（日本制造）应该不错！他得到了灵感，开始亲自设计网页，联系日本供货商，很快就开了一家以日本生活杂货为主题的网店，取名叫 KURASU，照搬了日语中"生活"一词的罗马音。在当时的澳大利亚，咖啡文化已经很发达，但随处可见的都是浓缩咖啡机，罕见的日本手冲咖啡器具渐渐成为 KURASU 销量最好的产品，一年后，盈利占了全店的大半，贩卖地区也从澳大利亚扩张到了欧美各地。大槻果断将 KURASU 转型成一家日本咖啡器具的专卖店，他意识到贩卖手冲咖啡器具是一种很好的文化传播手段，便更加侧重向海外宣传日本的咖啡品牌和咖啡文化。不只局限于咖啡器具，2015 年，他开始和日本各地的咖啡烘焙店合作，将日本烘焙师的咖啡豆发往世界各地。KURASU 的转型是一个正确的决定，开店第一年，拍照上传、处理订单、收货发货、售后服务，全部工作都由大槻独自完成，盈利也只能维持他一个人的生活，如今，KURASU 的产品发往全世界 50 个国家，并且从线上延伸到线下，先后在京都、新加坡和曼谷开了 5 家实体店。

2015 年，大槻看到的世界咖啡市场以 Kalita（卡利塔）和 HARIO（哈里欧）两大品牌为主流，手冲咖啡器具几乎全被日本制造所占据，欧美国家全是机器派。其实对日本人来说，手冲咖啡也是一种舶来文化，1908 年，德国人梅丽塔·本茨发明了这种使用滤纸的咖啡萃取方法，并首先推出了 Melitta（美乐家）这一品牌，开创了如今的圆锥形咖啡滤杯样式。半个世纪后，Kalita 才在 Melitta 的基础上改良了扇形滤杯，将单孔改为多孔，成为受到世界欢迎的品牌；而 HARIO 最早是一家耐热玻璃制造商，1964 年才涉足咖啡业，推出了第一款虹吸咖啡壶。20 世纪 70 年代之后，手冲咖啡几乎在海外失去了踪影，日本的家庭咖啡又尚未普及，在很长一段时间里，日本的喫茶店是支撑 Kalita 和 HARIO 的最主要的顾客群。变化发生在 2000 年，精品咖啡豆在欧美流行，专业的咖啡人士讲究高质量的咖啡豆萃取方式，寻找能够体现不同咖啡豆独特味道的介质，日本的手冲咖啡器具进入了他们的视线。这些手冲咖啡器具不仅延续了日本制造的一贯特质：讲究细节、设计简洁、品质优良，对完全机器化的咖啡业界来说，完全手工的方式还显得很酷——日本制的咖啡器具走红了。

"手冲咖啡是从海外传到日本的，为什么反而成了一种日本的输出文化呢？"我问大槻。

"日本人有个特点：喜欢用手制作东西。相反，欧美人会觉得这样很麻烦，他们喜欢使用机器，只要轻轻按一下键就好了。机器能够保证咖啡味道的稳定，手冲咖啡则因人而异，从商业角度来看，在星巴克那样的地方很难制作手冲咖啡，每个店员冲泡出来的味道不同，耗时也是个大问题。"大槻说。在连锁咖啡店出现之前，日本先形成了喫茶店文化，喫茶店是一个不讲究效率，也不以商业为目的的地方，于是手冲咖啡在这些喫茶店里得以延续，以店主为中心，各自有讲究，细致制作每一杯咖啡，然后递到客人手上，形成了日本独特的咖啡文化。"日本人的文化特征、日本人对待工作的方式、日本人认可和接受的东西都体现在了手冲咖啡之中。在海外的人看来，这也是一件很有日本特色的事。"将日本特有的喫茶文化通过日本制造的咖啡器具一起传达给外国人，是大槻在 KURASU 开店数年后琢磨出的深意。

一开始，大槻并不懂得这件事。他辞职在欧洲旅行的那半年，遇到了从事着各种各样奇怪职业的人，令他拓宽了对工作这件事的

认识：原来不是只有去公司上班这一种选择。但他就算不去公司上班，也没想过要从事和咖啡有关的工作。在日本的生活经验告诉他：所谓咖啡的工作，就是开喫茶店，从早到晚站在店里，泡咖啡，接待客人，十年二十年地继续下去。这种经验是原生家庭带给他的。10岁那年，一直在纽约生活的父母带着他回到了日本，在京都开了一家爵士喫茶店，从那时开始，他就每天看着母亲手冲咖啡的身影，隐隐感受到了咖啡的魅力。但他并不知道那是日本咖啡独特的文化，更加没有意识到咖啡可以成为一种商业手段，直到去了澳大利亚，目睹了异国的咖啡馆盛况。我遇到的不少京都咖啡业界人士都会在谈话中流露出他们对澳大利亚咖啡业的羡慕，这个国家拥有市值32亿美元的庞大咖啡消费市场，人均咖啡豆消费量世界第一，与日本人"凭借一腔热情开咖啡馆"的情怀不同，在澳大利亚，咖啡馆是一种成熟的商业模式。原来咖啡可以成为一种商业模式，这是大槻在悉尼生活之后才知道的事。这时，他开始反观文化意义，随即感到一种惋惜：日本的喫茶店历史悠久，蕴含了深厚的咖啡文化，但它却没有形成一种商业模式。日本人的性格不擅长自我宣传，老一辈的人将之视为一种美德，但有了海外生活经验的日本年轻人却感觉这是一种浪费，他们想要找到其中的平衡，开创一种日本的咖啡商业模式，让日本的手冲咖啡作为一种文化在全世界范围得到广泛的传播。拥有这样的思考方式的年轻人越来越多，结果是，他们从海外回到日本，开始改变京都的咖啡文化——2016年，大槻在京都开办了KURASU的第一家实体店，一家贩卖手冲咖啡器具和提供手冲咖啡的咖啡馆。

大槻回到京都开店，是因为在网站上不断有客人发来英文消息询问：我在京都旅行，想去 KURASU 的店里坐一坐，能否告知地址？如果想直接传达日本的咖啡文化，就有必要和客人面对面交流，那么确实应该有一家实体店。其实京都店开业后的最初两年，大槻还一直生活在悉尼，他一边留意观察着澳大利亚的咖啡馆，一边思考着咖啡馆这一形态究竟能承载什么。

"澳大利亚的咖啡馆氛围最好的地方是围绕咖啡展开的交流，咖啡师和客人成为朋友的关系，如果一家店每天去三次，大家都会变得很了解对方，对话总是'今天的工作如何？''家人的近况如何？'咖啡师也很了解客人的咖啡喜好，如加糖或是不加糖、牛奶要更热一些……形成了一种日常的行动。而我始终感觉日本的喫茶店有一个门槛，人们各自有各自的目的，在决定好的时间去咖啡馆做决定好的事。当然熟客也会和店主聊天，但对不熟悉的客人来说，对话是很难的，总是有很多顾虑：是不是应该保持安静？真的可以闲聊吗？"大槻想把澳大利亚那种开放的、热闹的、不假思索的活跃的咖啡氛围带到日本，让不同的客人可以随时走进其中和咖啡师聊天，客人和客人之间也能互相聊天，抱着"打造一个小型社交场"的目的，他选择了观光客流动最多的京都站附近，开始了新的实践。对日本的咖啡器具进行推广，同时用澳大利亚的方式打造咖啡馆，KURASU 的实体店是大槻心中"好的咖啡"的一个异文化的融合。

大槻回到京都是在 2018 年，从线上到线下，KURASU 的受众悄悄发生了一些变化，不仅要面向外国人，也要面向日本人。大槻发现，在日本推广精品咖啡和手冲咖啡器具并不那么容易，必须要亲力亲为，更加了解环境。在京都这个城市，喫茶文化有着近百年

大槻洋三
KURASU 店主

有那么好的东西，知道的人却很少，实在是很浪费，想让日本的咖啡文化得到更大范围的推广，这一点始终没变，无论通过器具、咖啡豆，还是通过咖啡馆这个空间，手段增加了，但目的没有变。

的历史，它们形成了京都人对咖啡的概念：那些又苦又浓、大众的廉价的喫茶店咖啡。精品咖啡来到京都，寄宿在新世代的个人经营的咖啡馆里，颠覆了人们从前的喝咖啡习惯。不仅是从深煎到浅煎、从苦味到酸味的变化，人们更多是对翻了两三倍的价格感到不解：为什么咖啡要卖这么贵？相比那些从前没有咖啡文化的国家，在日本推广精品咖啡显然要困难得多。日本人对手冲咖啡器具也没什么热情，这从 KURASU 的英文网店和日文网店的销售情况对比就能看出来，网店主要的两条产品线——咖啡器具和咖啡豆，在英文网店的销售比率是 8 ：2，而在日本则是 2 ：8，来了个大逆转。这种差异是因为生活方式的不同，也透露出日本人对日本制咖啡器具的态度。KURASU 刚开业的时候，有一个口号是"把日本好的东西更多地传达给外国人"，这些年回到日本，他又多了一个任务：也要"把日本好的东西更多地传达给日本人"。

在新开的 KURASU 店里，以 Kalita 和 HARIO 为首，陈列着十几个日本主要品牌的咖啡器具。几十年来的手冲咖啡文化形成了这些器具的一种典型特征：既保持了日式设计的简洁特征，又经过了职人的反复研究和改进，在细节上有着很深的考虑。日本人最擅长的是将这些现代的咖啡器具与本土传统工艺相结合，佐贺县的有田烧、长崎县的波佐见烧、岐阜县的美浓烧……有着数百年历史的陶艺技术，都被各个品牌运用到了咖啡滤杯之中，使其真正成为一种日本魅力。KURASU 的另一个主打品牌是职人工坊的咖啡器具，有一个名叫 TORCH（火炬）的品牌，制作者中林孝之过去是群马县一家喫茶店的店主，2006 年喫茶店关门后，他便开始埋头创作一直以来理想中的咖啡滤具。当时市面上只有大品牌推出的工业制品，他用职人缓慢而精细的方式研发产品，在美浓烧的基础上结合了木工工艺，终于做出了一款能制作出高浓度咖啡的滤杯，这种滤杯造型小巧，颜色可爱。中林是最早投身手冲咖啡器具的日本职人之一，大槻早在他刚开始制作时就注意到了他，TORCH 的产品在 KURASU 的网店上贩卖之后，很快就被海外的客人关注，得到了各种机会：一些海外的咖啡店开始使用它，一些外国咖啡师带着它参加了世界咖啡大赛。2017 年，中林出版了一本关于咖啡的书，KURASU 的工作人员义务帮忙完成了英文部分的翻译。这是大槻自己很喜欢的一个案例，实现了他内心真正想做的事：完全没有想过在海外贩卖作品的日本职人通过 KURASU 在海外市场找到了自己的立足之地。这些职人的作品越来越多地出现在 KURASU 里，也开始有了一些专属于这里的原创，例如店里使用的马克杯就是京都一位名叫山本壮平的年轻清水烧陶艺家专门为它设计的。"未来想和日本各地的职人一起合作。"大槻不只是说说而已，他已经和长崎县制作陶器的工作室、长野县制作木工的工坊，还有一些玻璃品的个人制作家谈了很久，计划和他们联手推出原创的职人系列，这也是他从澳大利亚回到日本，了解了日本的环境之后做出的选择，"在这些年和日本职人的交往中，目睹了他们的数量正在逐年减少这一现实，我想要保存他们的技术，做一些切实能够支援他们的事情"。

原本只是贩卖日本咖啡器具的网店 KURASU 根植京都这片土壤之后，萌生了一种"共生"的社会责任感。2018 年，为了更深一层地了解咖啡，让咖啡器具与咖啡豆更紧密地联系在一起，KURASU 开办了自己的烘焙所，开始贩卖自家烘焙的精品咖啡豆，但在网店里能找到的不只是 KURASU 自己的四五种咖啡豆——多年来，大槻

一直与日本各地的咖啡烘焙专卖店合作，积极推广他们的咖啡豆。KURASU 已经在进行自家烘焙，为什么还要介绍别的烘焙店？有时候，连工作人员也很费解。"最初只是我个人的爱好，想要和各种各样的咖啡店关系变得很好，才开始了这个企划。"大槻解释说。他很清楚 KURASU 的优势是拥有在海外的品牌影响力，随着合作对象越来越多，对日本各种咖啡文化产生兴趣的人也越来越多，他想要利用这个优势，让整个日本的咖啡业界被外国人所知。将内心的包容度放得大一些，就能看见更广阔的世界，在 KURASU 的京都店里偶尔还能遇见韩国烘焙师或者中国台湾烘焙师的咖啡豆，店里不定期举办海外咖啡豆主题活动，作为一种非日常的活动，在韩国或是中国台湾的那些店里也能遇到 KURASU 的咖啡豆，这是大槻心中寄托咖啡豆的一种文化交流。

显然，如今的 KURASU 已经不仅是一家日本咖啡器具的专卖店了。现在的 KURASU 是什么呢？我试图从大槻那里找到答案。"是一个做很多事情的地方。"大槻模模糊糊地说，他自己也找不到一个准确的词语来描述，但是，他做这件事的初衷是因为日本咖啡文化的传播力太弱。"有那么好的东西，知道的人却很少，实在是很浪费，想让日本的咖啡文化得到更大范围的推广，这一点始终没变，无论通过器具、咖啡豆，还是通过咖啡馆这个空间，手段增加了，但目的没有变。"为了实现这个目的，未来也许还会与日本各地的咖啡馆有更多的合作。最近，大槻推出了一本京都咖啡馆的自行车巡礼地图，其中收录了京都市内的 21 家咖啡馆以及围绕它们的自行车巡礼路线，其中很多店都是 KURASU 的老朋友，大家会一起出现在京都的各种咖啡活动上。大槻有一个观点：咖啡馆之间不是对手，不害怕竞争，对手是 7-11 之类贩卖 100 日元咖啡的连锁便利店，正因为存在这一共同的竞争对手，咖啡馆之间更是朋友，是一起努力的伙伴。2021 年，大槻又开始做一款名叫 KOHII 的 App，日本几乎没有和咖啡相关的手机科技产品，于是他有了一个尝试：给全世界的日本咖啡爱好者提供一个平台，让他们聚集在一起分享和交换资讯。在这个软件上，不仅有很多的世界精品咖啡资讯，还可以在咖啡地图上打卡、标记和记录，日本全国的咖啡烘焙师也会给咖啡爱好者分享关于咖啡冲泡的小知识。

"日本的咖啡消费量很大，精品咖啡只占其中的 10%，而在澳大利亚和美国市场，它占到了 50%。"和大多数日本人一样，大槻对未来日本社会的经济并不乐观，认为整体的咖啡市场很难再有增长，"但精品咖啡的市场比率是有可能增长的，能够达到 20% 甚至 50%，空间还很大，能做的事情还有很多，这也是我最乐在其中的。"为了使精品咖啡能够成为人们日常"家里的咖啡"，大槻正在进行着他的各种各样新的挑战。

The
Stories
of Cafe
in Kyoto

在京都
和萨尔瓦多
之间

COYOTE

在新冠疫情发生时开办咖啡馆听起来不是一件太明智的事情，这两年，日本饮食业大受打击，紧急事态宣言断断续续发布了好几次，京都的咖啡馆受到波及，在缩短营业时间和暂时停业之间反复轮回，这之中也不乏"勇者"出现，28 岁的门川雄辅就是其中之一。

2020 年 10 月，从萨尔瓦多回到京都半年后，门川雄辅在西阵地区一幢颇有年头的小楼三层开了一家咖啡豆专卖店。一个世纪以前，这里曾作为京都中央电话局的西阵分局被使用，后废弃多时，2016 年改修为西阵产业创造会馆，提供廉价出租的办公空间，支援市内年轻的创业者。门川的咖啡豆专卖店 COYOTE（中间业者）在这里开了半年多，碍于交通不便，人少冷清，2021 年 7 月，搬家到京都人流量最大的出入口——京都站对面一家现代酒店一层，又开辟出店内饮食空间，正式转型为咖啡馆。店内贩卖的咖啡豆未变，全部来自萨尔瓦多的咖啡农园，回日本之前，门川在那里生活了一年半，原本计划是两年，没想到新冠疫情突然席卷全球，被迫提前撤离回日本，只以为是避一避风头，却演变成遥遥无期的回归计划。他通过社交网络关注着农园人们的生活，看到因各国的咖啡买手无法前往而渐渐堆积起来无处可去的咖啡豆，门川决定开咖啡豆专卖店，诉求也简单直接，就是为了将这些咖啡豆卖出去，在遥远的日本也继续支援农园人们的生产活动。对京都的咖啡业界来说，COYOTE 的出现是一股新鲜血液：像门川这样长时间生活在农园，比谁都了解产地现状的咖啡馆店主极为可贵。因此尽管开店时间短暂，但是已经听闻数位京都咖啡业界大佬对 COYOTE 赞誉有加，说它是"京都难得的从生产者到一杯咖啡，能够讲述一个完整咖啡故事的新生代力量"。

门川雄辅和中南美洲咖啡农园的缘分要追溯到他还在京都产业大学读大三的时候。出于某种探究世界的目的，他在那一年休了学，做起了背包族，在南美穷游了一年。走到哥伦比亚，想起此地盛产咖啡，于是兴致上头，申请了咖啡农园一日游活动，在一个大婶的带领下，他凭借着在学校自学的一点点西班牙语，参观了咖啡豆从收获到干燥再到烘焙的全过程，从前在日本不曾想象过的风景，令他第一次感叹：原来咖啡是这么一回事啊，可真酷！这件事发生在他 21 岁至 22 岁之间的长途旅行中，咖啡成为至关重要的转折点，令他被这个产业的魅力所吸引，也让他意识到：哪怕只借助极为有限的语言能力，和不同文化的人之间的交流和沟通也是一件如此有趣的事情。

结束南美之旅回到京都，门川又上了一年学，完成了剩下的学业。

门川雄辅
COYOTE 店主

> 一杯好喝的咖啡，关键不是冲泡的技术很好，
> 而是咖啡豆本身很好。

COFFEE BEANS
& CAFE

COYOTE

大学毕业后，抱着"没准还能去南美"的念头，他参加了京都知名咖啡连锁品牌小川咖啡的招聘，顺利成为其中的一员。和许多在日本第三次咖啡风潮中进入咖啡世界的年轻人不一样，门川一点也不想成为咖啡师，他的兴趣不在于苦心钻研如何把咖啡冲泡得更好喝，他显然对作为一种素材的咖啡豆更加感兴趣，在小川咖啡，他负责的是销售工作，日常和各家超市进行产品铺陈及活动推广的交涉，而不需要站在咖啡馆里。小川咖啡有全面的社内培训机制，门川在其中找到了自己感兴趣的方向：2017 年，他作为小川咖啡的代表之一参加了"日本咖啡杯测大赛"，并最终进入半决赛，这是一个要求在特定时间里辨别出不同咖啡特质的比赛，门川受益颇多，对精品咖啡的品鉴知识就是在此时形成的。

门川不打算在比赛的舞台上走得更远，他志不在此，在日常的销售工作中，他也并不关心销量，他思考的问题往往让同事觉得很奇怪，例如这款咖啡豆是谁栽种的，又例如收获现场该是什么样的情况——他就是想知道产地在发生什么。这样的心情愈发强烈，终于使他在小川咖啡工作两年后便辞了职，去应募了日本国际协力机构（JICA）的海外青年协力队。这是日本一个始于 20 世纪 50 年代的志愿者团体，每年招募几百名农林水产、保险医疗、人力资源等领域 120 个职位的队员前往世界各个发展中国家进行为期两年的派遣支援，不同于政府之间的资金援助和宏观援助，他们主要致力民间的具体事务，且多半集中在偏僻的农村地区，截至 2021 年 3 月，这个志愿者团体已经向 92 个国家派遣了 45786 人。很久之前，门川就留意到海外青年协力队的招募海报，知道非洲的卢旺达和埃塞俄比亚以及东南亚的泰国等国都有与咖啡农园相关的项目，他开始有意识地去搜索，发现在这些地方需要从事艰苦的农业劳动，只有萨尔瓦多不一样，那里需要一份面向日本的市场推广工作——门川在大学就读于法学系自治行政学科，学的是地方自治与振兴的知识，他认为这也算是专业对口了。

在应聘萨尔瓦多咖啡农园志愿者的人当中，既拥有市场推广经验，又了解精品咖啡知识的人很罕见，再加上他还会一些西班牙语，很顺利就通过了面试。2018 年 10 月，门川第一次踏上了萨尔瓦多的土地，彼时，他对这个中美小国的概念还仅仅来自日本网站上的一些对比数据：它是一个很小的国家，面积只相当于日本的四国地区，人口数量甚至不及大阪府。爱好精品咖啡的人多少听过萨尔瓦多的存在，它在世界范围内是知名产地，但咖啡豆进入亚洲的数量并不多，从前门川喝过几次，都来自这个国家更有名的种植区，他去的是一个不太知名的地方：西北部的查拉特南戈省。

到了那里，门川很快就意识到当地咖啡农园存在的问题：几乎全都是小规模农园，数量众多，缺乏资料信息，农园的人们不进行推广工作，只是默默埋头进行着咖啡豆生产工作。追溯起来，当地种植咖啡豆的历史十分悠久，早在 1850 年萨尔瓦多开始商业化种植咖啡豆之时，在查拉特南戈就已经有很多农园，种植和加工咖啡豆的经验十分丰富。这个国家境内遍布着大量火山，对人们的生活来说是不利条件，但火山灰形成的肥沃土壤对咖啡豆的种植却是天然优势。在政府政策的扶植下，咖啡豆渐渐成为萨尔瓦多的主要输出农产品，在 20 世纪 70 年代的辉煌期，它的产量仅次于巴西和哥伦比亚，一度是世界第三大咖啡豆生产国，按照国土面积平均下来，单位产量世界第一。当时每年 201 千吨的咖啡豆产量，到 2020 年已经只有顶峰时期的 1/10，排名跌落到了世界第十八位。

后来门川了解到，萨尔瓦多咖啡农园衰落和 1977 年流行的咖啡树叶锈病有关，和 1979 年爆发的长达 12 年的内战有关，也和政权交替中的土地改革和产业国有化有关——1992 年内战结束时，萨尔瓦多的经济损失达到 18 亿美元，基础设施遭到严重破坏。咖啡豆产业还不是遭受打击最大的农业：这个国家的棉花产业已经完全消失了。

只有一件因祸得福的事。在那一时期，美洲地区的咖啡农园或多或少遭遇了叶锈病，各个国家纷纷进行品种改良。处在内战中的萨尔瓦多，国内的研究所没有条件进行改良，咖啡农园与其他生产国也长久地断绝了交流，新品种始终未能进入这个国家。当内战结束后，其他国家的咖啡买手回到萨尔瓦多，他们惊喜地发现：这里还保留着古老的波旁咖啡品种，而如今它在全世界都很稀少，能拍卖出很高的价格。

门川到查拉特南戈农园做的第一项工作是一一走访附近 20 多个农园，了解他们种植的品种、产量及主要销售渠道，以及搜集信息、统计数据，然后整理成文字资料。农园的咖啡豆收获之后，他的咖啡杯测知识就派上用场了，他一一品鉴咖啡农园送来的小样，对口感和特征等信息进行详尽的收录。有时候，日本的咖啡买手来了，他也做一些导游和翻译的工作。当地的咖啡农园和日本咖啡买手之间的生意一直做得不太顺利，萨尔瓦多人性格乐天开朗，遇上美国来的咖啡买手，常常是一拍即合，当场拍板，而日本人的行事作风截然不同，凡事需要深思熟虑，商业行为也从不冒险，在长期考量之后，才会与对方建立稳定的关系。日本咖啡买手来到萨尔瓦多的农园，通常第一次

只会购买极少量的咖啡豆，一年后增加一点，两年后再增加一点……这种谨慎保守的性格令当地的咖啡农园主头疼不已，这也是在日本的咖啡市场上看不到大量萨尔瓦多咖啡豆的原因之一。实际上，查拉特南戈的农园里出现的日本人也是很有限的，大多数日本咖啡买手并不会亲自去拜访当地的咖啡农园并且现场进行交易，他们来到萨尔瓦多，通常是参加当地每年收获后举行的咖啡豆拍卖会，这足够满足他们的需求。这正是海外青年协力队招募这个职位的原因，要做好查拉特南戈的咖啡豆品牌管理，将其在日本广泛地推广开去。

查拉特南戈的咖啡豆瞄准日本市场，也可以说是波旁咖啡豆带来的启示。2000 年之后，萨尔瓦多显然找到了一条咖啡产业复兴的新途径：基于都是小规模农园，便不以量取胜，转而追求生产高品质的咖啡豆，瞄准中高端消费国，以这一特点在世界精品咖啡市场上战斗。这个策略迅速见了成效，在今天的国际精品咖啡市场上，萨尔瓦多咖啡豆的平均售价远远高于各国平均参考价，大量的萨尔瓦多咖啡豆被美国人买走，2015 年之后，随着精品咖啡在日本越来越流行，拍卖会上的日本人身影才越来越多。

在咖啡农园的工作繁忙程度不亚于在日本，每天制作小样、统计数据、处理邮件、更新社交网络上的信息，到了收获季，偶尔帮着农园的人们做一些采摘工作，有时候也会在萨尔瓦多其他地方做一些宣传和推广活动。工作很多，但毕竟是志愿者，工资只有维持生活的一点。"能拿到一点已经觉得很幸运了，"门川说，"我一直想去产地，就算没工资，自费也想去。"起初，农园的人们对这个日本人的到来感到诧异，那一年半里，门川不仅是在查拉特南戈的咖啡农园生活的唯一一个日本人，甚至是唯一一个外国人，是仅有的外来者。门川自由惯了，得益于从前在全世界旅游的经验，他并不在意自己的格格不入，他的西班牙语比南美之旅时又进步了许多，一开始偶尔会被方言难住，但一年之后就毫无障碍了。他带来一些日本客人之后，完全得到了农园人们的信任，和他们成了朋友。他向我展示他和他们的合照，照片上的门川皮肤黝黑、留着长发、戴着鸭舌帽，和我眼前的他判若两人，用他自己的话来说：分不清楚哪一个才是萨尔瓦多人。

与萨尔瓦多农园的人们朝夕相处，令门川对咖啡的观念也发生了微妙的变化，他对我说："如今日本不是有很多厉害的咖啡师吗？他们站在吧台里，向客人展示精湛的技术，制作美味的咖啡。但从根本上说，咖啡的质量和味道受到咖啡豆本身极大的制约，并不是由咖啡师制作了美味的咖啡，而是咖啡师使用了好的生产者的咖啡豆，才制作出了优质的咖啡。这是从产地回来之后，我自己很明显转变的一个想法：一杯好喝的咖啡，关键不是冲泡的技术很好，而是咖啡豆本身很好。"

萨尔瓦多的咖啡豆在世界咖啡品鉴师中都是公认的优质代表，它整体口感平衡，果实味甘甜突出，不会让人产生喜恶分明的两极差异，能够征服大众的味蕾。门川之所以产生了上述"咖啡师次要论"，也是因为他在当地咖啡农园每天喝到的咖啡没有任何咖啡师加持，作为一种农园家庭的日常，却也是他人生中喝过的最美味的咖啡，于是他确定了："只要好好进行栽培，制作出美味的咖啡一点也不难。普通地收获，普通地干燥，忠于原味进行烘焙之后，就会非常美味。"

回到日本之后，门川常常怀念合照上的人们，说他们"真的是超级好的人，对于生产美味的咖啡怀有执着心，是很了不起的人"。COYOTE 的咖啡豆索性全部以这些生产者的名字命名，他制作了颜色各不相同的卡片，正面写着这款咖啡豆的产地、品种、农园名称及口感特征，再配上生产者的亲笔签名，背面则是门川在农园生活时，和生产者之间发生的关于咖啡的对话。他又把那些合照拿给一位绘本作家，请绘本作家绘制了他和他们在一起的可爱插画并放在对话的末尾。这个灵感来自门川的市场推广经验，日本市场上的精品咖啡通常也会提供卡片正面的那些信息，专业的咖啡爱好者一目了然，大众消费者却难解其中的意义，于是他想到了卡片背面的内容：给COYOTE 的客人提供小故事，让他们轻松地了解到是什么样的人在生产他们喝的这杯咖啡，这远比提供基础的信息更为重要。

一款黑色的卡片，名叫"Rual"（劳尔），来自门川在萨尔瓦多居住的圣塔落莎（Santa Rosa）农园，这个农园在"世界咖啡品评会"上屡屡获奖，在全世界范围内都得到了很高的评价，咖啡豆年产量 6 吨，是查拉特南戈地区最大的一个农园。农园的主人 Rual 是萨尔瓦多咖啡业界的名人，他从当地农业大学毕业后，又前往美国读了 MBA，能说一口流利的英语，门川跟着他学习咖啡知识，视他为恩师一样的存在。那张卡片上门川和 Rual 的对话发生于 2 月里咖啡豆收获时最繁忙的一天，他们聊起了圣塔落莎农园在加工中的"蜜处理法"（Honey Process）。通常咖啡豆的加工方法有三种：将采摘的咖啡豆自然晒干的称为日晒法；剥去咖啡豆果肉，然后通过发酵去除表面胶状物的称为水洗法；剥去咖啡豆果肉，再将带有内果皮的果实晾干的则是蜜处理法，由于晾干过程中，果实表面的胶状物在水分蒸发后会变得像蜂蜜一样黏稠，因而得名。蜜处理法在萨尔瓦多和哥斯达黎加等产地比较常见，比其他两种处理方法更复杂、费时且难度大。门川辨别出来，圣塔落莎农园的蜜处理咖啡豆呈现出杧果的香味，Rual 解释说，这是由于查拉特南戈地区气候凉爽，在蜜处理加工过程中，要特别留意不损伤咖啡豆，缓慢去除水分，最初会产生些许自然发酵，这就形成了令门川感到意外的杧果香味。自然的力量在咖啡豆上施展着神奇的魔法，在农园从事生产活动的人们尊敬并且谨慎对待这种魔法，每天对咖啡豆进行着缓慢而枯燥的搅拌，要耐得住寂寞，才能被回馈以魔法的惊喜。

Rual 还是当地一个"ACOPACA 生产者组合"的负责人，他对外开设了精制场，周边很多小规模农园都将咖啡豆送到这里来加工，而后 Rual 会替他们寻找销售渠道，直接进行对外贸易，以这样的方式支援当地农业、致力地域单位的共同发展，他还被当地的咖啡农园主人视为咖啡领袖一样的存在。COYOTE 的这些咖啡豆也都是通过 ACOPACA 直接从萨尔瓦多进口到日本的，海运比空运便宜，但有门槛，每次必须大量购买，一家咖啡馆用不了那么多，于是门川就将剩下的积极卖给日本其他咖啡馆，这种咖啡豆很受欢迎，如今已经有超过 30 家店在使用查拉特南戈的咖啡豆了。对门川来说，形成稳定的供求关系，就能让当地小规模农园的人们轻松一些，不用自己积极推广，也能把咖啡豆卖出去，而且相比卖给其他中间运输商，也能得到更多收入。

ACOPACA 的另一个负责人 Antoni（安东尼），他的拉拉古纳（La laguna）农园里的咖啡豆也是流动在 COYOTE 的日常香气。64 岁的 Antoni 给门川留下了"非常非常绅士"的印象，海拔高处采摘的咖啡豆，干燥工作就要持续 3 至 4 周，Antoni 有自己的咖啡哲学：慢慢来才是最好的。在漫长的干燥过程中，才有足够的时间将有缺陷的咖啡豆一颗一颗挑拣出来，保证其品质。每次去拜访农园，Antoni 总是让妻子端出刚刚做好的点心，搭配新鲜冲泡的咖啡，对门川来说，这杯咖啡也如同 Antoni 一样，"人很温柔，咖啡的味道也是非常温柔清澈的"。

通过 ACOPACA 来到 COYOTE 的咖啡豆有一款叫 Rene（勒内），这位已经种植咖啡树很久的男人 Rene 给自己的农园取名为 lamontañita，在当地人的语言里是"小山"——这座农园位于一片繁茂的森林中，树木种类颇多，其中尤以枫树为主，春日里鲜艳的红、黄两色覆盖着农园，拥有美丽景观。Rene 一边保护着森林，一边种植着咖啡豆，是当地资历丰富的生产者，深得当地人的敬重，门川去拜访他时，他花了 5 年时间培育的瑰夏品种正迎来第一次真正意义上的收获。Rene 有个侄子名叫 Oscar（奥斯卡），他在叔叔的农园附近也开辟了小小的 limonera 农园，门川从他那里学习了新的西班牙语单词——limón，柠檬，这个农园里不仅种植着波旁树的自然变种帕卡斯树，还有许多柠檬树，农园位于险峻的山路顶端，每次门川前往都疲惫不堪，收获季也比其他农园要多费一番力气。Oscar 是个 30 岁刚出头的年轻人，勤劳乐观，表示"这一带全都是这样，早就习惯了"。门川被年轻的咖啡种植者真诚工作的样子所感动，决定也在店里使用 Oscar 的咖啡豆，认为他是未来可期的新生代。还有黄色卡片上的 Carlos（卡洛斯），作为咖啡农园的第二代，他从父亲那里继承着种植着波旁树的 Peña Redonda 农园，这名字意指"圆形的岩山"，说的是耸立在农园中央的一块巨大岩石，可知当地农民的土地情况并不那么优良，但 Carlos 不在意这些，在每一个门川遇见他的场合，他总是笑着，早早站在农园门口迎接，开口却是："在去看农园之前，要先来杯啤酒吗？"

这个早晨，门川请我喝了一杯咖啡，名字叫 Jaime（杰米），是 1958 年萨尔瓦多研究机构将帕卡斯与马拉戈日皮人工杂交出的混血品种——帕卡马拉。20 世纪 80 年代，当地的咖啡农园被允许种植这种咖啡豆，2000 年以后传到美洲各国后，长期占据世界精品咖啡豆竞赛的冠军宝座，被人们称为与瑰夏齐名的新秀品种。40 岁的 Jaime 是萨尔瓦多研究精神的代表，他拥有 5 公顷面积的农园，在其中划分出各个区域，进行不同品种的培育，又在网上积极借鉴各种加工处理方法，日晒法、水洗法和蜜处理法，在 Jaime 的农园里全都在尝试，产出了许多品种优质的微批次咖啡豆。Jaime 专注于咖啡豆，却未想过要给自己的农园取个名字，五六年前，他第一次去参加当地咖啡豆品评会，填写申请表格时被问及农园名称，他脱口而出：我自己的农园，要什么名字？自那之后，Jaime 的农园就被叫作 Jaime 农园了。

和这些可爱的人相遇成为门川只卖萨尔瓦多咖啡豆的理由。"产地的人们生活困难，因为他们没有钱，所以我们要购买精品咖啡，必须要帮助他们——我很讨厌这样的思考方式。是因为他们生产出了美味优质的咖啡豆，这样的咖啡能给客人带来愉悦，所以我们才要购买他们的咖啡豆。"门川说，回到日本之后，他还经常在各地参加咖啡相关的讲座，目的是在更多场合向人们介绍萨尔瓦多咖啡农园的情况。他想改变日本人的刻板印象，发达国家日本的咖啡馆和发展中国家萨尔瓦多的咖啡农园之间不应该是一种援助关系，而是一种平等关系，

对于花费心血生产出优质精品咖啡豆的农园的人们，要给予他们感激与敬意。萨尔瓦多咖啡农园里的人们从事着一份在门川看来很酷、很有价值的工作，他在努力让越来越多的人也意识到这一点，于是他将咖啡馆取名为 COYOTE，这个词在当地是"中间业者"的意思，他要做生产者和客人之间的中介。而在 COYOTE 的招牌上，有一只郊狼形象的 logo，这个单词也是它的名字，这种小型动物介于狗和狼之间，就像 COYOTE 介于京都和萨尔瓦多之间。

门川从萨尔瓦多开始真正懂得咖啡。COYOTE 的咖啡豆包装有极高级和极朴素的两神，前者是玻璃瓶，后者看上去就是牛皮纸，其实出发点都是不想使用塑料，而选择了环保素材。这也是他到了萨尔瓦多才第一次懂得的事情——

"生活在京都这样的城市里，是不太能够感受到季节变化的。虽然每年也嚷着'今年又比去年更热了呢！'，但并不真正了解那背后正在发生什么。我到了萨尔瓦多，真实地遭遇到那些直至 10 年前为止还在种植咖啡树，但现在由于气候太热而已经种不了的地方，又或是原本的干燥手段因为太热了而不能再使用的案例……此类现实问题每天都发生在当地人的生活中。再这样继续下去，终将有一天，我们喝的咖啡会消失。不让咖啡豆从地球上消失是全世界的咖啡馆都应该为之努力的一件事。"门川牢记着一个令他心惊的数据：到 2050 年，现在种植咖啡树的区域由于气候变暖，将有一半不再适宜栽种咖啡树。

这些故事，来到 COYOTE 购买咖啡的客人也常常会听到。讲述者通常有三位，除了门川之外，还有咖啡师寺田奖吾——他在 2019

年获得了日本的"次世代咖啡师大赛"（Next Barista Grand Prix）冠军，是刚刚在京都咖啡业界崭露头角的新人；另一位是十分显眼的美国人，他总是以超快语速说着流利的日语，是负责烘焙的 Brant Tichko（布兰特·迪希科）。过去，三人是在小川咖啡一起工作的同事，又都是同龄人，对于咖啡的理念很快达成了一致。起初，门川和寺田一起创业，搬到京都站后，他们又邀请布兰特加入，这个在日本生活了 7 年的美国人，用门川的话来说，"比我们更了解日本的咖啡现状"。小川咖啡规模太大，咖啡豆烘焙完全流水线化，不能实现布兰特的烘焙理想，COYOTE 给他提供了修行场所，每次拿到新的咖啡豆，他总是去找门川聊一聊那个农园的故事，然后才开始烘焙，烘焙是为了更好地传达农园生产出来的美味。在不知不觉中，布兰特也形成了一些日式思维，他对我阐述他的烘焙动机，说的是："不能对农园主人失礼。"

COYOTE 的店里总是这样，三人之中一定有谁在长久地跟客人说着话，有时是三个人同时说个不停，分享着咖啡豆和农园的故事。在某种程度上，他们也是京都配置最齐全的咖啡馆团队，有咖啡师，有烘焙师，还有咖啡买手。前两者是常规配置，但后者不常见，这也使他们从一开始就不同于那些迎合潮流的时尚的咖啡馆，COYOTE 做着完全不同的事：虽然以京都为据点在做生意，但其实更多事务发生在遥远的咖啡产地。一年过去了，门川真的在这里遇到了许多对萨尔瓦多的咖啡产生共鸣的客人：不少在京都工作和学习的中美洲客人慕名而来，附近的一些居民和上班族也成了店里的熟客，他们每天都来，不吝赞美："Antoni，可真是好喝呢！"

最近，门川的心却似乎不在店里。他离开萨尔瓦多一年半了，无时无刻不在挂念着那里，他想尽快回到查拉特南戈的咖啡农园，把未完成的工作做完。除了查拉特南戈，萨尔瓦多还有许多其他咖啡树种植区域，他想将那些还不为日本人所知的精品咖啡豆全都带到京都来。在未来，至少每年收获期的两三个月里，他决定要和萨尔瓦多农园的人们生活在一起。他又有了一个新的野心：想在萨尔瓦多开咖啡馆。商业模式可能会和京都大不一样，但那里聚集了来自全世界的咖啡买手，一家提供美味咖啡的店一定会大受欢迎。

"总之，先回到萨尔瓦多。"门川已经迫不及待了。

ーバイセンショ　タビノネ

open 11:00 close 19:00

The
Stories
of Cafe
in Kyoto

喫茶

營業中

关于咖啡馆的
若干可能性

　　京都市区北部，从出町柳开往鞍马的叡山电铁线上，第二站名叫元田中站。这一带完全是住宅区，带庭院的独栋住宅和低层公寓整齐地排列在交错的道路两侧，因为房租相对便宜，所以附近的京都大学和京都艺术大学的学生常常租住于此。众多民家之中，有一幢建造于20世纪70年代的美术学校旧址，废弃多年，在2016年被改修为一个名为 the site（现场）的综合设施，原有的几间教室经过翻新，变成了杂货店、画廊、古董店、料理教室和小型工作室，不同于河原町那些追求客流量的小店，它们的经营者多是年轻新锐的创业者，店内弥漫着浓郁的艺术和文化气息，除了附近的居民，多数客人是慕名前来。

　　这其中名气最大的是开在一楼的咖啡馆"旅之音"。店内的照明仅靠几盏老式电灯，光线昏暗，一侧的大型烘焙机占据了不少空间，另一侧则随意散布着三组木头桌椅，又有一张可以同时坐下两三人的高脚吧台正对着窗户，有位京都城中年轻的居酒屋店主对我说，他很喜欢这个位置，休息日偶尔会来吃一份咖啡芭菲，秘诀是追加一块烤棉花糖放在小饼干上面，店主常常不在，新来的店员掌握不好火候，就会烤焦那块棉花糖。这家店的店主是1991 年出生于邻县滋贺县的北边佑智，他虽然已经 30 岁，但仍是我遇见的京都咖啡馆店主中十分年轻的一个，2017 年开这家店的时候，他还没满 26 岁，都说日本年轻人不喜创业，而他却是一个例外。

北边佑智的咖啡豆烘焙生涯始于 23 岁，彼时，他在老家滋贺县有一份稳定的工作，负责当地农园的新鲜蔬菜配送。此前一年，他前往泰国旅游，报名了当地一个咖啡农园参观团，初次见到咖啡果实的景象令他大为感动，回到日本后，他便改装了自家车库，购入了一台1 公斤容量的烘焙机放在其中，开始了"白天工作，晚上烘焙"的生活。如今，旅之音使用的 5 公斤容量的烘焙机后面还摆放着那台小小的机器——2016 年，北边用它开展副业，进行了长达一年的网络咖啡豆销售，口碑就是从那时建立起来的，很多当初的客人至今仍在定期购买。其实也不是一开始就那么顺利，除了在一家咖啡馆开设的短期课程了解到一些基础知识以外，北边的咖啡豆烘焙技术几乎全部依靠自学，刚开始的成品连自己都难以入口，更致命的是，每天烘焙出来的味道完全不同，如此使用同一种咖啡豆反复调整，直至一年后才找到了烘焙它的正确方法，味道终于稳定下来。

网店生意顺遂，但北边心中始终觉得不满足，他想在能够看见客人脸庞的地方更为正式地营业。原本计划到了 28 岁就开一家自己的

咖啡实体店，却提前三年被人推荐"有一处有趣的地方"，他到了废弃的美术学校一看，氛围刚好，租金也便宜，北边没多犹豫便辞职了。当时在京都的咖啡经营者中，出生于平成年代的年轻人是很少见的，他也有过稍纵即逝的不安，但如此说服了自己：无论做什么工作，恐怕都是辛苦的，既然这样，不如去做自己喜欢的、能够每天充满热情的工作，那种即便辛苦也愿意更努力去做的事情，对自己来说就是经营咖啡馆。

他也不是单单凭借着一腔热情在做这件事。刚开始咖啡豆烘焙时，他曾借用京都一位熟人的酒吧，在周末的白天，试着开了一年的周末限定咖啡馆。这全年无休的一年是他的咖啡生涯中最初遭遇的大失败经历：无论是冲泡咖啡，还是制作甜点，技术都十分不熟练，宣传和设计的水平和外行并无二致，经营知识更是一片空白。结果当然很惨烈，客人寥寥无几，一个人都没有的日子也并不稀奇，虽只需向店主支付微薄的租金，但仍日日处在赤字之中，过了一年便撑不下去了。但正是因为有了这一年的失败，才有了后来的旅之音，初次挑战的咖啡馆倒闭之后，他了解了开咖啡馆不是游戏，不可以只凭借兴趣爱好，于是更加努力地钻研咖啡豆烘焙、学习甜点制作，还开始学习起了经营管理知识。

旅之音的生意起初并不顺利，元田中一带实在偏僻，步行范围内没有任何知名的观光景点，不要说外国游客，就连京都本地人也很难偶然路过这里。刚开业的那段时间，每天光顾的客人只有十来人，并且都是周边的住户。"对于在住宅街上开咖啡馆，虽然我也有过些许担心，但没想到会人迹罕至到这个地步，"北边回忆说，"那时候我果然还是太年轻了，以为只要把店做好，无论在哪里都有战斗力，但现实是严峻的。第一年，店内只有我一个人，基本上没有休息，虽然一直在工作着，但完全没赚到钱。"但他运气还不错，一年之后，有旅行杂志偶然发现这家开在住宅区深处的咖啡馆，对它进行了报道，随后它又屡屡出现在网络媒体中。此时，北边也开始在 Instagram 等社交媒体上积极推广，渐渐地，大阪、东京、福冈各地的咖啡爱好者都专程跑到住宅街里来喝咖啡了。再然后，亚洲和欧洲的海外观光客来了，京都人也来得越来越多，先是在小圈子内被分享，后来扩散到大众之间进行传播，两年后，旅之音已经成为京都最受欢迎的咖啡店之一。

北边不能忘记第一次在泰国的咖啡农园里体会到的感动，于是决定在店里主推东南亚小规模农园的精品咖啡豆。那份感动改变了他一生的职业路线："看到农园的人们一粒一粒手工采摘咖啡果实，然后堆积得满满的样子，完全不同于从前想象中的咖啡工业，那是一种原始景象。那时候，我已经很喜爱咖啡，但在日本接触的都是烘焙好的咖啡豆，到了农园才头一回知道，原来手里捧着的一杯咖啡需要那么多数量的咖啡果实。"在东南亚温润的自然环境下，咖啡树生长得巨大，但即便一棵树的果实全部被采摘，筛选晒干后烘焙成咖啡豆，最终也只剩下 200 克左右的分量，这是如今旅之音贩卖的一包咖啡豆的标准量。北边意识到："那样的一棵咖啡树，最终只能变成一小包咖啡豆，而农园的人们在种植和采摘它的过程中，要经历极为辛苦的劳作，一杯咖啡里凝聚着这么多的东西，是最应该被珍惜的。"

此后的每一年，北边都要亲自前往东南亚各地的咖啡农园，他先

后去了缅甸、泰国和印度尼西亚。他不只是去挑选和购买咖啡豆，而且每次都带上当地的翻译，和农园的人们进行深入的聊天，了解这一年咖啡果实的收获情况如何、下一年天气状况会变得怎样。他对于咖啡果实有一个基本的判断标准——糖度。大多数精品咖啡的果实的糖度都在15度以上，旅之音使用的则是糖度超过20度的那些，北边说："糖度越高，就越美味。"为了确保果实中含有足够的糖分，除了要给咖啡树创造良好的生长环境以外，更重要的是准确把握果实完熟的时机，然后进行采摘，因此，农园的人们拥有多少专业知识、对农园付出了何等程度的努力直接决定了咖啡的美味与否。"日本很多咖啡馆经营者并没有去过产地，但只要到过一次东南亚的农园就会知道，当地人种植咖啡的方式完全是一种小规模农业，他们从事着类似职人一样的工作。"在东南亚农园，北边悟到了咖啡行业最重要的一个道理：咖啡的味道是由农园决定的，烘焙只是对之进行调整，如果农园产品的品质不好，无论如何加工，这杯咖啡都不可能变得好喝。

和东南亚的咖啡农园的人们进行交流之后，北边找到了做这份工作最大的价值所在：让咖啡生产者能够被人们看到。在今天的日本的咖啡馆，东南亚的咖啡豆是不多见的，农园和产量都不多，输入也不容易，但今后北边仍只想专注做一家东南亚咖啡豆的专卖店，有好几家农园的咖啡豆，确实是只有在旅之音才能喝到的。这些咖啡豆全部从农园直接输入，相对大多数从中介商批发咖啡豆的咖啡馆，这样做不仅成本更高，还随时面临着品质不稳定的风险，但北边坚持这么做，是因为他还发现：在并不富裕的生活中，比起生产更优质的咖啡豆，农园的人们更想追求安定的生活，迫切想要赚钱的愿望使很多农园追求高效率及大量生产，结果是生产出来的咖啡豆良莠不齐，混在一起卖给来自全世界的咖啡豆中介商。他认为这么做是农园的人们内心纯粹的表现，但对市场来说却不是长久之道，当地人凭借自己恐怕很难找到解决方案，于是他决定由自己来支援他们，和他们一起来产出更好的咖啡豆。从 2018 年起，北边开始了一个名为"咖啡农园的自豪"的项目，以相对市场较高的价格买断一个农园全年的产量，前提是要求他们精心栽培、保证优质，这就成了今天各个农园向旅之音直送的"微批次产地咖啡"（micro-lot）。

如今，旅之音已经有了 5 个长期合作的东南亚小规模农园。关于精品咖啡的介绍，大多数咖啡馆会标注"○○产地 ○○农园"的字样，但北边认为这样太过省事，完全不能让人们知道究竟是谁、用怎样的方式生产了这款咖啡豆。他希望人们能够了解农园的人们脸长什么样，他们在什么样的环境里种植咖啡豆，又以什么样的方式采摘果实。带着这样的初衷，旅之音为每一款咖啡豆都精心制作了产品卡片，上面绘制有农园的人们的卡通头像，介绍他们的种植履历，店里还专设了一个角落用来展示农园的资料和他们的咖啡豆，在旅之音的官网上登载着他们更为详细的故事，还能看到他们在农园里工作的照片。

旅之音最主打的一款咖啡豆来自北边在缅甸掸邦地区找到的一位名叫 Daw Pu Shwe（杜璞瑞）的女性农户，她种植咖啡豆已经超过15 年，这也是北边本人在咖啡生涯中最喜欢的一款咖啡豆："Daw Pu Shwe 的农园整洁而美丽，她对它们抱有深厚的感情，每年看到成熟的咖啡农田，她都会忍不住流下泪来。被她细心呵护的咖啡树能结出糖度高达 30 度的果实，即便直接品尝，也能感受到那种甜蜜口感。经过烘焙之后，则带着葡萄柚一样的果香，非常醇厚浓郁。"北

リサーチブック
Research Book

コーヒーのプロ
Coffee Process

边说，为了在第一时间收获完熟的咖啡果实，每年，Daw Pu Shwe 要雇用许多帮手，人工费比一般农园更高，但她认为这是保持咖啡美味的重要环节，她从不为了追求利润而省钱。还有一位巴厘岛上名叫 Pak Slamat（斯拉马特先生）的农户，每次北边向客人介绍他，语气中都充满了敬意："Pak Slamat 对咖啡豆充满了超越常人的热情，为了让它们变得更美味，他自己进行钻研，用当地产的橘子和椰子制成天然酵母，对咖啡果实进行腌渍，这种细致处理的结果让咖啡豆充满了复杂的果香口感。"虽然这道工序不费钱，但耗时费事，愿意付出时间成本的 Pak Slamat 造就了代表印度尼西亚的曼特宁咖啡的苦味特征之外的另一种可能——独一无二的新鲜水果口感。

　　"东南亚的咖啡农园的人们非常努力地在改变着咖啡果实的味道和价值,我希望人们能够在喝到咖啡的同时,接收到他们的信息。"北边说,旅之音这个名字里的"音"原本指的就是"咖啡种植者的声音",开这家位于偏僻之所的咖啡馆,是希望人们带着旅行的心情专程前来,并在这里接收到来自遥远的东南亚农园的人们的声音。

　　想让咖啡农园的人们的声音更多地扩散到京都街市之中,2019年,北边在御所西南侧开了旅之音的二号店——MAMEBACO(豆箱)。这次的形式有点特别:他找到一处倒闭的车票贩卖所,将其改造成"只有3平方米的香烟屋一样的咖啡店"。设计理念中有一些他个人的怀旧情怀:从前的日本,香烟屋是街头随处可见的日常风景,如今日益减少,渐渐成为特别的场所。咖啡不正是如此吗?对热爱咖啡的人来说,它是特别的存在,也是日常的存在。店内空间仅有3平方米,仅能容纳店员一人,因此只提供咖啡外卖。但在面朝马路的玻璃橱柜里,像五颜六色的香烟盒一样缤纷的小方盒陈列着,里面装着当日送到的新鲜烘焙的咖啡豆,人们可以随时买一包带走。在下班回家的途中,散步偶然经过,购物之后稍做休息,都可以顺便在这里喝一杯咖啡。御所作为天皇过去的居所,是京都主要的观光地之一,这家店在外国观光客中很有人气,咖啡豆常被当作伴手礼带回欧亚各国。

　　2020年,北边在大阪经常光顾的一家喫茶店老铺因为店主老奶奶年事已高,又没有继承人,决定要关店了。这是北边很喜欢的一家店,他记得自己第一次踏入这里时,老奶奶独自在店里忙碌着冲泡咖啡和制作午餐的样子,细心烹饪的套餐、美味的鸡蛋三明治、随咖啡附送的黑巧克力,还有偶尔会帮一把手的熟客……被这样的喫茶店人情味所打动，北边就总是去。如果放任这家店就此消失，那实在太浪费了，他想了又想，下定决心自己接手过来，作为旅之音三号店进行经营。只是这栋建筑年代久远，不得不进行改修，既然说是继承，就应该保留店内原本的昭和怀旧风格，他咨询过专业人士，被告知比起新建，对老建筑的修复是更花钱的一件事，例如天花板上需要增补的木头用量是新建筑的 2 倍之多。新冠疫情之中，咖啡馆的经营本来就十分严峻，加上自己的力量有限，于是他在众筹网上发起了一个"创业 44 年的喫茶店老铺再生计划"，想要筹集 250 万日元的改修资金，一个半月后，总共有166 人捐赠了共 150 万日元，虽未能达到预期的目标，但他自己又填补了一些，最后顺利完成了修复工作。到了 10 月，"大阪的喫茶和甜点·旅之音"正式开业。店内完全继承了从前的氛围，北边只是更新了菜单，重新设计了一份"理想的喫茶美食"，布丁、甜甜圈、冰激凌苏打、拿波里意大利面这些带着浓郁昭和色彩的食物出现在了菜单上。

"在林立的外资系高楼中，一家又一家现代咖啡馆不断出现，与此同时，从前的纯喫茶店渐渐从街市消失了身影，再过 10 年，也许它们就会消亡。如果这样的店不复存在，那么我们的城市也会变得越来越无趣。我想用我的方式将喫茶店老铺作为文化一样存在的那部分东西保留下来。"在那个众筹公告里，北边写道："想要打造 100年历史的喫茶店。"他说，喫茶店老铺比现代咖啡馆更具魅力之处在于它已经是一个充满故事的空间，这里不只为了卖咖啡，而且是通过咖啡这一载体创造体验，人们来到这家店里能够拥有什么样的体验，这要看喫茶店经营者如何工作。如果再开咖啡馆，就要开一家有喫茶店血统的咖啡馆，北边也真的这么做了，他正在准备旅之音位于大阪梅田的四号店，他改装了一个工厂空间，准备再打造一家喫茶店。

　　四家店四种形式，客人的类型完全不同：大阪店的顾客层最丰富，以高中生和大学生为主；京都一号店的客人气质沉静，是享受休闲生活的人们；京都二号店则主要面向国内外的观光客——以这种差异化来对咖啡文化进行组合和推广是北边计划的一环。2020年，他还正式推出了旅之音的网店，在全国范围内进行咖啡豆和咖啡用具的配送，他又上架了一些在东南亚遇到的农园生产的手工杂货。近两年，像北边这样具有年轻多元视角的咖啡馆店主在京都如同雨后春笋一样冒了出来，由于他们各自有不同的经历，因此店铺的特征也表现出强烈的个性。而对北边来说，"是谁做的？要传递给谁？"一直是他最为重视的，他还一直在尝试咖啡馆"plus+"的组合形式，希望让传统的喫茶店形式也具有新的生命力。"咖啡店的形态是不受限制的，这种自由变换的感觉最好。"2021年夏天，他又涉足了慈善福利事业，在东寺附近开了一间名为UTAU的设施，为身心残障人士提供就业支援，他们可以免费在这里学习一切围绕着咖啡和甜点的就业技能，从制作、设计、配送到网店运营、店内实习……接下来，他还想更深入慈善福利事业和咖啡的跨界组合，例如再多开几家类似的店，让这些残障人士不仅可以学习工作技能，还能得到工作机会，从而参与到各种与咖啡相关的工作之中来。

　　作为新一代的咖啡馆经营者，北边明显不同于上一代那些只为追求个人理想生活的前辈，他给自己的定位是"在日本全国进行咖啡店和喫茶店创业活动的创业者"，不仅自己要开许多直营店，而且要给怀抱这一理想的人们提供各种策划和经营指导。"创业这件事在海外的年轻人之中非常普遍，相对来说，日本人就比较保守，顾虑非常多，害怕不安定，不知道资金怎么办，大家更愿意去安定的企业里当一个上班族。"正因如此，北边说，他想帮助更多想进行创业的年轻人，让他们感受到这件事的快乐，得到更多经营管理的专业知识和资源。2020 年，他又开启了一个名为"keiei"（经营）的学校项目，每周办两次网络实践体验型讲座，为期半年，邀请各个领域成功的个人创业者来讲课，教授在学校里不会开设的经营和具体实践课程，同时为学生们提供创业支持，包括各种创业资源。这一项目比北边想象中更受欢迎，第一期计划招生 10 人，共有 35 人申请，不少人还是在校大学生，这让他对年轻的人们也多了些信心，打算今后每半年一期地继续下去。

经营不是一件单靠热情就能继续的事情，很多时候，需要舍弃个人情感，但也正因如此，至少要选择一个自己喜欢的领域。北边的一切创业活动都围绕着咖啡，这都出于他本人的喜欢，因为喜欢，所以才可以享受这个过程；因为喜欢，所以才可以牺牲很多其他东西。"喜欢这件事，对我来说是咖啡。"北边说。他还记得自己最初感受到咖啡的魅力，是大学时在京都的町屋咖啡馆"SARASA 西阵"打工，那段经历让他第一次意识到：咖啡馆是人们悠闲度过时光的地方，人们不只是为了吃饭和喝酒而来，有人只是为了来打发时间，也有人每天都来，成为一种日常。而所谓咖啡的魅力，也并不只有"美味"这一评判标准，它可以成为各种风味、各种场所、各种功能……虽然已经很久没有站在店里接待客人了，但北边仍然记得这份工作令他最有成就感的时刻，那就是偶尔会有熟客喝着咖啡对他说："请向农园的人们转告一声'谢谢'。"每当这个时刻，他就知道：尽管自己想要传达的那个声音有些遥远，也有些微弱，但真切地被听见了。

北边佑智
旅之音 店主

咖啡馆是人们悠闲度过时光的地方，人们不只是为了吃饭和喝酒而来，有人只是为了来打发时间，也有人每天都来，成为一种日常。而所谓咖啡的魅力，也并不只有"美味"这一评判标准，它可以成为各种风味、各种场所、各种功能……

The
Stories
of Cafe
in Kyoto

让我们来制造象

"总之，那个工厂——我所在的制造象的工厂，我会爱上它吧。会和在制造耳朵的部门工作的苗条女孩恋爱，和在上色部门工作的戴着羽毛帽子、装腔作势的男人互相争执，向在安装牙齿的部门工作的大叔寻求忠告吧。"

············

"从很久以前开始，不知为何，我就对制造真正的象这项工作充满了深深的兴趣。要怎样才能制造出象呢？我非常认真地考虑了这件事。"

············

1999 年，村上春树 34 岁时发表的短篇小说集《象厂喜剧》由新潮社再版，按照本人意愿增加了一篇后记，解释了"我"在生产大象的工厂工作这件事。8 年后，

37 岁的畑启人从杂货店辞职，着手开一家小小的咖啡馆，他想起这篇打动他胜过小说本身的后记，决定借用其灵感，于是他的咖啡馆有了一个村上春树血统的名字——ELEPHANT FACTORY COFFEE（象厂咖啡）。

"在那个世界里，人们平常地制造着象这一特殊的动物。从现实情况来说，制造象是一种空想，根本不可能实现，但是制造象这件事又是很有趣的……从那篇后记里，我读懂了一个道理：对社会来说，制造象是一件多么必要的事情。"2021 年，坐在 ELEPHANT FACTORY COFFEE 的长条吧台前，畑启人对我说，这是这家咖啡馆开在京都的第 14 年。他初心未改，始终想要制造象："美味的咖啡和蛋糕、独特的氛围都不是我开这家店的目标。我想把这里作为一个空间，在漫长的年月之中，和店员、客人一起制造出一个又一个象这样的东西。那是一种抽象的、眼睛看不见的、没人能够制造的、其他任何地方都没有的、实际上不可能的东西……对我来说，制造象这件事就是制造幻想。"

制造象听起来多少有些离奇，就算他如此解释，多数人也是一头雾水。后来他渐渐不再向客人说明，那册小说集就放在店里，遇上好奇的客人，会自己拿过书来寻找答案，最后得出各自的结论。但如果要把这件事表述得具体一点，畑启人可以说出一个标准：制造象的咖啡馆不能以营业额或是有名为目标，甚至不能以美味的咖啡为目标，制造象的咖啡馆不追求任何具体要素，而是要提供一种说不上来是什么的抽象感觉，让人们隐隐感觉到：不知道为什么，总觉得那家店很不错，从而一次次专程前来。"这种'好像有点什么却不知道是什么'

的感觉就是象的存在。"他说。

一家制造象的咖啡馆应该要藏得很好。ELEPHANT FACTORY COFFEE 在闹市的木屋町一带找到了绝佳的藏身之处——隐秘后街的小巷中有一幢 30 年前建筑的小楼,显露出跟不上时代的破旧与斑驳,楼前摆放着一块绘制了白色象头的木板,顺着箭头的方向,沿着那十分可疑的楼梯爬上二楼,推开一扇更加可疑的紧闭着的木门,方能进入其中。此地鲜有人经过,偶有一两个,因不能窥得内貌,也不敢贸然闯入其中。

14 年前,畑启人专程从东京前来京都寻找店址,一眼便相中了这里。他内心坚定要开一家"人们为了来到这里而专程前来"的咖啡馆,于是刻意回避了人流量多和引人注目的街道。今天的木屋町虽是观光客慕名前来的热闹酒吧街,但给当时的人们心中留下的却是"治安不太好"的印象,还曾发生过杀人事件,夜色中的窄巷深处散发着神秘危险的气息。但这里也是他选择离开东京回到故乡京都开店的理由:如果要开一家哪儿都没有的店,让全世界的人们专程前来喝咖啡,这样的环境无疑充满了戏剧性。从前他就喜欢这种破旧的小楼,因为"这里留下了过去许多人出入的痕迹,外观入口处的破损、内壁上擦不去的污痕都是有谁曾经在这里生活过的痕迹"。彼时的京都开始流行将传统京町屋改造为咖啡馆,受到政府政策的许多扶植,又能展现一种古都特色,但那恰恰又是他不喜欢的,他喜欢旧的东西,却本能地要回避一种形式化的旧。楼内的空间十分狭窄:可以容纳 2 人同时站立的咖啡制作区、一张只能坐下 8 个人的吧台、两张 4 人座的桌椅位就将全部空间塞得满满的。起初,他也犹豫过:是不是再宽敞一些

畑启人
ELEPHANT FACTORY COFFEE 店主

他喜欢喝着咖啡的人们的样子，不同于喝酒的人们，喝咖啡的人们拥有的是只属于自己的时间，是寂静的。有些时候，他自己也会悄悄坐在吧台前，喝一杯咖啡，读一本书。

会更好？但因为很长一段时间都是自己一个人经营，这样的容量刚好是他能够应付过来的程度，况且这样逼仄的空间确实更像能够制造象的秘密基地。

在过去的 14 年里，ELEPHANT FACTORY COFFEE 没有发生过一点变化。尽管它在日本的点评网站上评分极高，成为人们公认的京都排得上前三的咖啡专卖店，但无论多受欢迎，像是丰富菜单、扩大规模、跟上时代风潮之类的考虑，畑启人从来没有过。兴许这可以被视作一种制造象的必要性："我的考虑是什么都不变。正因为身处这样的时代，周围的一切都在飞速而急切地转动着，才要沉下心来，以不变的方式进行下去。"

因此在坐在 ELEPHANT FACTORY COFFEE 的客人们的直觉里，这家咖啡馆是一个时间流逝得比日常世界更为缓慢的地方。店员磨好豆子，滴漏成一杯咖啡端上来至少需要 15 分钟时间，要沉浸于谈话之中，或是投入阅读一本书，才能有足够的耐心不去在意这件事。这种缓慢若是恰好被一些客人所喜爱，就是让畑启人感到开心的事情。若是有哪个客人坐了 30 分钟便起身离开，他的心里会咯噔一下，试图寻找蛛丝马迹：发生了什么？是什么原因令他不能够享受这个空间？来到店里的客人停留 1 小时到 1.5 小时是他心中的理想时间，如果从翻台率的角度来看，这显然是不合算的，但他绝不是没有做生意的打算：这里的咖啡通常售价是一杯 700 日元，比市场价稍贵 200 至 300 日元，它是一个包含了时间成本，让人们静心坐下来慢慢享受这杯咖啡的价格。但如果有人感到过于舒适，在繁忙的周末，两三小时地待下去，他的心里会再次咯噔一下，感到困扰。

刚开店那年，畑启人只有 37 岁，结了婚，也有了孩子，但他在家里却没有自己的房间，因此他也带着一些私心，希望这家咖啡馆能成为自己的独处空间。他想待在一个怎样的空间里呢？除了咖啡，还应该有音乐和书籍，但也不能忘了烟灰缸。在 ELEPHANT FACTORY COFFEE 的一角里堆积着超过 100 册二手书籍，客人可以一边喝咖啡，一边翻阅，若是遇上中意的一册，也可以买走，这些书是由京都一家网络二手书店精选的，每个月更新一次，从刚开店时就这么合作了。之所以选择二手书，而不是新书，据他本人说，是因为当时正沉迷 20 世纪 70 年代的日本文化，希望来到店内喝咖啡的人们也有契机了解。"那个时期有很多充满发言欲的文化人，我很喜欢他们创作的散文和小说，还有他们身上的那种力量感。现在的日本几乎没有那样的人了。"随着店内书籍的不断更新，如今的书目已经完全不同于当初，但畑启人读完的书仍有一部分堆积在吧台后方的高架上，随着时间流逝，年代久远的书页渐渐泛黄。他从中抽出一本他十分喜爱的递给我，是三岛由纪夫推崇的小说家稻垣足穗创作于 1923 年的处女作：《一千一秒物语》。

"这本书很有名吗？"作为一个中国人，我对这部作品感到陌生。

"过去很有名，但最近的年轻人大概没几个听说过。"他说。我随意地浏览着书页，"少年爱""数学""天体""妖怪""飞机"等毫无关联的名词混在一起，又有"追逐月亮""突然现身的妖精""进入巧克力的扫帚星"等奇怪的桥段，我完全不能理解其逻辑关系，但能够大致猜测出来这是一本幻想小说集。

"为什么推荐这本书？"我把书递还给他，好奇地问。

"因为这是一本过于奇怪的书，搞不明白的东西有很多。我一直在想，作者的脑子里到底装着什么，才能写出这样的东西来？"他哗哗翻着那本书，沉默片刻，突然开口说起过去的经历来："从前我是一个普通的上班族，每天和很多人说话，但我意识到，在他们之中，我可能是个有点奇怪的人。直到开了咖啡馆，遇到更多人，我才明白过来：这个世界上稀奇古怪的人到处都是。我们在生活和工作中，似乎是处于一个由相同面貌的人聚集在一起的环境，就像网络检索一样，只会获得自己想要的信息。但其实还有一个不一样的世界，各种各样意想不到的资讯汇集在这里，会让人得到完全意外的信息，这种时候，脑子里会'哇'的一声，深深地被它感动。我刚开咖啡馆的时候，被这样的东西深深震动了，于是心想：如果能有一些什么，能让人们在生活中突然'哇'一下，那么日常也会变得愉快吧。"他的视线没有从书上移开，继续说："第一次读这本书，我也'哇'了一下，原来有人写这样的东西啊，像是接触了一个新世界。"这本书像ELEPHANT FACTORY COFFEE 的一个寓意，也像咖啡的一个隐喻：人们在终日的繁忙之中，坐在这里喝一杯咖啡，因为接触到崭新的事物而发出"哇"的一声，然后心情得以改变，忘记一些讨厌的事情，开始一些新的事情。

"我到了这个年纪，渐渐对很多事物失去了新鲜感，但我在年轻的时候，很多次进入一家店，和陌生人聊天或是看见了什么景象，再走出来的时候，感觉到获得了一种全新的心情。咖啡馆应该成为这样的存在，不然就没有意义了。"为了实现这种改变人心境的愿望，放在咖啡馆里的书就要很讲究，就像那本《一千一秒物语》一样，他是怀着"这个世界上有人用这样的方式考虑着事情啊"的想法而挑选的书。

畑启人认为自己是怪人的那段上班族经历整整持续了10年，那是一家位于东京的法国杂货店，他一路做到了管理层，却还是坚决辞职。他是一个有着明确人生规划的人，从大学毕业起，他就打算有一天要开一家自己的杂货店，也是抱着这样的初衷就了职，当作一种经验的积累，却渐渐发现，随着年龄的增长，自己丧失了对物的兴趣，变成了在生活中只购买必需品的人。工作到第五年，他开始有了新的考虑：其实广告中那些宣称"让你的生活变得更丰富"的东西并非真的如此。人们生活中的必需品究竟是什么？他想到了咖啡馆，一个让人能变得高兴、能够接触到不一样的事物、从抽象意义上解决日常生活中的问题，并且拥有专属于这个地方的舒适感的场所。

辞掉安定的工作开始自营业，他也有过不安。在最初的半年里，店里常常成天没有一个客人光顾，妻子刚刚生下第二个孩子，生活陷入拮据之中，如今，那时的心情依然清晰地留在他的记忆里：每天独自坐在店里，苦恼着"怎么办才好？是不是该改变方向？"，很迫切地想要赚钱。如今他又庆幸自己坚持下来没有放弃，只要经历过一次那样的冷清，就再也没有什么可害怕的事情了。后来在新冠疫情之中，整个京都的饮食业陷入困境，客人断崖式减少，他也只是让咖啡馆照常营业，不慌慌张张去想什么应变对策，认真制作好眼前的每一杯咖啡，这是最初的半年教会他的事情，那是非常窘迫，却也非常重要的半年。心态变得坦然的畑启人越来越像个怪人了，例如作为一个生意人，他从来不使用电子邮件，找他沟通采访事宜，竟然是通过短信；

又例如 ELEPHANT FACTORY COFFEE 至今没有开通任何社交网络主页，连官网也没有，想要知道这里发生的事情，只能坐在店里。

ELEPHANT FACTORY COFFEE 的咖啡豆也从没变过，全都是来自北海道网走郡美幌町的豆灯，这家 2008 年由古民家改装而成的喫茶室，经营者是一对姓福井的夫妇，丈夫烘焙咖啡豆，妻子制作手工蜡烛，因而得名。畑启人回到京都的那一年，街巷中还没有那么多个性丰富的小型咖啡馆，独自进行咖啡豆烘焙的个人也非常少，大多数喫茶店使用着同一家供应商的咖啡豆，但是他想提供一些不一样口味的咖啡，便想到了遥远的北国。

"人们都知道京都的喫茶文化很有名，其实札幌的喫茶店也数量庞大，过去我因为出差而经常前往，那种在寒冷冬日闭门不出、喝着热腾腾的咖啡的感觉实在是很好，令我意识到北海道的咖啡文化真是不错。"当时在北海道进行咖啡豆深煎烘焙的地方有很多，在开店之前，他专门去寻找，偶然得知札幌一家喫茶店店员的丈夫在进行烘焙，那就是福井先生。"当时他还没有开店，只是在进行烘焙，听过我对咖啡豆的各种理想之后，他为 ELEPHANT FACTORY COFFEE 定制了专门口味的咖啡豆。我们都是在咖啡业界里刚起步的人，这是很好的事情：如果是有名的烘焙所，恐怕只能被动地接受对方提供的口味，但福井先生是在跟我进行过交流之后，由我俩一起完成的咖啡豆的味道。"畑启人提出的其中一个要求就是一定要深煎烘焙，这个标准一直持续到今天，从最初的 1、2 号混合咖啡豆进化到 7、8 号混合咖啡豆，虽然几款豆子的浓淡稍有差异，但无一例外都是深煎，尤其招牌的 7 号咖啡豆，有着最浓郁的苦味。后来他也开始提供单一烘焙

咖啡豆，例如肯尼亚咖啡豆、巴西咖啡豆之类，每个月更新一次，熟客们想要尝试不一样的味道，常会选择这个，但也都是深煎。

畑启人不打算在店里提供浅煎咖啡，对他来说，味道淡的咖啡简直不可理喻。深煎咖啡的味道在他的体内留下了像乡愁一样的情绪，回忆中有许多个片段都是独自坐在某家咖啡馆里，一口一口啜饮着又浓又苦的咖啡，如此度过了时间。光顾店内的年轻人越来越多，他不知道他们对苦咖啡抱着怎样的态度，暗自猜测：说不定有人想逃跑；但又想：对习惯了浅煎咖啡的年轻人，让他们知道也存在这样苦的咖啡，感到意外的同时，又发现搭配甜的芝士蛋糕或巧克力蛋糕，味道似乎也还不错，这就是挺好的一件事。店里的食物也就只有芝士蛋糕和巧克力蛋糕这两种，它们是畑启人能够想到的咖啡的仅有的两种最佳配角，体积比一般蛋糕更小——作为配角，不易喧宾夺主。

作为一家制造象的咖啡馆，我们还应该理解 ELEPHANT FACTORY COFFEE 在时间上的错位。畑启人说自己是一个"非常不擅长应付早晨"的人，于是任性地直至下午 1 点才开门，放弃了很多同行心中不可错失的晨间黄金时段，但它又因此成了京都难得的深夜咖啡馆，直到夜里 1 点才打烊。这很符合木屋町的气质，这个街区全是酒吧和居酒屋，每一天都开始得很晚，也结束得很晚。起初，畑启人只是开到晚上 9 点，但渐渐受周遭气氛感染，过了一年，他又招了两个店员，延长了营业时间。"在这条街上，到了晚上，人们只有酒可以喝，虽然很热闹，却没有一个能够让人瞬间放松、感到安心的场所。"他想在熙攘和喧嚣的京都的夜晚留出一个寂静的空间，让那些在灯红酒绿中感到疲惫又不想早早回家的人，用一杯咖啡让自己沉静下来，缓缓结束这一天的生活。

2011 年，ELEPHANT FACTORY COFFEE 在东京开了一家姐妹店，取名叫 MOON FACTORY COFFEE（月厂咖啡）。畑启人在三轩茶屋车站附近竟也找到了一个古旧的小楼，连架设在大楼外部直通二楼的楼梯也完全相似，遂将内观也打造得一模一样。它成为一个复制版。东京店的店长是 ELEPHANT FACTORY COFFEE 最开始的深夜时间段的店员，这令 MOON FACTORY COFFEE 保持了京都店纯正的血统。和京都店稍有不同的是，东京店所在的三轩茶屋一带是住宅区，客人多是住在附近的居民。但无论在哪里，畑启人希望开的都是一家"人们在走进来和走出去的时候，心情完全不一样"的店，这是他从开咖啡馆第一天到现在都未曾发生改变的初衷，无论时代如何变迁，风潮如何流转，他都认为这些和他没有一点关系。

在咖啡的世界，"不变"不是一件轻而易举的事情。畑启人热爱旅行，在每一个旅行目的地寻找好喝的咖啡是他在旅途中最大的快乐。他喜爱的那些传统喫茶店都是由老年人经营的，因为缺乏后继者，所以一家接一家地关门了。他曾公开表示最喜欢的三家店是：东京的大坊咖啡、福冈的咖啡美美，以及尾道的蛮珈梦——其中大坊咖啡在 2016 年关店，咖啡美美的店主也在同年去世，由妻子接手经营，只有蛮珈梦仍然寂静地维持着原状。不断消失的咖啡馆冲击着畑启人，令他今后也不想挑战任何新的事情，只想让这家制造象的咖啡馆以现在这样的姿态不变地继续下去："在一条不断新陈代谢的街道上，不能奢望全部不变，但只要在这之中仍有几家 40 年、50 年不变的店存在着，就是让人松一口气的事情。无论是国内的客人，还是海外的客人，时隔几十年再来到京都，发现那家店还在那里，应该会感到开心吧。好的街道就应该是这样的。"

如今除了周日，每天畑启人都会出现在店里，因为从一开始他就知道自己的性格是那种从来不会和客人聊天的类型，所以店内一张长吧台并不像常规的咖啡馆那样面朝咖啡制作空间，而是在一个侧面正对着窗户。他虽不主动和客人交流，却总是沉默地望向他们的身影——和店员们并肩站在一起，在制作咖啡的间隙里注视着客人，看他们读着一本怎样的书，如何度过人生中这一个悠闲的片刻，这就是他最享受这份工作的时候。看着坐在吧台前的客人喝着咖啡的样子，他由衷地觉得开咖啡馆真好。他喜欢喝着咖啡的人们的样子，不同于喝酒的人们，喝咖啡的人们拥有的是只属于自己的时间，是寂静的。有些时候，他自己也会悄悄坐在吧台前，喝一杯咖啡，读一本书。如他所愿，他在这里得到了一个属于自己的空间，他再次意识到："我正在开着一家不错的店呢！"

The
Stories
of Cafe
in Kyoto

如果咖啡馆卖起了印度咖喱

Caffe Verdi

续木先生送给我一本书。一本和咖啡没有半点关系的书，如它名字写的那样——《好想畅游在咖喱的海洋里》，是一本关于咖喱的书，确切地说，是一本介绍印度咖喱的书。从香辛料的魅力写到历史与宗教，再写到探访东京和京都的印度料理店的经历、和店主的谈话与交往，是一本美食书，也是一本人情书。可要说完全和咖啡没有关系，似乎也不是，它的作者是下鸭的咖啡馆 Caffe Verdi 的店主续木义也。在这本书出版的第三年，他在京都艺术大学门口开了 Caffe Verdi 的二号店，将这里打造成了一家卖正宗印度料理的咖啡馆。

续木和印度咖喱的相遇是兜兜转转的。他肝脏功能不太好，不能饮酒，但这并不碍事，饮酒的乐趣可以由咖啡取代，可偏偏他又是个美食家，坐在法式或意大利料理店里，常因不能喝酒而察觉到店员"不那么高兴"的神情——

这就很碍事了。在日本遍地开花的各国美食中，唯有印度料理店对不喝酒的客人表现出了绝对的欢迎，毕竟这是一个有着复杂宗教系统的国家，不喝酒不吃肉都是理所当然的现象。续木先是在偶然中察觉到印度料理店在氛围上的亲切，后来去得多了，又渐渐感受到其中丰富的内涵：根据香辛料的增减，印度咖喱的味道会发生微妙的变化，这种不易察觉的、需要仔细辨认的纤细口感和在咖啡中体会到的敏感味觉是相通的。他想要更了解其中的奥秘，于是开始在日本全国进行印度料理巡礼，最沉迷其中的五六年间，每年他竟要吃超过 300 次印度咖喱，由此和生活在日本的印度厨师对话与交往，竟也习得料理的技巧，终于亲手开发起了食谱。

《好想畅游在咖喱的海洋里》出版次年，续木在 Caffe Verdi 尝试卖起了印度咖喱，在每个周四晚上提供数量限定的"木曜之夜的印度咖喱"，由他亲手制作，每次的种类还不重样，后来在熟客之中有了名气，夜夜都是满座。又过了两年，Caffe Verdi 的艺术大学店开业，他索性放开了，把限定变成日常，印度咖喱成为这家店的招牌菜。每天提供的菜式有：羊肉肉碎咖喱、特制蔬菜咖喱、黄油鸡肉咖喱，以及特制的四种咖喱拼盘。这样还远不能满足他探索印度咖喱的兴趣，于是有时菜单上还会出现"一期一会咖喱"，这是他心血来潮开发的新菜谱，鹿肉咖喱、鱼肉咖喱、茄子咖喱，有时还会出现一些超级辣的……断断续续推出了 50 多种。

"你真的认为咖啡和印度咖喱合得来吗？"我在 Caffe Verdi 吃过一次咖喱，就察觉了那份由于"正宗"而带来的刺激感，这味道太过喧宾夺主，会让咖啡失去存在感。

　"恰恰相反，我觉得一点也不合。吃完印度咖喱之后，是很难辨别咖啡微妙的香气的。"续木一点也不意外我的反应，他得意地说，"所以，我发明了香辛料咖啡。"

　在艺术大学店的正中央有一个专门用来展示各种印度香辛料的台子，平时续木用它们来做咖喱，也贩卖给客人。其中有一个小小的瓶子，上面贴着"咖啡香辛料"的标签，这就是他的咖啡配方：由绿豆蔻、肉桂和八角粉混合而成，和黑糖一起搅拌在黑咖啡中，口感有点像南印度常见的马德拉斯咖啡。通常客人们并不会主动要求喝这种咖啡，但他常常推荐给点了印度咖喱的人们，不少人喝过一次就会上瘾，从此，喝这种咖啡成了惯例。有一次，店里来了一位来自印度东南部城市金奈的女孩，她先是点了特制蔬菜咖喱，吃到西红柿里盛装的蓝莓椰肉咖喱酱，神情雀跃，说像是在自家吃到的味道，末了也被推荐香辛料咖啡，她边喝边感慨："真是非常让人怀念的味道啊！"一次也没有去过印度的续木通过这些小小的细节有了信心：虽然不是一模一样的味道，但应该八九不离十吧。

　续木和咖啡的缘分比和印度咖喱之间的还要深得多。京都的咖啡爱好者都知道2003年在下鸭神社附近开了一家Caffe Verdi，当日本大众还不知道精品咖啡豆为何物的时候，这家店日常已经贩卖着20多种来自全世界不同产地的优质咖啡豆，且全都是自家烘焙。那一年，店主续木义也刚刚36岁，出身京都的他从东京的大学毕业后，先是在甜甜圈连锁店Mister Donut（美仕唐纳滋）担任店铺运营，后来又去了山崎面包旗下的VIE DE FRANCE（"法国生活"面包店）连锁店负责店铺开发。1998年，他回到京都，在老家的面包店工作了4年

后，终于下定决心，开了一家属于自己的咖啡馆。

20 年前的京都，自家烘焙咖啡豆的人是极少数。既然决定要做，就要做到最好，为了掌握基本知识，要先了解专业人士的做法。抱着这样的念头，续木读完了市面上所有关于日本咖啡名人的书籍。当时在东京有"咖啡豆自家烘焙御三家"的说法，分别是银座 CAFE DE L'AMBRE（"琥珀"咖啡馆）的关口一郎、吉祥寺 moka（摩卡）的标交纪和南千住 Cafe Bach（"巴哈"咖啡馆）的田口护，他一一前去拜访，从中琢磨方法、味道和咖啡的标准。与这些名店主进行了各种交流之后，续木硬着头皮向 Cafe Bach 的店主田口护请求，之后得到了一年半的烘焙修行时间。

如今在 Caffe Verdi 喝到的许多咖啡都继承了 Cafe Bach 的风格，其中人气最高的一款是招牌的 Verdi 混合咖啡豆，这也是续木最得意的一款，他把这杯与店名同名的咖啡视为 Caffe Verdi 的入门款：由于第一次来店里的人通常会点这一杯，因此要贴近大众味道，苦酸甘香各种味道均衡，无论什么人都不会讨厌。口感惊艳固然有趣，但在 Caffe Verdi 的第一杯咖啡，作为一种日常，应该是"普通的好喝"。下鸭店和艺术大学店也有各自的独家咖啡，以所处的地理位置命名，前者取名下鸭混合咖啡，以印度尼西亚、埃塞俄比亚、秘鲁和巴西咖啡豆混合而成，后者称作瓜生山混合咖啡，只在下鸭混合咖啡豆的基础上稍稍做了点调整，将巴西咖啡豆换成了卢旺达咖啡豆——两者都是轻巧的果香风味。

浅煎、中煎、深煎，每一种烘焙方法的咖啡豆都可以在 Caffe

Verdi 找到。这是从开店之初就延续下来的做法，客人可以根据菜单自行调整口味：如果这一次觉得深煎有些苦，那么下一次就可以选择中煎或者浅煎，反之亦然。但大多数咖啡豆只能有一种烘焙方法，这是由咖啡豆本身的特性决定的。续木往往在解释咖啡豆的时候，也会发挥他作为一个美食爱好者的通感，如此一来，即便是外行的客人，也能在一瞬间理解其中的道理，例如他说：如果把咖啡豆想象成牛肉，有专用于涮肉的牛肉，也有专用于做牛排的牛肉，前者即是浅煎，后者则为深煎。

在 Caffe Verdi 刚刚开始自家烘焙的时候，京都人对咖啡的喜好还完全是喫茶店老铺所引领的深煎口味。近年来，随着第三次咖啡浪潮的到来和精品咖啡豆的流行，年轻人已经全部是浅煎爱好者，有些店甚至开始追求"极浅煎"。续木从来没有因为此类"风潮"而改变过他的烘焙方法，咖啡豆的菜单总是固定的。他对于"风潮"总是抱有疑问："虽然很流行，但人们真的是因为好喝才去的吗？我也专程去过一些网红店，发现很多人只是随便喝几口，拍许多张照，发到社交网络上打个卡，剩下的就扔掉了。"有时候也会碰到相识的记者，他们和续木聊起最近采访的新店，续木试探着问："你觉得好喝吗？"对方难为情地一笑，说："没喝。"在社交网络上流行的网红店每天排着长队，但只要过了一两年，便会生意惨淡，这样的例子不在少数。"一眼看上去的'可爱''漂亮'，大家都跟风去，但如果没有能够留住人的东西，那么这家店一定会消失。"续木说，"我觉得不应该是这样。咖啡作为一种嗜好品，是因为好喝，所以人们才去喝的，否则就失去了它本来的意义。"

常常光顾 Caffe Verdi 的客人渐渐知道，续木先生还有另外一个身份：京都面包老铺进进堂家的四儿子。1930 年创业的进进堂作为京都第一家正宗法式面包的制造者，如今已在京都开了 12 家直营店及咖啡馆，且已跻身百年老铺的行列。起初从东京回到京都的 4 年里，续木一直在家里的面包生产线工作，后来遇上组织变更，股份调整，他站在十字路口，最终决定放弃面包，而选择咖啡，也是单纯源于对"咖啡作为一种嗜好品"的兴趣。在他的认知里，面包作为一种世界范围内的主食，对人类来说是不可或缺的存在，而咖啡却是消失了也没有关系的东西，是一种嗜好品。比起主食，他更能感受到嗜好品的魅力：主食是用来维持人们生命的能量需求的，即便不好吃，但为了获得能量，也要硬着头皮吃下去。虽然嗜好品没有也无碍，但一旦有了，便能让人感受到幸福，这就要追求优质和美味。他想要挑战这个世界。

"无论我自己如何努力都无法超越的是进进堂的那份历史，它经历的 90 年也是日本喫茶店文化的历史。"在决定独立开一家咖啡店之初，续木就想得很清楚了。那么，要用什么来一决胜负呢？只有咖啡的品质了。艺术大学的店铺足够大，能供他开辟出一个展示角来，呈现来自全世界各个国家的咖啡豆。从几年前开始，除了固定的菜单之外，每个月，Caffe Verdi 都会推出一两款单一精品咖啡豆。续木心中有明确的指向：常规的混合咖啡是家庭餐桌上的白米饭和味噌汤，而相对高价的单一精品咖啡则是高级的法国料理，前者几顿不吃就会想念，而后者是在特别时光的享受，两者是一种日常和非日常的关系。

作为进进堂家的四儿子，他从喫茶店老铺那里学会的另一件事是父亲经常挂在嘴边的口头禅："做生意最重要的是信用哟！"在日后的时光里，他慢慢理解了这句话背后的含义：为了得到信用，不能只追求现在，而是需要长时间的积累。在咖啡业界，所谓的积累是什么呢？除了安全与优质，还有历史与文化、由来与溯源。他对印度料理也是这样，最开始阅读的不是食谱，而是印度教和伊斯兰教的宗教书籍，接着是地理和历史知识，在他的脑海里已经嵌入了一幅印度地图，尽管他一次也没有去过那个国家，却知道什么地区住着什么样的人，因此和印度厨师交谈的时候，他能得到对方完全的信任，"他们都觉得我在印度住了 10 年以上"。他对待咖啡更是如此，首先要学习在漫长的历史中发生了什么，以及每一种咖啡豆诞生的前因后果，然后才能开始烘焙。

了解一个事物，不能没有实地考察。2017 年，续木开始了他的咖啡农园之旅。第一站，他去了巴布亚新几内亚。那是一个游客难以独自前往的国家，搭乘巴士从市区前往农园的时间比坐飞机所需要的时间更为漫长，绕过因为滑坡而禁止通行的山道，跟沿途拦截的山贼斗智斗勇，花上整整一天时间，才终于到达农园。也正是因为走过了那样的路，才能看到在偏僻的高海拔地区还栽种着传统的咖啡豆品种，亲眼看到当地人们还在保持着从前的手工劳作方式，才知道这样原始的、小规模和缓慢生产的方式才是咖啡豆保持优质的秘密。"从小孩到大人，到了咖啡豆收获期都要一起劳动。小孩光着双脚在农园里劳作的景象令我有些担心，但所有的大人和有收入的工作人员也都光着脚，我想恐怕这就是一种文化吧。"那是他第一次和部落的人们谈话，不带有任何官方和商业色彩，真诚地倾听他们的生活状态，令他了解到探访农园的意义：亲眼看看那个国家的人们以什么样的姿态在生产咖啡豆，这是不亲自前往就无法得知的事情。直到今天，续木的眼前偶尔还会浮现出一幅画面：位于山间的部落，日落之后，将会陷入彻底的黑暗之中，因此要趁着天光明亮赶紧离开，巴士颠簸在尚未整备的山崖之上，回头望去，农园笼罩在一层微微的余晖之中。2018 年的夏天，续木又去了巴西，除了探访农园之外，还顺便考取了当地政府公认的国家咖啡鉴定师资格。巴西的咖啡农园显然更加发达，其中不少已经实现了公司化，采摘的人们也完全是一种上班族状态。这种产业化在咖啡产地并不是很普遍，2019 年去埃塞俄比亚的时候，他又重复着每天搭乘 10 小时巴士前往农园的旅途，在当地咖啡机构的帮助下，他得以在农园住了几天，家庭作坊全靠自己发电，但也仅用于晚餐的 2 小时，深夜里全然是漆黑的空寂，但天刚蒙蒙亮，便会在清脆的鸟叫声中醒来，踏着晨雾外出散步，会遇到举着步枪的保安人员，还有陆陆续续前来农园工作的人们，人人仿佛身处梦幻世界：农园的一面完全是茂密的森林，树龄超过百年的巨树形成了天然的遮阴木，能够保护咖啡树不被阳光直射，从而保持营养与风味。地面的野草与藤蔓如同绒毯一般，倒在地面的树干上覆满了青苔……和在巴西农园看到的成熟的咖啡产业不同，埃塞俄比亚带给了续木另一种美好印象：咖啡农园是与森林共生的天然生命体。

在日本被认为是理所当然的事情，在遥远的咖啡产地却未必。前往世界农园考察的经历让续木对手上要烘焙的咖啡豆又多了许多现实感。他原本计划 2020 年前往肯尼亚和坦桑尼亚，但因为新冠疫情而没能去成，于是又计划 2021 年去哥伦比亚和秘鲁，仍然没能实现。在不能去农园的日子，他对"理所当然"又多了一些思考："在农园里邂逅的那些孩子，要是他们感染了新冠病毒，至少要步行 1 小时才能到达医院，还不能确保是否能接受诊查。我们在为了恢复正常营业而拼命努力的日子里，也应该每天祈愿生产国的人们能够顺利度过这一艰难的时期。"

　　不能去农园的日子里，续木还做了一份名叫 *A Cup of Moment*（《一杯时间》）的月刊指南，免费在店内提供。虽然不过四页 A4 纸大小，内容定位却很清晰：第一页介绍次月在 Caffe Verdi 登场的世界精品咖啡豆，第二页介绍 Caffe Verdi 代表咖啡豆的农园故事，第三页分别是下鸭店和艺术大学店的店长日记，第四页则是店内的活动信息。除了店长日记之外，其余内容全部由续木亲自撰写。第一期介绍的是鲜为人知的也门咖啡豆，续木写道：这种咖啡豆是小果咖啡经过 1500 年演变出现的新母体品种，两年前才被人们发现，第一次有较少数量进入日本，将于 5 月底开始在 Caffe Verdi 贩卖。但价格不菲，100 克售价为 4320 日元。接着又出现了尼加拉瓜和哥伦比亚的农园风景，配上农园主人的照片，甚至有当地名胜推荐。这样一来，客人坐在 Caffe Verdi 喝着一杯咖啡的时候，不仅是用舌头辨别味道，还能够通过手上的月刊指南，知道这杯咖啡在怎样的环境里孕育，由什么样的人种植，如何远渡重洋来到日本。他们会从中得知：有一种咖啡豆在品种改良的过程中，研发的公司倒闭了，历经艰辛，才辗转至今天的农园进行栽培；有一种咖啡豆生长在地形偏僻复杂的地带，那里是反政府势力的据点，当地人还栽培大麻，但也正是因为这种不便，没有交流来往的复杂性，成为咖啡豆生长的优势，让它还保持着难得的传统品种。

　　"我想把咖啡的信息更好地传达给客人。"续木解释制作这份月刊指南的意义，"现在的人们习惯通过网络获取信息，每天，我自己

续木义也
Caffe Verdi 店主

他不想开一家"在观光途中顺便一去的店"，
而是想开一家"为了喝咖啡而专程前来的店"，
在他的心里，咖啡不是一种顺便。

也在 Caffe Verdi 的官网上和社交账号上更新店主日记和日常信息，但网络毕竟是一个'瞬间看到，然后迅速判断'的世界，信息的循环周期会变得非常短暂。咖啡的味道不是能够靠'一眼看上去'来迅速判断的东西，我希望人们能够通过文字，通过认真的阅读，来了解其中的文化，了解 Caffe Verdi 的咖啡是怎么一回事。"

续木还在店里举办少数人制的咖啡豆烘焙讲座。通过网络预约，每次限定 1 至 2 人，每人 4800 日元，能够在 80 分钟的时间里亲手参与烘焙咖啡豆的全过程。除此之外，还可以参加咖啡冲泡讲座、咖啡器具讲座、味道品鉴讲座等等。如今把咖啡当成一种流行，追逐时尚的人越来越多，但当这些人真正想学习咖啡基础知识的时候，这样的地方却少之又少。在艺术大学店开业之初，续木就认识到了这一点。"既然如此，就由我来做吧！"他想让 Caffe Verdi 成为这样的店：不流于表面，可以让人们了解咖啡的基础知识。

如今续木每天都会出现在艺术大学店里，自从 2016 年开业之后，下鸭店就委托给在那里工作了十几年的后辈做店长，每天续木会回去一次，但大多数时间，他是在新店进行接客和烘焙咖啡豆的工作。工作不算轻松，早上 7 点半，他要准时开始制作法式蜂蜜布丁，才能赶得上中午放进冰箱的冷藏室，下午 2 点，准时拿出来作为甜品提供给客人。专程来吃午餐的客人很多，艺术大学店的空间是下鸭店的 3 倍，菜单也更丰富，续木把这里当成趣味实验场，过去的 5 年中，他一直在做新的尝试：虽然咖啡是不变的，但每个月的食物要大更新一次。最近，他致力开发一些新的甜品，除了人气很高的法式蜂蜜布丁和费南雪，草莓挞、果仁挞、柠檬磅蛋糕、法式巧克力蛋糕是新研究出来搭配早春混合咖啡的绝佳单品，他还用自己烘焙的深煎的埃塞俄比亚咖啡豆制作了一款咖啡果冻。

续木开这家店也是缘分的指引。京都艺术大学的理事长是光顾了下鸭店十几年的常客，专程前来找他商量："学校正门有一间闲置的展览厅，我想要用来开咖啡馆，可如果是星巴克那样的连锁店就太乏味了，能不能把 Caffe Verdi 开过去？"和展览厅一起留下的还有角落里一台巨大的三角钢琴。开店 3 个月后，续木不愿意看它终日积着灰，周末开始在店里举办起音乐会来，演出者或是居住在京都的各类音乐人，或是刚刚从艺术院校毕业、正在准备成为专业音乐人的演奏者，还没有完全成名的年轻人在这家咖啡馆里得到了一个小小的展示自己技艺的舞台。续木热爱古典音乐，这从他给咖啡馆取名为"威尔第"便能察知一二，但他也喜欢节奏布鲁斯，他去过 5 次迈克尔·杰克逊的演唱会，珍妮·杰克逊在日本的演出也绝不会错过，因此经常可以在变身为 livehouse（室内演出场馆）的 Caffe Verdi 听到古典音乐，这里偶尔也会有一些民谣演出，很受附近人们的欢迎，热闹的时候，80 多个人把咖啡馆的演出角挤得满满的。

艺术大学店的第 5 年是下鸭店的第 18 年，尽管两家店的风格截然不同，但对续木来说，没有所谓的他自己"理想的店"，只有一种理想：让生活在这个地区的人们觉得这里是理想的店。生活在下鸭街区的人们爱着家庭氛围的 Caffe Verdi，视它为逃离日常生活喧嚣、让内心沉静下来的地方。店内的长条吧台是熟客的聚集地，一杯咖啡的时间也是日常和店员聊天的时间，继承了从前京都喫茶店的风范。即便是坐在单独桌椅位的客人，大多也都互相认识，常常抬起头来互相打招呼。要成为客人心中理想的店，必然要和所处的地域发生密切的关系，这也是续木坚决不在观光地开店的原因，他不想开一家"在观光途中顺便一去的店"，而是想开一家"为了喝咖啡而专程前来的店"，在他的心里，咖啡不是一种顺便。

续木常常对一些头衔表现出抗议，例如他不喜欢别人叫他咖啡师或是烘焙师，他坚持自己唯一的身份是咖啡店店主。他对咖啡店店主这份职业有着颇为浪漫的想法："我始终觉得，所谓人生，就是出演以自己为主角的电视剧。每一个人都是演员，依照一个一个场景，不断变换着自己的角色。来到 Caffe Verdi 的人们并不是在出演以咖啡馆为主角的电视剧，而应该是在各自的电视剧里来到了 Caffe Verdi 这个取景地。在 Caffe Verdi 这个取景地发生的故事能够让每一个身为主角的客人的人生变得稍微好一点，这是我作为咖啡店店主要为之努力的事情。"他有一个坚定的结论：如果自己没有开 Caffe Verdi，应该有很多人的人生会被改变。在下鸭店，有一位从开店起就在这里工作的店员，后来和刚开店时就光顾这里的一位客人结了婚，现在又有了孩子。如果自己没有开咖啡店，至少这两个人的人生会被改变：不知道还会不会相遇？咖啡馆就是这样一个奇妙的场所。每每以店主的身份站在店里，续木一眼望过去，眼中看见的尽是因为这家咖啡馆而被改变人生的人们，于是就有了激越的使命感：我该如何让他们的人生变得更好呢？唯一能做的是让他们坐在这家店里能感受到幸福这件事。

在开咖啡馆这件事上，续木心中有一个强大的假想敌。"我的敌人是迪斯尼乐园，"他缓缓揭晓答案，并且因为我的惊讶而感到得意，

"这个地方从几十年前就一直在那里，一直有人络绎不绝前往，从踏进去的一刻起，人们会在心里莫名生出一种'我回来了！'的心情。在园区里招手的工作人员如同咖啡馆的店主，如同居酒屋的老板娘，在客人走进来的一刻，说的不是'初次到来，欢迎光临'，而是'某某，你又来了啊！'这是一种日常的招呼。"他希望 Caffe Verdi 可以成为人们说出"我回来了！"的地方，为了培养这样的关系，3 年 5 年的时间是不够的，而是需要 30 年、50 年、100 年地继续下去。其实他已经看到了一点点苗头：最初来到这里的客人，在这期间结了婚，带着新婚的妻子一起来，不久后，妻子怀孕了，开始带着小孩一起来，如今这个孩子已经读小学了，再过些年，大概他也会独自坐在咖啡馆里读书吧。

因此，尽管日本人总是追求一种"一期一会"的相遇观，但 Caffe Verdi 却不向往如此。这里不是一家草草打卡就结束的店，不是一家"最初就是最后"的店，这里是一部希望和每一个客人尽可能长久交往下去的超长篇电视连续剧。

述現郷

The
Stories
of Cafe
in Kyoto

一个
逃避现实之所

逃现乡

如果有一个"咖啡馆取名大奖",那么我要把京都的这一票投给逃现乡。尚未踏入其中时,我先在一本本地生活资讯杂志中看见它,短短几行介绍文中写道:"这个词是'桃源乡'的谐音,包含了店主菅原隆弘赋予它的美好寄托——咖啡馆是一个逃避现实之所。"

后来,我总是在闲来无事时去逃现乡打发时间。它开在西阵一所小学对面,门前挂着孔雀青色的暖帘,遮住了门上的玻璃,轻易望不见里面。在里面,临街的一个吧台位,无论是晴天雨天,总是坐着一个读文库本的人,有时是穿球鞋的小青年,有时是抱着通勤包的中年女人,有时是头发全白了的老头儿。后方几个面朝吧台的桌椅位,有人堆着一摞书在上自习,有人摊开满桌资料写工作笔记,有人甚至打开电脑看起了综艺节目,有人刚走进来坐下,面前随即升起白色烟雾——打火机和烟灰缸放在每一张桌上,

Wi-Fi 的密码也写在那里。有一天，我在店里坐了一整个下午，全程竟无一人离开，像是一个拥有自己运行规律的世界。

必须要亲自坐在里面，才能知悉逃现乡是一个怎样的世界。开店 11 年来，菅原不接受任何网络媒体的采访，他拒绝让逃现乡成为一家网红店，不愿意在网络上被广泛传播，为了保持它的寂静——如果有了排着长队的客人，那将令他感到困扰。因此在网络上，菅原的信息少得可怜，很难得知这是怎样一位店主。除非是在店里。下午 3 点之后，他就会走进店里，和白天看店的年轻人打个招呼，再和相识的客人寒暄一阵子，话题总是"天气突然凉下来了呢！"，"这样一来，红叶会比去年更早了吧"之类，确保没有怠慢任何人之后，他才会走进吧台里去。

吧台上一字排开的虹吸式咖啡壶是逃现乡独有的风景。今天的京都咖啡馆中常见的是意式浓缩咖啡机或手冲咖啡滤杯两个流派，虹吸式咖啡壶是较为罕见的一种，这也符合世界咖啡的流行趋势。从技术角度来看，虽然改成更流行的方式也未尝不可，但菅原作为一个专业的咖啡人，认为自己能够比一般人做得更好，能通过它提供给客人最好的咖啡的只有虹吸式咖啡这一种。"虹吸式咖啡的优点在于可以通过手动控制温度，最大限度地把握抽出这个环节，让即便同样的咖啡豆，也能呈现出巨大差异的风味。"有一天，菅原告诉我，逃现乡的咖啡豆是以"虹吸式制作能够体现其美味"为基准来进行烘焙的，市内也有一些其他的咖啡馆供应这里的咖啡豆，但手冲和虹吸的不同方式，注定了两杯咖啡的味道是完全不一样的。

在菅原出生的年代，日本已经不怎么见得到虹吸式咖啡了，但据

他所说，在他的父母年轻的时代，这种咖啡形式在日本蔚然成风，别说是满大街的喫茶店了，市面上还有贩卖各种家庭用虹吸咖啡套装器具，曾经有过人们自己在家里也烹煮虹吸咖啡的时期，因此一些老年人来到逃现乡时，总会发出"啊！真让人怀念啊！"的感叹。但风潮易逝，与这些老年人形成对比的是年轻的学生或是国外的观光客，点完咖啡之后，看着吧台上燃起酒精炉，就会有些吃惊："那是什么？像化学工具一样！"这是菅原内心所期待的效果，人们在家也能冲泡咖啡的时代，咖啡馆的功能性就必须变得更多元，它在提供咖啡之外，更要附加体验："自己点的咖啡正以这样的方式被制作，透过玻璃容器看到它变化的过程，会给人们带来期待的兴奋感。在某种程度上，他人替自己制作咖啡这件事是'被招待'，是一种非日常的体验。"

菅原是通过虹吸式咖啡进入咖啡世界的，这成为他坚持在逃现乡只提供一种咖啡的原因。32 岁时，他辞掉了祇园传统木屐店的职人工作，前往京都一家名为はなふさ（花房）的喫茶店修业，后者是创立于 1955 年的老铺，当时已经凭借虹吸式咖啡成为京都的名店。菅原原本只是找一份工作过渡，打算最多干 3 年，却在不久后被老板委以重任，派去负责一家分店，每天从傍晚工作到深夜 2 点，渐渐地，他找到了独自经营喫茶店的乐趣，熟客越多，生意越好。如此在吧台里站了 7 年，他开始琢磨：如果自己开咖啡馆，很多地方应该能做得更符合理想吧？

那时，菅原已经 40 岁，虽然周围的人纷纷催促他尽快独立，但到底什么时机才是最好的？他迟迟未能下定决心，直至"逃现乡"这个名字出现在他脑海里。某天，他和朋友在一起吃饭，对方问道："咖啡馆是怎样的工作？"他把自己长久以来的思考告诉对方："咖啡的味道只是单纯的喜好问题，个体各自有差异，只能以'对方应该会觉得好喝吧！'的愿望来提供咖啡。更重要的是在咖啡的基础上，如何提供时间和空间。提供给人们一个逃避现实的场所，让他们在一段时间里忘记现实，按下体内的重启键，走出门的时候感觉比进门的时候稍微轻松了一点，能做到这一点的，我觉得就是咖啡馆。"逃避现实？聊天之中，他没来由地想到了"逃现乡"三个字，感觉得到了一个能够充分表达理想的咖啡馆名字。这个名字从天而降的一年后，2010年，菅原自己的咖啡馆开业了。

一张从头到尾的长条吧台是逃现乡店内的特等席。当初菅原在寻找开店场所的时候，看到这栋小楼内部构造的第一眼就这么决定了。"站在吧台里应对客人，和眼前的熟客聊天，那些坐在桌椅位上的陌生客人远远看着，也能意识到：原来这家店是这个风格啊！原来店主考虑着这样的事情在开咖啡馆啊！"在菅原的设定中，逃现乡的吧台位是一个传达信息的地方，它可以让初来乍到的客人最直接地了解这家店的性格："如果他不讨厌这个氛围，以后就会再来，直到有一天，他也感到：今天就稍微去吧台坐一坐吧！渐渐靠近这家店的中心地带。"但菅原又想到，即便是坐在吧台前，也有完全不愿意说话的客人，于是他将一张吧台设计得极宽——在其他咖啡馆里完全看不到这样占空间的一张吧台——为了一张报纸完全展开时刚好能放下而打造。

和对咖啡味道的喜好一样，对于逃避现实这件事，每个人都有自己的方式。在逃现乡里，能看到这种多元化：老人们在吧台前摊开报纸，几个座位之隔的年轻人打开了笔记本电脑（那张吧台上甚至能在电脑前再放一份食物），有人始终安静地喝着一杯咖啡，有人

一直读着书，有人只是发着呆，也有客人对菅原高兴地表示"超喜欢这里的音乐！"，每周专门跑来听音乐。逃避现实的人需要的只是独属于自己的时间，菅原深知这个道理，为了让人们都能找到各自的契机，他在店里埋下了许多"机关"，例如充电插口和免费 Wi-Fi，例如不只有烟灰缸，还有打火机，例如一架子的书，还有另外一架子的CD……过去，还有人专门来这里见猫。刚开店那几年，菅原夫妇就住在建筑后面的私人空间，与他们同住的还有一只饲养多年的名叫银平的猫，考虑到饮食卫生问题，菅原不轻易让猫进入店内，但去后院上厕所的客人总会在院子里遇见它，它也不惧生，看见人就热情地黏上来，到了夏天打开门通风的时候，它也会偷偷地跑进店里，故意引起人们的注意，后来这只猫渐渐被客人们视为逃现乡的"招财猫"，很多人反倒是为了和它玩耍而专门来店里了。活泼的银平在店里和客人们一同玩耍了 3 年，2012 年，它因为年纪太大而去世了，直到今天，还有客人在怀念它，菅原对它也充满了感激："初代招财猫银平在逃现乡的日子里，真的为很多客人提供了服务，为店里做出了很大的贡献。"不久后，菅原家的孩子出生了，一家人搬到另外的住处，虽然依然养着猫，但猫已经不出现在店里了。有趣的是，京都市内一家后来开的咖啡馆，听闻逃现乡家新生了小猫，便讨了一只去，取名叫水果糖，又成了经常被杂志采访的"京都咖啡馆招牌猫"。

有人要在晚上逃避现实，逃现乡就一直营业至深夜 1 点。店里白天的客人和晚上的客人风格十分不同。在白天出现的客人，因为还有别的行程，所以多数不能根据自己的喜好选择咖啡馆，但晚上的情形会变得不同，人们的自由度和灵活度都很大，哪怕是远一点也没关系，大家都是抱着"想去那家店打发时间"的心情，坐在自己心仪的咖啡馆里。到了大多数人都结束工作的晚上 8 点以后，这些休闲方式各异的客人让逃现乡的店内也变得有个性起来，有时菅原走进来被吓了一跳，"仿佛进入了一家别人的店"。这栋建筑物采光很好，白天，三个方向都能照射进阳光，是光明而开放的空间，而在夜晚的昏暗光影之中却呈现出截然不同的面貌，更像是个秘密基地了。

"从前日本的很多喫茶店都是营业到深夜的，日语里有个词叫'深夜人口'，指的就是大量的人在夜晚活动。泡沫经济之后，由于社会不景气，晚上在外面晃晃悠悠的人越来越少，喫茶店的营业时间也随之发生了变化，普遍在晚上 6 点就关门了。"有一次，菅原和朋友聊天，聊到"现在的人比以前睡得更早了吗？"两人都认为并非如此，和过去相比，今天的人们显然睡得更晚，但外面没有能够让这些人打发时间的店，结果大家都窝在家里上网冲浪。"我想要改变一些人在晚上 9 点之后的时间，"菅原说，"一个人成天独自窝在家里，意志渐渐会变得消沉。即便是一个人独自做着什么，如果周围都是和自己一样的人，自己作为其中一员存在于某个空间与时间，就不会感觉孤独。"人类如何面对孤独是一个微妙的议题，逃现乡做的是给人们提供一个像在家里那样自在的独处空间，"如此一来，那些窝在家里上网冲浪到深夜的人就会有再一次走出门的契机了"。效果很好，在今天的京都，营业到深夜 1 点的咖啡馆非常珍贵，逃现乡也一直都很热闹。

近来，逃现乡得到了学生们的喜爱，在白天也能看见不少埋头写作业的身影，尤其到了考试期间，一整排都是面前摆着学习资料的身影，菅原不得不制定了"自习时间上限为 2 小时"的规定。为了工作或者写作业来到咖啡馆，作为场所使用费，点上一两杯咖啡，虽然也

能带来收入，但对菅原来说却不是理想的咖啡馆的使用方法。对他来说，咖啡馆是一种时间的切割与重启，因此他去到别的咖啡馆，通常待上 30 分钟便会离开。但他不会告诉客人自己的"理想"，如果有人愿意待得久一点，他也很乐意这里成为他们觉得身在其中感到舒适的地方，"但如果一直在这里工作或学习，不就失去那一层'现实逃避'的意味了吗？反而变成了一个现实的延长点"。他不愿意看到逃现乡成为这样的地方，这些时间的规定也是在提醒人们：这里不是星巴克，不是工作的场所。

学生们之所以钟情逃现乡，也是因为这里提供的食物。三明治、蛋包饭、咖喱饭、拿波里意大利面……都是一些充满昭和气息的庶民家庭料理，与各个年龄层的客人之间毫无距离感，且分量充足，年轻人也能一次填饱肚子。菜单上的食物一直在进化。起初三个月，店里只有菅原一个人，只能做一些做起来简单不费时的吐司和三明治之类的，来过几次的客人渐渐不满足了，说想吃米饭，于是菅原决定推出咖喱。在过去的工作中，菅原从未有过制作咖喱的经验，他找到五位城中的咖喱达人，询问他们关于咖喱的偏好，遂才开始自己试做，如今店里提供的牛筋咖喱是经过了各种调整，经过四五年时间，才终于完成的第五弹。以食量很大的男学生为主，逃现乡的咖喱在京都变得很有名，它得到了"看上去是意料之中的食物，但吃过之后，又拥有超乎期待的惊喜的味道，让人感觉'自己在家里做不了'"的好评。虽然很受欢迎，但不能得意忘形，店内的厨房空间很小，如果头脑一热，推出炸猪排咖喱之类，那就超出能力范围了。菅原依然在让逃现乡的咖喱保持进化，他从日复一日客人的反馈中选择了一些比较容易实现的做法，例如可以选择添加各种配料，如芝士、香肠、生鸡蛋之类，胆子大的人会点一份"大满贯"，食材满满地堆在咖喱饭之上，看上去很是壮观。逃现乡从早上 8 点开始营业，后来咖喱饭也加入早餐的菜单之中，大概是因为这在早晨的咖啡馆里也不多见，于是它又成为城中点"朝咖喱"的名店，在秋冬寒冷的早晨，一大早就想要吃到热腾腾的食物，为此专门跑到逃现乡来吃朝咖喱的客人很多。

2019 年，逃现乡开始烘焙自家咖啡豆。菅原的妻子因为身体抱恙，辞掉了原本贩卖茶叶的工作，用退职金购买了一台小型烘焙机，参加了一些培训课程之后，将逃现乡二楼的仓库空间改装成烘焙室，自己做起了店里的烘焙担当。自家烘焙的咖啡豆能够保证味觉上的新鲜，也能根据客人的反馈随时进行调整，原本是为了生活的无奈之举，没想到，烘焙比想象中更受欢迎，需求量越来越大，一年之后，菅原也加入其中。如今，菅原负责逃现乡招牌的混合咖啡豆的烘焙，妻子则负责摩卡、巴西、印度、瑰夏、曼特宁、黄色波旁等单一品种的咖啡豆烘焙。菅原烘焙的深煎混合咖啡豆占了店内使用量的七成，由于虹吸式咖啡利用的是高温抽出方法，烹煮出来的咖啡经常有偏苦的倾向，因此他在烘焙时，追求的是"让虹吸壶也能制作出带有甜味和香味的咖啡豆"，从生豆的选择到烘焙和抽出的温度控制，要确保每一个环节小心翼翼，这样才能形成他理想中的咖啡味道：既拥有传统喫茶店咖啡的浓厚苦味，又带着回甘，喝完之后不会在口中留下讨厌的涩味。但也如同菅原一直强调的一样，对咖啡口味的喜好因人而异，他只能从一个专业的咖啡人角度出发，打造一个他认为能够受到大多数人喜好的口味，但难免有不喜欢这个味道的客人，这时便可以在这一杯咖啡的基础上，选择更苦的、更淡的、香味更加浓郁的，或是带着特殊香辛料口感的——各种倾向的味道都写在逃现乡的单一咖啡豆菜单中，它们大多采取当下最流行的浅煎手法，日常有 10 个种类可供选择。

　　咖啡馆的生活进入第 12 个年头，能够烘焙出越来越成熟的咖啡豆，冲泡出越来越美味的咖啡，菅原对于技术上的进步是感到开心的，但这份工作令他更乐在其中的，是看到客人如何享受其中的空间。最初的客人只是偶然走进来，渐渐地，另一些客人听到传闻走进来，或是在社交网络上看到照片而带着好奇心走进来，因为各种不同契机来到逃现乡的人各自带着内心的标尺，试探着这里是不是符合自己喜好的咖啡馆，然后在不知不觉中，菅原发现其中一些人变得眼熟，而后成为经常交谈的熟客。熟客并不是一直在增加，也随时在减少，原因有很多，换工作、搬家，或是死亡……来来去去，有相遇，也有告别，这恰恰是咖啡馆对人生侧面的一个折射。无论是新来的，还是离开的，如果逃现乡能在熟客的人生中扮演一个角色，令他们说出"现在刚好有时间，想去那家咖啡馆呢！"，这便是菅原对开咖啡馆这份工作不断实践、不断修正的一个理想结果。逃现乡是客人们逃避现实之所，而对开店的他来说却是生活的现实，他常常感激他们，说是因为遇到了很好的客人，自己才实现了理想。

　　"如果换一个地方开店，能不能达到现在的效果呢？"菅原抱着这样的疑问。再过些年，或许等他到了 60 岁，他想再开一家更小的咖啡馆。逃现乡是一家提供各种可能性的店，他打算在新店里只将其中一个部分做到极致，至于是哪一个部分，他还没想好，但他确信的是：到了那个年纪，一定更加不愿意开一家两三年就关门的店，而是想要十年二十年地开下去，一直到人生终点。菅原像等待"逃现乡"三个字从天而降时一样，此刻，正在等待着一个新的咖啡馆时机的到来。

菅原隆弘
逃现乡 店主

无论是新来的，还是离开的，如果逃现乡能在熟客的人
生中扮演一个角色，令他们说出"现在刚好有时间，想
去那家咖啡馆呢！"，这便是菅原对开咖啡馆这份工作
不断实践、不断修正的一个理想结果。

The Stories of Cafe in Kyoto

年轻的夫妇
咖啡馆做法

　　我从 TRAVELING COFFEE 的店主牧野那里听说了 IOLITE（"堇青石"咖啡）的事情，说是有一对姓吉田的夫妇，丈夫大辅是东京人，妻子静香是京都人，半年前，两人从东京搬到京都，开起了咖啡馆，丈夫烘焙的咖啡豆和妻子制作的甜点都是一流水准。这种形式的夫妻店是从前京都喫茶店的一贯做法，近来在年轻的咖啡馆中已经不多见，就想亲自去见一见。

　　IOLITE 开在西洞院住宅街中一幢传统的町屋建筑里，这里原本是妻子静香的祖父母居住的家屋，经过夫妇二人改修后，变成了五彩缤纷的空间。颜色是刻意赋予这个空间的元素。典型传统日式町屋的两层构造，屋顶低矮，索性就把一楼的屋顶拿掉，吧台空间开阔明亮，但深处的用餐空间碍于房屋结构不能这么做，担心客人身处其中感到逼仄，便特意装上了更多照明，又在木头椅子上搭配以红、黄、绿各色的鲜艳坐垫，营造出一种灿烂温馨的家庭氛围。马克杯也是五颜六色的，淡粉、鲜红、嫩黄、浅蓝……不同颜色对应不同国家的咖啡豆，摆放在货架上的咖啡豆包装亦是如此：萨尔瓦多是淡绿色、哥伦比亚是粉红色、巴西则是鹅黄色……店里的咖啡豆全部来自热带美洲和非洲地区，颜色是丈夫吉田大辅对这些国家的印象：充满热情，明媚多彩。

店里日常的咖啡豆有五六种：深煎的混合咖啡豆固定不变，价格最亲民，在这个城市里，毕竟喜欢黑咖啡的老派咖啡客是大多数；其余皆是单一品种的精品咖啡豆，来自巴西、卢旺达、肯尼亚、哥伦比亚、埃塞俄比亚各地，每隔三四个月更换一次。今年夏天主打的萨尔瓦多咖啡豆，生豆是从城中另一家新开的咖啡馆 COYOTE 购入的，那里的店主门川是大辅来到京都后结识的新朋友，他对门川在产地工作过这件事十分敬佩，便接受了门川推荐的咖啡豆，选择了其中两款自己偏好的口味——安东尼的帕卡马拉豆和奥斯卡的帕卡斯豆。这两款咖啡豆在 COYOTE 的店里也有贩卖，即便使用同样的生豆，经过不同的人烘焙，也可能会呈现出完全不同的口感，大辅浅煎后的安东尼有着萨尔瓦多咖啡豆典型的清澈纤细的口感，奥斯卡则截然相反，大胆尝试了精品咖啡少有的深煎，他认为这样才能让这种咖啡豆散发出它藏得很深的黑加仑朗姆的芳香。像这样的在烘焙上的挑战是大辅一直乐于尝试的，他是咖啡业界的新人，无论是大型的咖啡豆输入商，还是新兴的个人咖啡豆买手，遇到有人上门来推销，他都愿意试一试对方提供的小样，经过杯测之后，只要认为是高品质的咖啡豆，自己对其又有烘焙方式的想象，就都愿意试一试。因此在 IOLITE，总会喝到一些超乎想象范围的咖啡豆。8月的某天，俘获我的一款哥伦比

亚瑰夏咖啡豆就是大辅大胆尝试的结果，那是我从前没有感受过的、充满了香辛料发酵香气的、带着强势的侵略性的味道。

大辅坦然承认，这款价格比混合咖啡豆贵一倍的发酵咖啡豆是他第一次尝试烘焙。在世界的咖啡产地，传统的咖啡豆加工方式有三种：日晒、水洗和蜜处理，而在哥伦比亚，近年来流行起一种新的二氧化碳浸渍发酵法，将原本在葡萄酒中常用的发酵工艺运用到咖啡加工过程中，即将收获的咖啡果实投入密封的不锈钢容器中，然后注入二氧化碳，静置多日，如此发酵后的咖啡豆，风味会被改变，呈现出不可思议的强烈芳香。这种加工方法直至最近两年才渐渐为大众所知，2015 年"世界咖啡师大赛"冠军 Sasa Sestic（萨萨·塞斯蒂奇）是这种方法最积极的推广者，他在一场演讲中说，根据自己与全世界超过 50 个咖啡生产者共同工作的经验，发现传统的加工方法存在太多不稳定因素，而发酵这个环节不仅可以保证咖啡豆的品质，还能赋予它过去的咖啡豆没有的奇异芳香。

大辅偶然从京都的一家大型咖啡豆进口商那里得到了这款哥伦比亚咖啡豆，试着烘焙并且杯测之后，味觉受到了冲击，这种鲜明的风味特征是他个人很喜欢的，但他也有所犹豫：个性过于强烈，注定了这不会是一款人见人爱的咖啡豆。在京都这样一个非浅煎咖啡的市场，人们喝了之后会是怎样的反应呢？他很想看一看，于是烘焙了一些放在店里卖，比计划中提前一个月就售罄了。"我第一次知道了，京都人是接受有个性的咖啡的，但也不能一直是这个味道，每天喝就会让人讨厌了。"因此这种咖啡售罄之后，他没有立即再进同款货，而是换成了传统的卢旺达咖啡豆。

"如今在世界各地，一些农园由于缺乏优质的水源条件，不能用水洗法进行加工，便开始尝试这种新的二氧化碳浸渍发酵法。因此咖啡市场出现了大量这种处理方式的咖啡豆，尤其哥伦比亚，甚至出现了荔枝批次、玫瑰批次的专供批次，受此影响，未来咖啡的味道会渐渐发生变化。"大辅说，"这些有趣的咖啡豆出现在咖啡馆之后，味道会呈现出什么样子，烘焙者是决定因素，未来的烘焙环节会变得越来越重要。"对他本人来说，这意味着烘焙工作会变得更难，经过发酵的咖啡豆一不小心就会烘焙过头，而如果烘得太浅，又不能完全散发它那种独特的芳香。

对于这些正发生在咖啡市场的变化，大辅乐于分享给每一个人。为此他在 IOLITE 的入口处专门设立了一个小小的试饮角，当月店里贩卖的各种咖啡豆一字排开，前面两个迷你的量杯里分别放着生豆与熟豆，后面玻璃罩的小皿里则装着磨好的咖啡粉，可以用鼻子感受其香味，旁边的咖啡壶里则放着冲泡好的招牌咖啡，大辅总会推荐人们喝一杯。他总是站在试饮角和客人们交谈，从他的话里能听出，开店一年半后，他渐渐对烘焙这件事有点自信了。他也不羞于承认：其实一开始并不是这样，今天烘焙的咖啡豆味道和刚开店时完全不是一个水平。他拥有专业的杯测知识之后，心中对烘焙这件事始终有一个清晰的目标，知道自己想追求的具体味道是什么样的。刚开店那一阵子，由于技术欠佳，无论如何都达不到自己理想中的味道，硬着头皮端给客人，也偷偷观察着他们的反应，多少明白自己没有烘焙出击中人心的咖啡豆。那是他的咖啡生涯中最艰难的一段日子，在受挫与不甘混杂与反复的心情中，他不断纠正和练习，半年之后，赞叹着"今天的咖啡真好喝啊"的客人才渐渐多了，自己也感受到距离想象中的味道

越来越近，到了第二年夏天，前一个夏天坐下就点冰激凌苏打汽水的人们终于为了咖啡豆而专程前来了。他放下心来，虽然偶尔还是会有失误，但切实感受到的微小进步令他更加坚定了要烘焙出更加好喝的咖啡。

这一年，大辅39岁。直至32岁为止，他还是一个普通的公司职员。他出生成长在东京，大学毕业后的第一份工作是去阿联酋航空公司应聘做了空中乘务员，3年后回到日本，又找了份和贸易相关的工作，做了很久，也算是安定，但他在内心深处始终觉得这不是自己应该做的事情。他出生在一个和果子职人家庭，从小父亲就告诉他："未来你不必继承这家店。"大辅没有像那些不愿继承家业的年轻人一样松一口气，相反，他内心有点遗憾，从小目睹着父亲工作的身影，在他的内心深处已经萌生出一种"想要制作东西"的愿望。家庭没能满足大辅的愿望，于是他走上了另外的道路，在上班族忙碌的通勤生活中，那个念头时不时就冒出来，他还是憧憬着职人，但要做什么样的职人呢？他始终没能找到目标。

在贸易公司工作的最后一年，大辅对烘焙咖啡豆产生了兴趣。他报名参加了一个面向社会人的烘焙专门学校，课程很轻松，每周六上一次课，更像是都市人解压的兴趣班。在那个课堂上作为讲师出现的是东京 AMAMERIA ESPRESSO（咖啡豆自助食堂）咖啡馆的店主石井，也就是如今大辅口中的"师匠"（师父）。石井的咖啡馆在全日本的精品咖啡专业人士之中小有名气，店里精选了全世界最优质的精品咖啡豆，且公认拥有高超的自家烘焙技术。大辅第一次喝到石井制作的浅煎精品咖啡之时，便是埋藏在心底的愿望破土而出的瞬间，那颗种子长成了浅煎咖啡的形状。他永远记得那时的感受："真的吓了一跳！从前我十分讨厌酸味的咖啡，从那一刻我才知道，原来我不喜欢的只是品质不好的酸味咖啡，优质精品咖啡的酸味是那么令人感动。人人都喜欢水果不是吗？就是那种程度的美味。"与石井的相遇，令32岁的大辅长久以来一个抽象的愿望终于找到了寄托的载体。"在那个瞬间，我决定自己也要成为制作出那样咖啡的人，而且我不想成为冲泡咖啡的咖啡师，我要成为烘焙咖啡豆的人。"他从那个时候就确信了：只有烘焙咖啡的人才能决定选择什么样的咖啡豆，以及用怎样的方式令它呈现出怎样的风味，如果咖啡豆本身的味道不好，那么无论怎么努力去冲泡，这杯咖啡的味道也不会改变。咖啡豆的生产者决定了咖啡的味道，而烘焙者为这种味道赋予了独特的个性。后来大辅决定自己开店，他没有选择用石井烘焙的咖啡豆，而是想靠自己的努力烘焙出同等美味的咖啡豆，这也是出于对烘焙的强烈自我意愿。

　　遇到石井后不久，大辅从公司辞职了。半年后，咖啡专门学校的课程结束，他又去东京一家新开业的咖啡馆工作了一年，不断地精进着烘焙技术。在这期间，家里第二个孩子诞生，静香辞掉了东京的工作回到京都，请母亲帮忙一起照顾两个孩子。考虑到未来的家庭生活，京都比东京拥有更宜于孩子安稳成长的育儿环境，大辅也决定前往京都。静香的祖父母留下来的老房子闲置已久，他们决定在里面开一家咖啡馆。正在此时，AMAMERIA ESPRESSO 开了新的烘焙专卖店，开业当天，大辅前去庆祝，晚上收到石井发来的信息："如果有兴趣，要不要来店里工作？"机会来了！他立刻答应了。跟着石井修行的三年，大辅并没有接触具体的烘焙工作，但学会了对一个烘焙师来说最重要的工作——杯测。在 AMAMERIA ESPRESSO 里，不仅有石井

吉田大辅、静香夫妇
IOLITE 店主

夫妇一起开店，并不是人们想象中那么浪漫的事。
但只要怀抱着尊敬和感谢，一家理想的咖啡馆就是
IOLITE 的现在。

烘焙的世界精品咖啡豆品种，还有来自日本全国有名烘焙店的熟豆，石井总是带着店员们一起进行杯测。在这个过程中，大辅渐渐拥有了专业的品鉴知识，懂得了什么是好的咖啡豆，应该烘焙出什么样的咖啡豆。私下里，他拼命练习，AMAMERIA ESPRESSO 每个月休息一天，那一天，店里的烘焙机就归他所有，终日进行练习，每个月还有两天假期，而他总是预约东京一个小型咖啡研修会的机器，在那里独自进行烘焙。烘焙好的咖啡豆一定要拿去和石井一起进行杯测，得到一些意见，再不断进行改进。

　　2019 年年底，大辅从东京搬到了京都，结束了和静香以及两个孩子的异地生活，装在大货车上一起运回京都的是他辞职时从 AMAMERIA ESPRESSO 买下的 4 公斤容量的烘焙机。四个月后，IOLITE 正式开业了。此时新冠疫情蔓延到日本，京都刚刚进入第一次紧急事态中，起初一段时间只能提供咖啡外带，慢慢才开放了店内用餐空间，居住在附近街区的近邻、在周围办公楼里工作的上班族都渐渐来了。在手忙脚乱之中，大辅总是告诉自己："也许正是在这样的时候开业，才有它特别的意义吧。""是什么样的意义呢？"我问他。"大概就是，"他说，"通过一杯美味的咖啡，给身处焦虑与不安世界的人们带来一点点安慰。"

　　这是大辅第一次进入京都这个圈子，有朋友担忧地问他："京都是深煎文化，开一家浅煎咖啡的专卖店，真的没问题吗？"又听闻了许多京都人保守与排外的做派的传言，一开始，他也是战战兢兢的。在东京的咖啡馆工作，如果看到客人在门口驻足，店员们总是热情地走出去打招呼，这时，多数客人都会走进店里来。在京都，他照旧出门去招呼一声"你好！"，意想不到的情况发生了：那人飞速地溜走了。一次、两次、三次……次次如此。最初，他暗自叫苦：在京都做生意果真不容易啊！日子久了，他便也学会了化主动为被动，无论多么在意门外有个人探头探脑，也要按兵不动，如此一来，被"怠慢"的京都人自认为观察得差不多了，就会主动走进店里来，喝过一两次咖啡，变成熟识的客人。"在东京，不出去打招呼可不行，那是一种亲切的体现；而在京都，如果出去了，对方反而会跑掉。"大辅已经习惯了这种做法，并且认为这正是京都的有趣之处，这种特有的县民性是由京都人的居住形态所决定的："京都人世世代代居住在传统的京町屋里，这种建筑的特征是其窄长的形态，站在门口不能对里面的情况一目了然，于是京都人形成了凡事有所戒备的性格，只有消除了紧张感之后，他们才会安然身处其中。"放下戒备的京都人就会来个极端的大逆转，变得没有一丁点距离感，友善易相处。京都人也比想象中更加热爱新鲜事物，店里的浅煎咖啡吸引了一群爱好者，大辅还结识了城中一群推广浅煎文化的人，他们也把 IOLITE 的咖啡豆放在自己的店里卖，热情地向杂志和媒体介绍这个京都咖啡业界的新来者，对于被接纳这件事，大辅总是心存感激。

但他毕竟还是年轻的挑战者，真正开了店，才发现这里那里都是失误。例如最近他才匆匆把咖啡豆包装上那些大嘴鸟、凤尾绿咬鹃、海龟和长颈鹿之类的图案换成了现代抽象元素，他原本是想用咖啡产地国家的代表动物形象来吸引顾客，后来才发现，这个定位不太对：比起"可爱"，喜欢咖啡的年轻人们更喜欢"炫酷"。例如开店之后才意识到日本人根本不知道"IOLITE"这个单词的发音，五花八门，念成什么的都有，而且他们并不能通过店名知道这里是个什么地方，当初选择更一目了然的名字是不是会更好呢？又例如，作为一家咖啡豆烘焙专卖店来说，这里的食物菜单过于丰富了，有时会喧宾夺主，人们来用餐，咖啡倒成了配角，第一个夏天，卖得最好的竟然是冰激凌苏打汽水，这令大辅内心一度很是失落。种种都是可爱的后知后觉。这些因为热爱咖啡馆而产生的可爱在吉田夫妇身上经常出现，如果告诉大辅这天的咖啡豆很好喝，他会不加掩饰地露出感激和骄傲的愉悦神情，如果和静香聊起她做的那个热狗带着隐秘的辣味，她就会毫不保留地告诉你食谱是什么。在他俩身上能体会到开咖啡馆是真正快乐的，他们确实在做着一件自己最热爱的事情。

　　要特别说一说静香做的那个热狗，是我在京都吃过的最好吃的热狗。IOLITE 的食物菜单全部由大辅提案，静香将其实物化，大辅告诉静香一个自己理想中的热狗，静香开始进行设计、选材和试作，每一个环节都要两人一起讨论：哪个牌子的香肠、哪种质地的面包、什么口味的酱料，反复试过几种搭配之后，才确定下来如今这一款。IOLITE 的热狗不同于街头那些松软的面包和廉价的香肠，这种热狗选用稍稍有些硬的法式面包，在黄芥末酱的基础上又加入四个种类的胡椒，使其带着微微的辛辣口感。虽然静香的料理偶尔会抢了咖啡的风头，但对京都咖啡馆来说，这绝对必要。在京都，搭配食物享用咖啡是主流，是从前的喫茶文化培养出来的这个城市的人们的习惯，吐司和咖啡、三明治和咖啡、蛋糕和咖啡……总是同时出现。食物并不多余，它是让人们更加愉快地享用咖啡的催化剂。从前静香也是普通的上班族，制作甜点的经验是回到京都之后才开始积累的，她参加了一些课程，慢慢开始自己研究配方。要说半路出家的静香为什么能够制作出令人称赞的甜品，其中的关键在于作为一个京都人，她完全掌

シャインマスカット
レアチーズケーキ
ふんわり濃厚な レアチーズケーキ
白ワイン仕立てのゼリーと
ジューシーなシャインマスカットの
絶妙な組み合わせです ¥750

握了这个城市的魔法元素——季节感。秋日里登场的玛芬是南瓜巧克力味，她一直等到北海道的南瓜上市了才制作这一款，因为北海道的南瓜是全日本最美味的。装在玻璃瓶里的免烤芝士蛋糕因为颜值超高而很受年轻女孩的欢迎，此时蛋糕上的水果是碧绿的阳光玫瑰葡萄——夏天是杧果，到了冬天就会换成草莓，那葡萄也是在变化的，福冈、佐贺、山梨、鸟取……在京都有一家静香很喜欢的水果店，那家店里来自日本各地随着季节变换的精选水果就会变成 IOLITE 这一周制作甜点的主题，食物菜单比咖啡豆菜单更频频变化，一周就要更新一次。最近，秋分那天登场的摩卡瑞士卷——在浓厚的咖啡奶油中包裹着清脆的可可粒——成了人气产品。

"工作和育儿两立很难吧？"静香站在店里的时候，我问她。

"完全不能两立，简直是一塌糊涂。"她笑，说还好回到了京都，"现在是我的爸爸妈妈、叔叔阿姨一起照看孩子，丈夫也经常帮忙，育儿是大家一起做的事。"

吉田夫妇的生活十分忙碌，每天早早起床，大辅要先进行杯测和烘焙工作，静香则要将孩子送到保育园去，然后两人在店里会合，打扫卫生，摆放甜品，准备迎接客人，直至傍晚。今年，静香又怀上了第三个孩子，为了让她好好休息，平日里，大辅尽量独自接客，周末客人多，不能让人们等得太久，静香还是要到店里帮忙。每天要进行烘焙，要站在店里接待客人，还要负责和客人聊天，人多的时候，一整天俩人都没有单独交谈的时候。每周一起吃一次午餐就是他们拥有的最悠闲的二人时间了，不过那餐饭经常是匆匆结束，因为要赶着去保育园接孩子。

"夫妇一起开店，并不是人们想象中那么浪漫的事。"大辅说。他有个观点：夫妇生活就是一种团队合作。并不只是在咖啡馆，在家里也一样：一个人帮忙看孩子，另一个人才有时间叠衣服；一个人帮忙去购物，另一个人才有时间制作点心，两个人讲究的是分工。

"一家夫妇经营的咖啡馆，最重要的是什么？"我问他们。
"尊敬和感谢。"俩人的答案一模一样。

当工作和生活混在一起，两个人终日并肩站在一起时，如果不对对方怀有足够的尊敬和感谢之情，那么婚姻关系很难维持下去。"IOLITE"这个很难被日本人正确发音的店名是"堇青石"的意思，传说这种石头面对太阳的不同角度会呈现出深浅不一的颜色，古代航海的维京人使用它来代替指南针，在浓雾中确定太阳的方位，大辅很喜欢这个意象，把店里的 logo 也设计成了指南针的样子。也许这家咖啡馆就是吉田夫妇的指南针，让他们懂得了一些婚姻之道，尽管夫妇店也不全是浪漫，但只要怀抱着尊敬和感谢，一家理想的咖啡馆就是 IOLITE 的现在。

The
Stories
of Cafe
in Kyoto

让肚子和心
都得到满足的店

原小姐去旅行了。长途旅行回来的原小姐开了一家咖啡馆。夏天，我去原小姐的咖啡馆喝西瓜汁，太过感动，完全忘了还有咖啡这件事，她说，她在中国台湾的旅途中喝到过特别美味的西瓜汁，相比之下，日本的西瓜汁淡而无味，于是自己复制了。如果是自己开咖啡馆，就能实现更多潜意识的理想，在不知不觉中，原小姐把过去的旅行全都塞进了这家咖啡馆中，我指着两个充满异域风情的木雕问她是什么，她说是从摩洛哥买回来的，当地人告诉她是从前非洲国家之间的通行证，就像护照一样，一个是母子专用，另一个大概可以证明男人的身份。咖啡馆的墙上有一条挂毯，一问，果然也是从摩洛哥带回来的，她在那里住进了法国人开的酒店，那里把小地毯挂在房间的墙上，她觉得很有趣，心想自己回到日本也要这么做。"一家融入了法国人的感性的摩洛哥酒店，身为日本人的我在那里受到了影响，我很喜欢这种世界性，这也是旅行这件事最有趣的地方：能遇到很多在常识里不存在的事情。"原小姐说。未来她还要有很多旅行，将世界元素都放进她的咖啡馆里。

2020 年，原小姐结束了中国上海、法国巴黎、西班牙和摩洛哥之旅回到京都时，正值新冠疫情蔓延之初，日本发布了第一次紧急事态宣言，周围的朋友听闻她要在这个时候开咖啡馆，纷纷阻止，认为她肯定是太冲动了。但原小姐不为所动，还是积极地寻找店址、搜罗家具、设计菜单，过去半年，她都处在一种无业的状态，如果开不开咖啡馆都注定会很闲，那她选择开，在自己喜欢的空间里，为了喜欢的工作而努力，即便因为疫情根本没有客人来，那也是她更愿意承受的一种艰难。

结果和想象中的艰难有点不一样：原小姐的咖啡馆从一开店就很热闹，几乎没有闲过，门前的马路上总是站着等位的人们，热闹的时候，早上 10 点开门前就已经排着队了，有人连续好几天光顾，说"要把菜单上的食物全部吃一遍"。做好了"没有客人来"的觉悟的原小姐遭遇了另外一种辛苦：客人应付不过来。原小姐的咖啡馆是怎么被发现的呢？城中有了传言：去年关门的 efish 的店长在京都开了一家新的咖啡馆。这引起了人们一探究竟的兴趣。过了一年，我和原小姐坐在她的咖啡馆里，这天是临时休息日，不断有人站在门口张望，她一次又一次走出去道歉，其中有一位骑着自行车前来的老头儿，笑着说："我以为今天也开着呢！"他与她寒暄了很久，原小姐目送那人离开后，回头告诉我，这位也是 efish 从前的熟客，总是来照顾生意。

我也是这么来到原小姐的咖啡馆的，太多人对我赞美开在五条大桥旁鸭川河畔的 efish 了，说它是"构筑了时代的咖啡馆""如果没去过 efish，就不要说去过京都的咖啡馆"。我曾经因为人满为患而与它擦肩而过一次，后来再去，才发现人去楼空，只留下玻璃门上一张致歉告示——因为租约到期，开了 20 年的人气咖啡馆关门了。我因不能亲自体会传说而耿耿于怀，后来遇到一位指点迷津的高人，对我说："去出町柳的 ha ra（"原"）看看吧，那是 efish 的最后一任店长开的新店，也许能找到你想要的答案。"原小姐在京都住了10 年，一直想着什么时候要开一家自己的咖啡馆，efish 在 2019 年秋天关门，这是她的遗憾，也成为她的契机：过去的熟客总是一次次向她表达惋惜之情，在和许多人的聊天中，她萌发了要在城中某处开一家继承 efish 血脉的咖啡馆的心情。原小姐给这家咖啡馆取名叫 ha ra，这是日语中"原"字的罗马音，同样也是"肚子"一词的罗马音，咖啡馆的 logo 是她拜托从事设计工作的友人绘制的，选用了"心"这一意象，两者合起来就是她的名字：原心（原こころ）。原小姐的名字像是这家咖啡馆的天选注脚。"如今是一个美味的食物溢满了世界的时代，我希望给人们提供一个不仅东西好吃，身处其中也能感到舒服的空间，"她对我解释，"那就是一家让肚子和心都得到满足的店。"

其实 ha ra 从人们那里得到的评价和 efish 有些偏差。相比后者作为一个空间的意义，ha ra 在京都得到更多的评价肯定是食物很好吃。在 ha ra，成为招牌的是一款"BLT 三明治"，我每次都想试试菜单上别的选择，却连续数次掉进了它的旋涡里。BLT 三明治是在从前的 efish 菜单上也存在的培根（Bacon）生菜（Lettuce）西红柿（Tomato）三明治，原小姐说，起初她的考虑是："提供 efish 菜单上常见的三明治，不仅和咖啡很搭，对过去的熟客来说，也是一种能让他们拥有安心感的熟悉的食物。"但相同的就只有名字而已。ha ra 的 BLT 三明治，无论是面包和蔬菜的选择，还是具体的制作方法，都是完全不同于 efish 的原小姐的原创。她是广岛人，破天荒地在咖啡馆的厨房里安置了一个制作广岛烧的铁板，她不仅用这个铁板煎培根，还要将两片面包放在上面煎至微焦——被煎过的培根溢出来的油脂残留在铁板上，再进入面包之中，令面包带着油脂的香气。原小姐对面包的大小也经过了精心思考："我自己吃三明治的时候，很讨厌那种厚面包，感觉不到和食材的融合，就只是在吃面包而已。"因此，原小姐要特别留意面包切块的大小，在里面夹上大量蔬菜和培根，时时思考着面包和食材的平衡来制作这个三明治。过去，efish 使用京都老铺进进堂的面包来制作三明治，原小姐没有延续这一选项。制作方法变了，食材就要跟着变化，她购买了所有身边人好评的京都面包铺的产品，一一试做了 BLT 三明治，最终选定了白川通上 1947 年创立的老铺 yamada baker（山田面包店），因为这里的白面包煎过之后，仍然保持弹力，和培根的油脂融合得非常完美。夹在三明治里的西红柿则是她信赖的一位从事农业的友人直接送来的，每周两次，保证新鲜。

　　如果西红柿不够美味，三明治就失败了，这是原小姐的说法。她对于蔬菜有一种近乎执着的苛求。在 ha ra 的菜单上，她还会根据季节变化制作每日更换的蔬菜汤，然后搭配以面包。种西红柿的朋友在冬天送来新鲜的花菜，于是她把它和同样代表冬天味觉的南瓜和芋头一起做成了一碗热汤；夏日的京都在酷暑之中，蔬菜主角摇身一变成了土豆，那是一碗土豆冷汤。近来，ha ra 的千层面也渐渐变得很受

欢迎，秘诀也在于蔬菜，在惯例的肉酱、意面和白酱汁的基础上，加入新鲜的西红柿和茄子，得到了意想不到的肯定，原来打算卖一阵子就替换掉的心血来潮，变成了菜单上常驻的食物，很多人专程来吃。还有果汁，夏天的西瓜汁、秋天的无花果汁、冬天的洋梨汁，在京都的咖啡馆里不是那么常见的种类，在 ha ra 则是体现季节的日常。

这些年来，多样的精选咖啡豆成为京都咖啡馆的一种主流，而在 ha ra，虽然食物种类有很多，咖啡豆却终年只有一种，来自大宫商店街上一家名叫咖啡山居的年轻的自家烘焙喫茶店。原小姐偶然从友人那里得到了一包它的中深煎咖啡豆，喝过之后感觉十分惊艳，与店内提供的三明治和甜点也很搭。

"在一家咖啡馆里，究竟咖啡是主角，还是食物是主角，我没有特别考虑过这个问题。我想主角应该是随着客人而改变的，对有的客人来说，咖啡是主角；对有的客人来说，食物是主角。来到 ha ra 的客人，喝咖啡也好，吃三明治也好，我只是想提供给他们一个能感到满足的场所。"原小姐说，"为了实现这种满足感，'美味'是最必要的，无论是咖啡，还是食物，咖啡馆是一个提供'美味'的场所。"

种种迹象表明，ha ra 是一家完全不同于 efish 的咖啡馆。但我坐在这里的时候，总是忍不住从蛛丝马迹之中推测出一些 efish 留下的东西。后来我问原小姐："你最想在 ha ra 继承的 efish 的元素是什么？"她不假思索地给了我答案：接客感。原小姐在 efish 工作了 8 年，最后 3 年担任店长，以她的角度来观察的 efish 应该是能够信服的："我去 efish 工作之前，认为它是一家很酷、很时尚，在理念上领先于时代的人气咖啡馆。工作之后，这种印象改变了，它当然是一家很酷的店，但如果仅仅是因为时尚和流行，是不可能持续 20 年还越来越受欢迎的。我之所以选择去 efish 工作，是因为'用心对待客人'这一理念经由店主传达给了店员，店员之间的职场关系非常好，也将它很好地传达出来，成为被客人感受到的东西，得到了当地人们的爱。"在 efish 最后的店长原小姐的心里，虽然后来它成为一家网红店，又因为面朝鸭川和东山的绝景，海外的客人也经常光顾，但支撑着它度过 20 年的还是本地的客人们，在关店前最后的日子里，每天都能看见他们的身影。

efish 那种"用心对待客人"的接客感说起来很简单，就是对一切事物保持亲切，对客人温柔，对邻居温柔，对动物也温柔，无论来的是什么样的人，都欢迎进入其中。但这不是人人都能做到的事，例如有客人带着狗来，店员便会专门给狗也准备一碗水，那是一种对万物的体恤，光靠细心观察未必能做到。这种带着温度的接客感也被原小姐很好地传达给了 ha ra 的店员们，在今天的这家店里，即便是在大街上等位的客人们，店员们也会礼貌亲切地走出来说抱歉，并不怠慢任何一个人。

最初，原小姐也想找一个像 efish 那样拥有很多自然景观的地方开店，但没能找到合适的，如今的 ha ra 在过去是一家电器店，已经很旧，又直面主干道，谈不上是最优选择。原小姐看中它有巨大的落地窗，白天能照进很好的阳光，于是她在店内摆满了绿植，果然在阳光下，它们都生长得欣欣向荣。原小姐每周有一天休息日，会专门去附近的花店转一转，让 ha ra 的桌上和墙上恒有植物。坐在店里，透过厨房后方的窗户望出去，隐隐能看见外面高大的树木由绿转红，落光了叶子。有时候，自然是可以营造的。至于店内的家具，全都是二手的，仔细观察，会发现每把椅子都长得不一样，那是原小姐一张一张搜罗回来的，在街上散步的时候，在旅行途中的时候，她总是钻进二手家具店，努力翻出点什么宝藏来。还有一个吊灯，挂在那条摩洛哥毯子的旁边，发出橘黄色的温暖光芒，那是原小姐从 efish 带来的唯一一件家具。原小姐在和设计师朋友商谈装修细节的时候，说"总而言之，想打造一家温暖的店"，只有人留下的痕迹才会带着温度，无论是二手椅子、用过的吊灯，还是原样保留了电器店原本粗糙质感的梁柱和墙壁，都是如此，它们带着时间经过的、有人生活过的痕迹，比起崭新的东西，更能表达温暖。

虽然 ha ra 没有 efish 那样可以眺望鸭川的绝景，但只要走出门去，拐一个弯便是鸭川三角洲，往反方向步行 5 分钟就是广阔的市民公园京都御所，在店内不能感觉身处自然，却是在京都自然的散步途中可以遇到的一家店。秋日天气很好，原小姐又推出了 ha ra 特制便当，希望人们不要只坐在咖啡馆里，最好也带着便当去河边和树下野餐，她是要"把自己喜欢的生活方案都提供给人们"。做便当一点也不省事，新冠疫情时期的京都，为了营生，连许多高级料亭都纷纷推出便当，提高了市场水准，若非拥有很高的品质，就得不到京都人的认可。ha ra 的便当总是很快便售罄，一来是因为五颜六色的颜值很高，二来是种类丰富，有七八种，主菜是肉，加上各种季节蔬菜和时令水果，米饭不能只是白米饭，要带着季节性，做成栗子饭或者红薯饭。只是原小姐实在太忙了，便当没能抽空做几次，每次只做 30 份，总是很难买到，很快便到了冬天，不再是适合野餐的日子，于是她只

好宣布：今年的便当到此为止，期待春天的到来吧。

　　33 岁的原小姐独自经营着咖啡馆，雇了两个常驻店员，还有四个不定期出现的打工者。京都市内的喫茶店和咖啡馆，夫妇店有很多，却少见这样独自经营的女性店主。一年多过去了，原小姐丝毫没有一个人在开咖啡馆的感觉，无论是 efish 过去的熟客们，还是当时的同事们，都在以各自的方式支援着原小姐的咖啡馆。这便是 efish 的最为神奇之处，因为店主带着艺术家气质，店员们也都是艺术系的，很多人一边在咖啡馆打工挣钱，一边继续着自己的艺术活动，在 efish 闭店之后，又投入了各自的领域，从事着截然不同的工作。在 ha ra，栽种绿植的陶器是一位从事陶艺工作的同事制作的；店里卖的蛋糕和点心来自从前 efish 的前辈自己开的店，原小姐去拜托她，对方欣然答应，专门为 ha ra 设计了原创产品，为了符合它的气质，也随着季节的变化而不断更替；ha ra 的咖啡杯也出自过去 efish 的年轻店员之手，这一位刚刚独立成为陶艺作家，尚在起步阶段，原小姐便也想像前辈支援自己那样，也支援对方的活动——带着 efish 血脉的人们在分开之后，依然继续着一种互相支援的共生关系。

　　我去 ha ra 的日子，客人们很多都是年轻女孩，很大可能是原小姐很擅长社交媒体的缘故，在 Instagram 上拥有了很多年轻的粉丝。"最开始可能是这样，两年，三年，四年，五年，我希望这种情况会慢慢改变，各种各样的人都渐渐来到这里。最初可能是因为好奇而来的人，一来再来。"希望客人能够变得很丰富，像自己在旅途中遇见的丰富世界一样，这是原小姐对 ha ra 唯一的期许。她没有更大的野心，例如将规模扩张得更大、再多开几家店，这都不是她的理想。"我不是那么

原心
ha ra 店主

虽然很辛苦，但在自己喜欢的空间里做着自己喜欢的工作，是非常幸福的一件事。

咖啡馆比其他河流更慢

能干的人，"她对我笑着摇头，"在自己视线能及的范围内，开一家能够长久继续下去的、人们都认为好的咖啡馆，对我来说就是最好的。"

京都是个奇妙的城市，这里的人们比任何地方的人都珍惜传统，却也比任何地方的人都热爱新鲜，当两种看似矛盾的追求混杂在一起，就形成了京都人对继承与更新的独特态度。ha ra 还很年轻，但这里无疑也诠释着这种态度。在 ha ra，能够了解 efish 不会随着关店而消失的过去，同时看到原小姐赋予它的只属于它自己的现在。我还总是能从厨房前的那个吧台上看到 ha ra 的未来。那个吧台前，像是硬挤出来的狭窄空间里摆放着两张高脚凳，经常有人坐在那里，一边吃着三明治，喝着咖啡，一边注视着厨房里的忙碌光景，等原小姐抽空说上两句话，看起来是一种只属于咖啡馆的熟人氛围。原小姐说，她起初压根儿没有打造吧台位的考虑，后来熟客来了，都说想坐在那里，只好放上两张凳子。"也不知道坐在那里到底感觉好不好，下次你也试一试，但没准感觉一点也不好。"她对我说，还很不确定应不应该推荐我坐在那里。如果你追求一种身处咖啡馆空间的故事性，想要体会到咖啡馆在运转着这件事，那么照我的体验来说，那个吧台位是最佳选择。在那里，能看到从早上 8 点到晚上 8 点，每天连续 12 小时站在咖啡馆里的原小姐，虽然大多数时候她没空跟人聊天，但你能从埋头于铁板上的培根和白面包之间的她身上，感受到她确实很享受这件事，这样就能理解为什么她说：虽然很辛苦，但在自己喜欢的空间里做着自己喜欢的工作，是非常幸福的一件事。

ROAST ← FLAVOR

DEVELOPMENT
TIME

MAILLARD
TIME

ROASTING TIME

The
Stories
of Cafe
in Kyoto

咖啡装在
紫砂壶里

Goodman Roaster

伊藤笃臣身上有一种不符合日本人特质的热情，我坐在角落里喝冰咖啡，他穿过客人与客人的间隙走过来跟我搭话，才聊过两句，就发出一记直球："早上时，莫非我们在 Instagram 上打过招呼？"丝毫不顾及京都这个城市约定俗成的距离感。是的，我承认，带着一种被识破的慌张——我原本打算躲在暗处观察一个陌生的咖啡馆店主的行事作风，但这就是伊藤的作风。他头发乱蓬蓬的，穿一件热带风情的花衬衫，虽然 40 岁了，但脸上仍然流露出那种 cityboy（城市男孩）的特有气息，在确定了我的身份之后，说话间又故意夹杂几句中文，指着玻璃柜里的点心对我说："这个，台湾凤梨酥，我们自己做的。"在京都的咖啡馆里，他确实是那么特别的一个人。

在中国台湾，伊藤比在日本要有名得多。在那些繁体字网站上能找到各种关于他的报道，大家都知道有一个日本人完全不会说中文，舍弃一切跑到台湾，在那里生活了 7 年，只是为了推广连台湾地区的人自己都没听说过的阿里山咖啡。从报道中，我看过他站在阿里山咖啡农园里喝咖啡的样子、和妻子孩子在天母过着日常生活的样子，还有后来开在士林夜市附近的两家咖啡馆的样子，用他本人的话来说，他成了"在中国台湾接受媒体采访最多的日本人"。

　　伊藤的台湾故事是从阿里山开始的。2004 年，他从大学毕业的第三年，星巴克进入日本的第八年，他因为憧憬这家咖啡连锁店在日本的服务态度而应聘进入其中，受了几年咖啡文化的熏陶，渐渐产生了一种意识：想变成专业的咖啡人，首先得去咖啡农园看看。一位同事告诉他，距离日本最近的咖啡农园在中国台湾。2008 年，伊藤搭乘从东京羽田机场飞往台北松山机场的航班，到了台北，他才反应过来：自己完全不懂中文，并不知道应该怎么去阿里山。他在中山车站附近找到一家日本人开的旅行社，一位日语流畅的台湾女士接待了他，替他联系到阿里山的咖啡农园，还预订了一晚的农园住宿。次日，他独自搭上开往嘉义的高铁，终于和阿里山的咖啡农园主人碰面了。虽然语言不通，不能进行交流，但这丝毫不影响阿里山咖啡打动了伊藤——农园主人在山里开了一家咖啡馆，参观完之后，用虹吸式咖啡壶给他泡了一杯阿里山咖啡，那是伊藤人生中第一次喝到浅煎的精品咖啡，他向我回忆当时的感受时，语气激动地用中文说："我吓一跳！"今天，伊藤能用专业的语言准确描述那杯咖啡的味道了："带着高山茶和乌龙茶的茶香，后味又有菠萝和杧果之类热带水果的芳香，在阿里山的大自然中喝到的这杯咖啡给我带来巨大的感动。"虽然已经在星巴克工作了数年，但伊藤第一次真正感受到咖啡的魅力是在阿里山。

结束阿里山之旅回到东京，伊藤开始在网络上搜索各种关于台湾咖啡的信息，得知早从 17 世纪初开始，荷兰人就把咖啡豆带入了中国台湾，到了 1895 年的日本侵占台湾时期，台湾当局积极鼓励人们种植咖啡树，将其视为一种经济农作物并大为推广。其实台湾的高温环境并不适宜种植咖啡树，因此大多数咖啡农园都位于山地或高原之中。在那时候，日本人就喝过台湾咖啡了，当时的种植地之一——台北三峡地区的咖啡豆大量输入日本，东京银座一度出现过提供台湾咖啡的咖啡馆。1945 年之后，台湾的种植业结构发生变化，咖啡农园纷纷转型为茶园，台湾咖啡也在日本失去了踪影，此后便是 50 多年的空白，一直到 2000 年前后，它才重新出现在市场上。

伊藤念念不忘的阿里山咖啡的魅力也和这样的种植史有关。"无论是在中南美洲、非洲，还是亚洲，各自的风土条件不同，咖啡豆的味道也不同。咖啡最能够反映土地的味道：非洲是水果和花香的味道，还有红茶的味道；中南美洲的代表是坚果的味道；印度尼西亚那一带则是香辛料的味道；中国台湾的阿里山咖啡则是高山茶和乌龙茶的味道，这里的咖啡农园原本是种植茶叶的土地，最终，土地中残留的茶叶味道进入了咖啡之中。"中国台湾种植的咖啡豆原本是来自巴西、肯尼亚等世界各地的外来种，但是在这片土地上，它们却呈现出和在原生地完全不一样的风味。2008 年伊藤邂逅阿里山咖啡时，它还在起步阶段，后来他得知，在政府的大力扶植之下，这些咖啡农园的人得以和夏威夷、巴西等拥有先进经验的咖啡农园交流，接受专业的技术培训，逐渐掌握了成熟的加工法——传统的水洗法、日晒法和新兴厌氧发酵法，都被台湾的咖啡农园所用。最终，阿里山的咖啡农园找到了适合自己的处理方式：无论是日晒，还是水洗，都要先在密封的容器里进行十几个小时的厌氧发酵，这就使出现在市面上的当地咖啡豆，在"加工方法"一栏通常标注有"厌氧发酵日晒"或是"厌氧发酵水洗"，这令它在清澈风味中又带着复杂口感，成为阿里山咖啡风味独特的原因之一。

　　第一次让伊藤收获巨大感动的那家阿里山咖啡农园，他再也没有机会光顾第二次。2010 年，他在东京收到咖啡农园主人在 LINE（连我）上发来的消息，一位精通中文的朋友翻译后告诉他，对方决定废弃农园，因为种植咖啡不能赚钱，他要回去继续做上班族了。"当时我的反应是：太可惜了！"伊藤说，他突然有了个念头：想帮助阿里山咖啡进行品牌推广。此时的伊藤已经从星巴克离开了，他结识了后来被他称为老师的藤卷幸大，藤卷因为先后担任美国巴尼斯纽约的采购和日本伊势丹的策划而被日本人所知。2009 年，藤卷和日本铁路公司合作推出了"日本发信"计划，在神奈川开了一家贩卖日本全国各地职人手工制品的杂货店，邀请伊藤担任店长。"在那里工作期间，为了寻找好的杂货，我经常跟随藤卷老师在全国旅行，看到了非常多品质很好，但由于不被日本人所知，因此卖不出去也赚不了钱的职人制品。"伊藤惦记着农园主人发来的消息，有一个瞬间，他想通了："阿里山咖啡和这些日本杂货不正是一样的处境吗？台湾地区的人还没有发现自己拥有很好的咖啡农业，没有消费，农园的人们就赚不到钱。我应该让台湾地区的人发现他们有好的咖啡，帮助阿里山咖啡实现自产自销。"巧合的是，一年后，藤卷决定进军政界，杂货店不得不关门，那时伊藤已经 30 岁了。"30 岁的男人正处在迷惘的时候，人生该往哪里去才好？这个时候，我确定了我的方向：我要去中国台湾。"

没有钱，不会说中文，陌生的海外生活，伊藤的决定遭到了家人和朋友的反对，唯一支持他的人是藤卷。当时他已经有了一些工作经验，隐隐感觉到：未来，日本的经济状况会越来越差，自己的性格和日本社会也不是很合得来。对他来说，上班族的生活是"无聊"和"压力"的代名词，他说想做更自由的事，藤卷便鼓励他说："那就先去海外生活看看吧！我年轻的时候就是这么做的。"

伊藤真正搬到台湾是在 2011 年，尽管对未来生活毫无把握，但他还是坚持带上家人一起去了。"以我这样的性格，如果一个人去的话，可能就会忘记还有妻子和孩子这件事了，忘记是不行的，要让他们都在旁边，我才会意识到：不努力可不行啊！"过了 10 年，40 岁的他再回忆起这个决定来，才为自己当时的不靠谱笑出声来："儿子才刚生下来 3 个月，就被带去台湾了，多么不可思议！"他这才懂得了妻子是"非常有勇气的人"，"和我在一起生活充满了风险"。如今妻子继续支持着他，店里的台湾甜品都是妻子亲手制作的，每天，两人会一起站在店里。"我们之间的关系和一般的夫妻多少有点不一样，我们一起经过了那么艰难的时期，而且是在语言不通的海外。"

生活在语言不通的海外有多艰难呢？他是个日本人，台湾银行不愿意给他贷款，没有足够的资金，他没有办法立刻开一家咖啡馆。如果先找一份工作，首先要能说中文，学习中文的最好办法是去语言学校，但现实不允许他这么做，如果不快点赚钱，全家人的生活都将无以为继。在烦恼之中，他突然想起自己第一次搭乘飞机来到台湾的情景："在台北的松山机场，95% 的客人都是日本人。可以用日语向日本人介绍阿里山咖啡！"伊藤受到一位台湾朋友引荐，拜访了松山机

场 5 号出口的一家免税店，终于以"抽成 58%""视销售情况每个月签约"的严苛条件，在店里租到一个 A4 纸大小的桌面空间，摆上咖啡器具，每天站在那里向来往的日本人吆喝："要不要试一试台湾咖啡？"免税店的结算很慢，3 个月之后才能收到第一笔钱，此前，他已经耗光积蓄买下 400 公斤阿里山咖啡豆，勉强借到朋友的烘焙室开始自己烘焙，但技术不到家，全都失败了，钱也打了水漂。那 3 个月是伊藤人生中最拮据的时期，很多个晚上，全家三个人分着吃一碗卤肉饭。但他没有退路，一旦放弃，就将彻底赚不到钱，也没有下一个地方可以去。如果回日本呢？才过了半年而已，实在太丢人。他释放出全身的热情向每一个路人搭话，第一个月就创造出超高的销售额，免税店的人惊呼他很厉害，愿意一个月一个月跟他续约下去。等到他终于可以喘过气来了，才开始感谢逆境："以我的性格来说，这样是好的，我从小就开始打棒球，在球场上，我是最用力挥棒的那一个，不使劲打可不行。"

伊藤在松山机场摆了一年半的摊，到了后期，街市中渐渐有了"好像有一个日本人在推广台湾咖啡"的传言，一些批发咖啡豆的客人开始找上门来。之后，伊藤烘焙的阿里山咖啡豆出现在台北一些时尚的杂货店和咖啡馆里，他雇了个在中国台湾留学的日本年轻人帮忙看摊，自己专心处理咖啡豆烘焙和批发事宜。2013 年，诚品生活松烟店开业，朋友邀请伊藤参加开业活动，看到二楼的生活文创品牌专区，他又敏锐地嗅到了机会：如果能在这里开店，真是再好不过的事情。他拜托朋友向他介绍诚品的工作人员，低下头强烈地请求，得到了一个比免税店里稍大一点的角落。伊藤又开始每天站在店里，中文水平依然有限，不能向台湾地区的人解释咖啡风味的各种细微之处，但他可以依靠肢体语言，用他性格中最擅长表现的那一面，努力向台湾地区的人推销阿里山咖啡。

"阿里山的咖啡，不是茶吗？"路过的客人皱眉，"阿里山还有咖啡？"

"有啊！"他做出夸张的手势，提高音量反问他们："为什么你们台湾地区的人自己不知道？！"

交流就是这么开始的。渐渐地，一个日本人舍弃一切从日本来到中国台湾，真诚地为推广阿里山咖啡做出努力这件事打动了越来越多的台湾地区的人。在诚品，伊藤和阿里山咖啡迎来了人气的爆发——TVBS 频道的《一步一脚印发现新台湾》来采访他了。这档以"找寻台湾社会中默默努力的小人物，听他们的生命故事，纪录平凡传递正面能量！"为口号的电视节目，题材很符合台湾地区的人的价值观，从 2004 年播出至今，一直很受大众的喜爱。采访伊藤的节目在电视上播出后，"推广阿里山咖啡的日本人"成了台湾的名人，更多的媒体来采访他，慕名来喝咖啡的客人在店前排起长队，他站在队伍的最尾端，一眼望不到尽头，有人悄悄跟他说："一直排到了楼梯口。"就算是那些对伊藤一无所知的人，光顾诚品时也会感到奇怪：为什么那个地方排着长队？前去一探究竟，队伍便又排得更长了。

2008 年，一个只会说"你好""谢谢"两句中文的日本人突然跑到阿里山的咖啡农园里，当地人只当他是个怪人。2013 年，阿里山咖啡农园的人们都知道伊藤是谁了，他们被这个人身上那种对咖啡的热情所感染，都愿意与他合作，感谢他让台湾地区的人知道了阿里山咖啡。2014 年，"台湾咖啡是什么？"这一概念开始被台湾农协重视，政府推出针对咖啡农园的扶植政策，并给予其经济上的支持，减免土地租金，同时积极向海外推广。直至这时，过去一直难以维系的咖啡种植业者才开始赚钱了，个人农园飞速增加——伊藤第一次去阿里山的时候，咖啡农园只有 10 家左右，如今已经翻了 10 倍。

也是在 2014 年，伊藤终于在台北开了一家自己的咖啡馆，地址选在当时居住的天母附近，店里主打阿里山咖啡，旁边放着其他国家的精品咖啡豆。虽说是咖啡馆，其实店内没有足够空间摆放桌椅，烘焙机也是很小一台，更像是一家简陋的外卖店，很多人专程搭乘交通工具来天母喝伊藤的咖啡，到了这里才发现和想象中完全不一样：明明什么都没有嘛！他总是不好意思地坦白："不好意思，钱还不够！"又过了一年，二号店在附近开业，这次，客人们才终于能坐在店里好好享受一杯咖啡。伊藤的冒险成功了，他不曾预料过来到台湾会有什么结果，最后发现在这里做的事情完全符合自己的性格，推广阿里山咖啡这件事令他找到了自己的生存方式。生意做得最热闹的时候，他同时在台湾拥有 5 家店，在香港也开了一家店，雇用了超过 30 个员工，但由于自己一个人管理不过来，又都相继关店了，只留下最初的一号店和二号店，后来这也被他作为一种经商失败的经验分享给了很多想开咖啡馆的年轻人。

在咖啡豆种植成为被重视的农业之后，台湾农协也开始积极往日本推广台湾咖啡豆。2018 年，他们找到伊藤，说要拍摄一部关于台湾咖啡的电影，邀请他一起出演。但是伊藤拒绝了，此时他已经有了新的计划：回京都开一家咖啡馆，推广阿里山咖啡。

按照他本人的喜好，其实他是不愿意回到日本的，他想去世界上其他更有活力的地方，例如新加坡、中国香港或是上海，一边开咖啡馆，一边体验异国生活。最终，他之所以还是决定回到经济前景并不乐观的日本，原因是心里一直记着藤卷说的一番话。55 岁的藤卷在 2014 年因为癌症去世，去世之前，特别叮嘱他："伊藤，如果能持续在海外做生意 5 年的话，就回到日本来，把这份经验输出给日本人。日本人在这方面太欠缺了。" 2018 年，伊藤带着妻子和 7 岁的儿子回到了日本，在东京和京都之间，他选择了一个人都不认识的京都。

到了京都，伊藤发明了独特的阿里山咖啡的喝法——装在紫砂壶里。在店里，一杯埃塞俄比亚咖啡售价 650 日元，而阿里山咖啡却要 1650 日元，其中有不得已的原因：首先，台湾的工资标准很高，采摘咖啡豆的人工费与中南美洲或非洲相比，高出了 8 至 10 倍；其次，阿里山的土地租金很高，直接导致了咖啡豆成本上升。如果只是给客人解释这样的原因，递给他们的还是装在普通咖啡杯里的咖啡，难免会有人对价格表示不满。"所以要有附加体验，"伊藤说，"装在茶具里端上来的咖啡会令日本人感到新鲜，再由我来演示怎么喝，就像京都特有的怀石料理那样，一个盘子一个盘子地说明是什么，一整套地体验下来，谁都不会再有怨言。"伊藤提供的阿里山咖啡体验，除了一壶咖啡，还有装在迷你紫砂壶里的阿里山乌龙茶茶叶，以及妻子手工制作的凤梨酥。他通常要求客人们先闻一闻茶叶的味道，然后搭配凤梨酥享用咖啡，喝完咖啡之后，再将茶叶放进玻璃茶壶里冲泡，以一壶热腾腾的乌龙茶收尾。那壶茶的反馈几乎和咖啡一样好，就连

喜怒不形于色的京都人也会惊呼："哇！是台湾的感觉！"2008年，在台北一家餐馆里，伊藤第一次看见老板坐在圆桌旁用茶具泡咖啡招待客人的时候，也发出了同样的感叹，过去10年中，他一直想尝试让人们也这样喝咖啡，如今来到京都开店，这才终于有了用武之地。

伊藤给客人喝的乌龙茶和店里的阿里山咖啡豆来自同一家农园：雅慕伊农园（Yangui Farm）。雅慕伊农园一家是阿里山当地人，父亲早年便开始种植茶树，茶叶曾在世界上拿到过大奖，是台湾的种茶名人。2012年，儿子在海拔1100米的土地上种下了第一片咖啡树，由于气候寒冷，又遭遇虫害，连续失败了两年，一直到2017年才迎来了第　批收成。那时正是伊藤在台湾声名大噪的时候，农园的儿子第一时间把样品送到了他开在天母的咖啡馆，和店里的员工一起杯测之后，伊藤又说出了那个他第一次评价阿里山咖啡的中文句式："我吓一跳！"这杯咖啡比店里贩卖的任何一种阿里山咖啡都更加清澈。次日清早，伊藤就去了阿里山，想看看是什么样的农园生产出了这样的咖啡豆。"我参观了全部的加工过程，因为过去他们家是生产茶叶的，把发酵和干燥茶叶的机器全部用来处理咖啡豆，这有趣极了，我也在那个时候才第一次明白了：原来如此！所以咖啡里有茶的风味啊！"更打动他的是农园的人们对待每一个生产环节的认真程度，过去他不曾见过，此时坚信了好的咖啡豆就是这样生产出来的。"我去过台湾全部的咖啡种植地，杯测了各地农园的咖啡豆，要么不够清澈，要么没有回甘，要么就是带着杂味，有很多令人遗憾'还不够'的地方。阿里山的咖啡豆是最好的，或许这得益于它超高的海拔，跟农园的人们的认真程度也有很大关系。"他在雅慕伊农园看到了一种令他肃然起敬的职人精神。"冬天的晚上，阿里山的温度降至0℃，到了傍晚，他们要给咖啡树穿上衣服，到了第二天早上再一一脱下来，全部 4000 棵树哟，那是多么辛苦的事情。"更可怕的是台风，一旦台风来临，就要把咖啡树连根拔掉，其中很大一部分不能再重新种植，对农园的人来说，台风来了，就意味着钱没了。对于在这样严峻的环境里种植咖啡的农园，伊藤唯一能做的就是提前将咖啡豆买下来——每年农园生产 1500 公斤咖啡豆，伊藤会提前买下其中的 1000 公斤，把钱先付了，由自己来承担风险，让农园的人们安心种植咖啡，这是他认为的构建良好关系的基本。2021 年年底，农园就要送来第一批栽培的瑰夏咖啡豆的样品，这是伊藤现在最期待的一件事，他已经等待了两年，因为遭遇台风，去年的 1000 株瑰夏树全被拔掉了。这种咖啡豆原名为 Geisha，在日语里被写作"芸者"，因此它在日本也被称为"艺妓咖啡豆"，偶然被命名为"艺妓"，偶然带着茶叶风味的咖啡豆，偶然来到京都这条街道上，种种偶然却又契合，令他充满了想象：阿里山栽培出来的"艺妓"会是什么味道呢？

如今摆放在京都店里的咖啡豆，除了阿里山的水洗和日晒两种，以及一种混合咖啡豆是固定的之外，其余还有来自非洲和中南美洲主要产地的精品咖啡豆，以一至两个月为周期更换一次。伊藤独自烘焙全部的咖啡豆，一台大型烘焙机放在店内一角，终日转动着。相比其他品种，烘焙阿里山咖啡豆难度更高，例如埃塞俄比亚或是哥伦比亚各地的咖啡豆，每年的新豆运输到日本的时间大约是收获半年之后，而阿里山咖啡豆通常只要一至两个月时间，鲜度更大的咖啡豆，同时蕴含着更多水分，加之伊藤追求的是浅煎风味，对于时间的管理就要求非常细致。伊藤将各道工序的烘焙时间制作成一份图表，共享给台湾两家店的店长，他的烘焙和杯测技术全靠自学，是在时间中摸索出

伊藤笃臣
Goodman Roaster 店主

装在茶具里端上来的咖啡会令日本人感到新鲜，再由我
来演示怎么喝，就像京都特有的怀石料理那样，一个盘
子一个盘子地说明是什么，一整套地体验下来，谁都不
会再有怨言。

来的经验，如果非要说有什么老师，应该就是最初失败的那 400 公斤阿里山咖啡豆了。

最近，在城中渐渐有了一些 "Goodman（'好人'咖啡）的咖啡豆很好喝"的传言，专程来买咖啡豆的客人越来越多。这些"好喝"的赞誉声给了伊藤许多信心，起初他取这个店名是想赋予咖啡馆"提供好的服务和好的咖啡，这里的一切都是好的"的美好寄托，他觉得自己渐渐做到了。但在京都开店的这两年，也确实是感慨"太辛苦了"的两年：开店的第一个月，光顾了非常多的外国观光客，店内常常充溢着英语交织着中文的热闹景象，当他正欢喜于"在京都开咖啡馆，拥有和全世界的人相遇和交谈的可能性"的时候，新冠疫情来了，外国观光客彻底从京都失去了踪影，店里也变得冷冷清清。京都本地人是保守的，对于一家新出现的咖啡馆，对于一个从未听说过的店主，谁也不会轻易上前一探究竟，而店内的现代风格设计，无论是靠着落地窗的大沙发，还是门外一条面朝马路的长凳，也都完全不是"京都式"的。我唯一一次目睹那条长凳的理想景象是有两位大概是居住在京都的欧洲男人坐在那里，喝着两杯咖啡，手舞足蹈地聊了一下午，玻璃窗的里面，两位坐在高脚椅前的女孩饶有兴致地看着他们——京都人不喜欢坐在这样被人注视的地方，而是喜欢躲在暗处观察。

"回到日本才知道，在京都开店远比在台湾地区开店更难，"伊藤说，"在台湾地区，人们会注意到那些正在努力的身影，对认真地为什么事情而做出努力的人，人们会给予他们很好的评价，未来会不会变得有名或成功，对他们来说都无所谓。但日本不一样，'在努力着'这个过程不会得到认可，只有当努力的结果不错了，有名或是成功之后，才会得到'那个人真厉害啊'的评价。至于这一过程中有没有在努力，谁都不会在意。"来到京都店里采访的日本媒体对于他付出了怎样的努力、对阿里山咖啡豆的情怀、如何追求咖啡豆品质之类的事情也毫无兴趣，他们的关注点几乎全都在于"咖啡的价格如何？""种类都有哪些？"于是他也闭口不再谈。他决定了：要以"新的伊藤"这一身份在京都开咖啡馆。伊藤又一次确信了自己的性格和日本社会不太合拍，但他铆足了劲要在日本做出成果来。他对个人的成功不感兴趣，但他很清楚：如果自己不先变得更有名的话，就不能让阿里山咖啡的知名度在日本有所提高。

"新的伊藤"找到了新的方向——在 YouTube 上发布视频。在新冠疫情中，扩张咖啡馆显然不符合时代现状，要向受限于空间、不能自由移动的人们传达关于咖啡的一切，互联网视频是最好的渠道。他的主页不只介绍阿里山咖啡的一切，还介绍全世界各种精品咖啡豆的知识、各种咖啡器具的使用方法、自己在家冲泡咖啡的技巧，甚至有一些自己关于经营咖啡馆和海外创业的经商理念……这是过去在台湾以他的中文能力无法做到的事情。回到京都，他可以用母语轻松完成这些事情了。他的性格本来就不同于内向保守的日本人，打破了日本人短板的表现能力令这些视频得到了很好的评价，他也渐渐有了人气，有人看过视频就来到店里尝试阿里山咖啡，店内的台湾手冲咖啡器具也卖得超出预期。在京都开店两年后，伊藤终于能够感受到自己开始被日本人接纳了。

"冲咖啡这份工作多么好，可以做自己喜欢的事情，还能赚钱，去海外生活——我想让日本的年轻咖啡师看到这样的成功路径模式。"

伊藤说，这是他决心在日本做出成果的另一个重要原因，在日本，开咖啡店是一个很难赚钱的职业，客人的数量并不像在澳大利亚那样多，而且一杯咖啡的平均售价只有 500 日元，他所看到的大多数开咖啡店的人都生活得很辛苦——每年一次海外旅行，不知道能不能送孩子上大学，人们只是因为自己喜欢而在做这件事，咖啡馆不是生意，而是生活方式。但他觉得不该是这样。"靠自己喜欢的事情能够赚钱，甚至可以去海外开店，孩子也能去美国的大学读书，我一定要让日本的年轻咖啡师看到这种成功的可能性。"

"如果只是追求成功，未来店里不卖阿里山咖啡也是可以的吧？"我问伊藤。

"等新冠疫情结束之后，我还想把阿里山农园的人们邀请到京都店里来跟大家分享台湾咖啡的故事，也想邀请台湾咖啡器具的制造者来亲自和日本人交流。在京都介绍这些是很有趣的事情。"伊藤摇摇头，否定了我的提议，他拿过来一包阿里山咖啡豆，指给我看标签上一个小男孩的图案，男孩坐在一把椅子上，手里端着咖啡。"这是我的儿子，今年他 9 岁了。"伊藤笑着说，"每当他长大一点，图上的小人就会变大一点，这是我的愿望：希望能够一直喝阿里山咖啡。"

图书在版编目（CIP）数据

咖啡馆比其他河流更慢 / 库索著 . -- 长沙：湖南文艺出版社，2022.10（2025.3 重印）
ISBN 978-7-5726-0821-6

Ⅰ . ①咖… Ⅱ . ①库… Ⅲ . ① 散文集—中国—当代 Ⅳ . ① I267

中国版本图书馆 CIP 数据核字（2022）第 156941 号

上架建议：畅销·文学

KAFEIGUAN BI QITA HELIU GENG MAN
咖啡馆比其他河流更慢

著　　者：库　索
责任编辑：陈新文
监　　制：毛闽峰
策划编辑：李　颖　陈　鹏
特约策划：杜　娟
特约编辑：朱东冬
营销编辑：刘　珣　焦亚楠
封面设计：尚燕平
版式设计：梁秋晨
封面插画：尚燕平
内文插画：由　宾
出　　版：湖南文艺出版社
　　　　　（长沙市雨花区东二环一段 508 号　邮编：410014）
网　　址：www.hnwy.net
印　　刷：河北鹏润印刷有限公司
经　　销：新华书店
开　　本：875mm×1230mm　1/32
字　　数：215 千字
印　　张：10
版　　次：2022 年 10 月第 1 版
印　　次：2025 年 3 月第 2 次印刷
书　　号：ISBN 978-7-5726-0821-6
定　　价：78.00 元

若有质量问题，请致电质量监督电话：010-59096394
团购电话：010-59320018